中國語言文字研究輯刊

十一編

許錟輝 主編

第 **11** 冊

《同源字典》與《漢字語源辭典》比較研究
——以同源詞語音關係爲中心（下）

倪 源 著

花木蘭文化出版社

國家圖書館出版品預行編目資料

《同源字典》與《漢字語源辭典》比較研究——以同源詞語音關係為中心（下）／倪源 著 — 初版 — 新北市：花木蘭文化出版社，2016〔民105〕
目 2+218 面；21×29.7 公分
（中國語言文字研究輯刊 十一編；第 11 冊）
ISBN 978-986-404-738-3（精裝）
1. 漢語字典 2. 比較研究
802.08　　　　　　　　　　　　　　　　　105013767

ISBN-978-986-404-738-3

9 789864 047383

中國語言文字研究輯刊

十一編　　第十一冊　　　　　　　ISBN：978-986-404-738-3

《同源字典》與《漢字語源辭典》比較研究
——以同源詞語音關係為中心（下）

作　　者　倪源
主　　編　許錟輝
總 編 輯　杜潔祥
副總編輯　楊嘉樂
編　　輯　許郁翎、王筑　美術編輯　陳逸婷
出　　版　花木蘭文化出版社
社　　長　高小娟
聯絡地址　235 新北市中和區中安街七二號十三樓
　　　　　　電話：02-2923-1455／傳眞：02-2923-1452
網　　址　http://www.huamulan.tw 信箱 hml810518@gmail.com
印　　刷　普羅文化出版廣告事業
初　　版　2016 年 9 月
全書字數　241790 字
定　　價　十一編 17 冊（精裝）　台幣 42,000 元

《同源字典》與《漢字語源辭典》比較研究
——以同源詞語音關係爲中心（下）

倪源 著

目

次

表目錄

第七章　疊韻關係同源詞比較

7.1　甲類韻部

7.1.1　之部疊韻

7.1.1.1　同音不同調

共計 9 組。按聲轉差異細分如下表：

曉母雙聲	匣母雙聲	來母雙聲	床母雙聲	邪母雙聲	幫母雙聲	並母雙聲	明母雙聲
1	1	2	1	1	1	1	1

比較《漢字語源辭典》如下：

熙	xiə	之	曉	43-17-88	熙	hïəg	之	曉	HêG	243-22-135
僖	xiə	之	曉	44-17-88						
嬉	xiə	之	曉	45-17-88						
娭	xiə	之	曉	46-17-88						
嫛	xiə	之	曉	47-17-88						
喜	xiə	之	曉	48-17-88	喜	hïəg	之	曉	HêG	239-22-135
憙	xiə	之	曉	49-17-88						
禧	xiə	之	曉	50-17-88						

右（又）	hiuə	之	匣	53-18-89	右	ĥïuəg	之	匣	KUêK/KUêG	261-24-142
祐	hiuə	之	匣	54-18-89	祐	ĥïuəg	之	匣	KUêK/KUêG	262-24-143
祐	hiuə	之	匣	55-18-89	祐	ĥïuəg	之	匣	KUêK/KUêG	263-24-143

藤堂明保陰聲韻帶輔音韻尾。曉匣擬音不同。

來	lə	之	來	74-26-92	來（來）	m̥ləg	之	明	MLêG	374-32-170
勑（倈倈）	lə	之	來	75-26-92						

藤堂明保陰聲韻帶輔音韻尾。

理	liə	之	來	76-27-93	理	liəg	之	來	LêK/LêNG	112-12-102
吏	liə	之	來	77-27-93	吏	liəg	之	來	LêK/LêNG	115-12-102

藤堂明保陰聲韻帶輔音韻尾。

事	ʥhiə	之	床	105-37-97	事	ʥïəg	之	從	SêG	130-13-106
士	ʥhiə	之	床	106-37-97	士	ʥïəg	之	從	SêG	128-13-106
仕	ʥhiə	之	床	107-37-97	仕	ʥïəg	之	從	SêG	129-13-106

藤堂明保陰聲韻帶輔音韻尾。

衹（禩）	ziə	之	邪	127-42-101						
祠	ziə	之	邪	128-42-101	祠				SêK	180-17-119

藤堂明保無邪母。

不	piuə	之	幫	129-43-102	不	püïəg	之	幫	PêK/PêG/PêNG	321-28-158
否	piuə	之	幫	130-43-102	否	püïəg	之	幫	PêK/PêG/PêNG	322-28-158

藤堂明保陰聲韻帶輔音韻尾。

倍	buə	之	並	136-45-103	倍	bəg	之	並	PêK/PêG/PêNG	325-28-158
培	buə	之	並	137-45-103	培	buəg	之	並	PêG	341-29-162
陪	buə	之	並	138-45-103	培	buəg	之	並	PêG	341-29-162

藤堂明保陰聲韻帶輔音韻尾。

黣 （黴）	muə	之	明	2006-618-409
煤	muə	之	明	2008-618-409

7.1.1.2　聲母相同，韻頭不同

共計 2 組。按聲轉差異細分如下表：

疑母雙聲	精母雙聲
1	1

比較《漢字語源辭典》如下：

騃	ngeə	之	疑	35-15-87	騃	ŋəg	之	疑	êG/êK	247-23-137
懝	ngə	之	疑	36-15-87						
誽	ngə	之	疑	37-15-87						
儗	ngə	之	疑	38-15-87						

藤堂明保陰聲韻帶輔音韻尾。

子	tziə	之	精	108-38-98	子₂	tsiəg	之	精	TSêG/TSêNG	152-15-113
崽	tzə	之	精	114-38-98						
囝	tzə	之	精	115-38-98						

藤堂明保陰聲韻帶輔音韻尾。

7.1.1.3　聲母不同

共計 15 組。按聲轉差異細分如下表：

泥日 準雙聲	見群 旁紐	照喻 旁紐	床山 旁紐	精從 旁紐	滂明 旁紐	影曉 鄰紐	莊邪 鄰紐	定邪 鄰紐	莊精 鄰紐
3	1	1	2	3	1	1	1	1	1

比較《漢字語源辭典》如下：

而	njiə	之	日	467-143-157	而	niəg	之	泥	NêG/NêNG	105-11-99
你 （你）	nə	之	泥	469-143-157						

藤堂明保陰聲韻帶輔音韻尾。

而	njiə	之	日	467-143-157	而	niəg	之	泥	NêG/NêNG	105-11-99
乃	nə	之	泥	468-143-157	乃	nəg	之	泥	NêG/NêNG	109-11-100

藤堂明保陰聲韻帶輔音韻尾。

乃	nə	之	泥	66-23-91	乃	nəg	之	泥	NêG/NêNG	109-11-100
而	njiə	之	日	67-23-91	而	niəg	之	泥	NêG/NêNG	105-11-99

藤堂明保陰聲韻帶輔音韻尾。

久	kiuə	之	見	9-4-83	久	kïuəg	之	見	KUêK/KUêG	276-24-144
舊	giuə	之	群	10-4-83	舊 (舊)	gïuəg	之	群	KUêK/KUêG	280-24-145

藤堂明保陰聲韻帶輔音韻尾。

止	tjiə	之	照	87-31-95	止	tiəg	之	端	TEG/TEK	1-1-70
已	jiə	之	喻	88-31-95	已	dᶻiəg	之	澄	TEG/TEK	14-1-71

藤堂明保陰聲韻帶輔音韻尾。舌音差別。

事	ȡhiə	之	床	102-36-97	事	ȡïəg	之	從	SêG	130-13-106
使	shiə	之	山	103-36-97	使	sïəg	之	心	SêG	132-13-106

藤堂明保陰聲韻帶輔音韻尾。

史	shiə	之	山	104-37-97	史	sïəg	之	心	SêG	131-13-106
事	ȡhiə	之	床	105-37-97	事	ȡïəg	之	從	SêG	130-13-106

藤堂明保陰聲韻帶輔音韻尾。

子	tziə	之	精	108-38-98	子₂	tsiəg	之	精	TSêG/TSêNG	152-15-113
字	dziə	之	從	110-38-98	字	dᶻiəg	之	從	TSêG/TSêNG	154-15-113
牸	dziə	之	從	111-38-98						

藤堂明保陰聲韻帶輔音韻尾。

字	dziə	之	從	110-38-98	字	dᶻiəg	之	從	TSêG/TSêNG	154-15-113
孳	tziə	之	精	112-38-98	孳	dᶻiəg	之	從	TSêG/TSêNG	156-15-113
滋	tziə	之	精	113-38-98	滋	tsiəg	之	精	TSêG/TSêNG	158-15-114

藤堂明保陰聲韻帶輔音韻尾。

才	dzə	之	從	119-40-100	才	dᶻəg	之	從	TSEG	134-14-108
哉	tzə	之	精	120-40-100	哉	tsəg	之	精	TSEG	140-14-109

藤堂明保陰聲韻帶語源韻尾。

朡	muə	之	明	145-48-105	朡	muəg	之	明	MêG/MêK	370-31-168
禖	muə	之	明	146-48-105	禖	muəg	之	明	MêG/MêK	372-31-168
肧	phuə	之	滂	147-48-105	肧	pʻuəg	之	滂	PêG	335-29-161

藤堂明保陰聲韻帶輔音韻尾。

噫 （意）	iə	之	影	1-1-81	噫	ïəg	之	影	êG/êK	253-23-138
嘻 （譆）	xiə	之	曉	2-1-81	嘻	hïəg	之	曉	HêG	241-22-135

藤堂明保陰聲韻帶輔音韻尾。曉匣擬音不同。

倳 （事）	tzhiə	之	莊	94-34-96	事	ʥïəg		之	從	SêG	130-13-106
剚	tzhiə	之	莊	95-34-96							
耝 （耝）	ziə	之	邪	96-34-96	耝 耝	ɖïəg		之	澄	TêG	22-3-77

藤堂明保陰聲韻帶輔音韻尾。藤堂明保無邪母。

待	də	之	定	60-21-90	待	dəg	之	定	TEG/TEK	9-1-71
偫	diə	之	定	61-21-90						
俟 （竢）	ziə	之	邪	62-21-90						

藤堂明保陰聲韻帶輔音韻尾。

菑 （甾）	tzhiə	之	莊	97-35-96					
榴	tzhiə	之	莊	98-35-96					
巛	tzə	之	精	99-35-96	巛	tsəg	之	精	TSEG	143-14-110
災（烖 栽）	tzə	之	精	100-35-96	災烖	tsəg	之	精	TSEG	144-14-110
栽	tzə	之	精	101-35-96	栽	ʥzəg	之	從	TSEG	139-14-109

藤堂明保陰聲韻帶輔音韻尾。

7.1.2　支部疊韻

7.1.2.1　同音不同調

共計 3 組。按聲轉差異細分如下表：

端母雙聲	定母雙聲	明母雙聲
1	1	1

比較《漢字語源辭典》如下：

知	tie	支	端	175-59-109	知	tïeg	支	端	TEG/TENG	1669-121-467
智	tie	支	端	176-59-109						

藤堂明保陰聲韻帶輔音韻尾。

蹏（蹄）	dye	支	定	188-61-111	蹏	deg	支	定	TEG/TENG	1689-123-473
踶	dye	支	定	190-61-111						

藤堂明保陰聲韻帶輔音韻尾。

買	me	支	明	241-76-119	買	mĕg	支	明	MEK/MENG	1895-140-523
賣	me	支	明	242-76-119	賣（売）	mĕg	支	明	MEK/MENG	1896-140-523

藤堂明保陰聲韻帶輔音韻尾。

7.1.2.2　聲母不同

共計 7 組。按聲轉差異細分如下表：

見匣旁紐	照審旁紐	清心旁紐	幫並旁紐	疑日鄰紐	疑明鄰紐	禪清鄰紐
1	1	1	1	1	1	1

比較《漢字語源辭典》如下：

繫	kye	支	見	156-53-106
系	hye	支	匣	157-53-106
係	hye	支	匣	158-53-106

肢（胑）	tjie	支	照	194-62-111	胑肢	tieg	支	端	TEK/TEG/TENG	1657-120-464
翄（翅䎨）	sjie	支	審	195-62-111						

此	tsie	支	清	208-64-113
斯	sie	支	心	209-64-113

卑	pie	支	幫	231-73-117	卑	pieg	支	幫	PEK/PENG	1848-139-516
婢	bie	支	並	232-73-117	婢	bieg	支	並	PEK/PENG	1854-139-516
庳	bie	支	並	233-73-117	庳	bïeg	支	並	PEK/PENG	1859-139-517
埤（陴睥俾）	bie	支	並	234-73-117	陴	bieg	支	並	PEK/PENG	1856-139-517

藤堂明保陰聲韻帶輔音韻尾。

兒	njie	支	日	196-63-112
婗	ngye	支	疑	197-63-112
倪	ngye	支	疑	198-63-112
麑	ngye	支	疑	199-63-112
鯢	ngye	支	疑	200-63-112
蜺	ngye	支	疑	201-63-112
齯	ngye	支	疑	202-63-112

麑	ngye	支	疑	199-63-112
麛	mye	支	明	204-63-112

是	zjie	支	禪	207-64-113
此	tsie	支	清	208-64-113

7.1.3　魚部疊韻

7.1.3.1　同音不同調

共計 12 組。按聲轉差異細分如下表：

見母雙聲	溪母雙聲	匣母雙聲	禪母雙聲	從母雙聲	心母雙聲	滂母雙聲	明母雙聲
4	1	1	1	1	2	1	1

比較《漢字語源辭典》如下：

沽	ka	魚	見	273-83-124	估沽	kag	魚	見	KAG	1326-100-384
酤	ka	魚	見	274-83-124						
賈	ka	魚	見	275-83-124	賈	kag	魚	見	KAG	1324-100-384

藤堂明保陰聲韻帶輔音韻尾。

賈	ka	魚	見	275-83-124	賈	kag	魚	見	KAG	1324-100-384
估	ka	魚	見	276-83-124	估沽	kag	魚	見	KAG	1326-100-384
雇（顧僱）	ka	魚	見	277-83-124						

藤堂明保陰聲韻帶輔音韻尾。

古	ka	魚	見	285-86-127	古	kag	魚	見	KAG/KAK/KANG	1333-101-389
詁	ka	魚	見	286-86-127	詁	kag	魚	見	KAG/KAK/KANG	1339-101-390
故	ka	魚	見	287-86-127	故	kag	魚	見	KAG/KAK/KANG	1340-101-390

藤堂明保陰聲韻帶輔音韻尾。

家	kea	魚	見	288-87-127	家	kăg	魚	見	KAG	1314-100-383
嫁	kea	魚	見	290-87-127	嫁	kăg	魚	見	KAG	1316-100-383

藤堂明保陰聲韻帶輔音韻尾

去	khia	魚	溪	328-99-134	去	kʼiag	魚	溪	KAG/KAK/KANG	1390-104-400
袪	khia	魚	溪	329-99-134						

藤堂明保陰聲韻帶輔音韻尾

雨	hiua	魚	匣	394-120-146	雨	ĥïuag	魚	匣	HUAG	1486-111-422
雩（兮）	hiua	魚	匣	395-120-146	雩	ĥïuag	魚	匣	HUAG	1488-111-422

藤堂明保陰聲韻帶輔音韻尾。曉匣擬音不同。

藷（儲）	zjia	魚	禪	488-152-163	儲	dïag	魚	定	TAG/TAK	1100-82-328
薯（署）	zjia	魚	禪	489-152-163						

藤堂明保陰聲韻帶輔音韻尾。

徂（迌）	dza	魚	從	511-159-167
殂	dza	魚	從	512-159-167
麤	dza	魚	從	513-159-167

胥	sia	魚	心	517-161-168	胥	siag	魚	心	SAG/SAK/SANG	1267-96-370
諝	sia	魚	心	518-161-168						
愲	sia	魚	心	519-161-168						

藤堂明保陰聲韻帶輔音韻尾。

寫	sya	魚	心	522-162-169
瀉	sya	魚	心	523-162-169

怖 （悑）	pha	魚	滂	555-172-176
怕	pha	魚	滂	556-172-176

巫	miua	魚	明	568-177-178	巫	muïag	魚	明	MAK/MAG/MANG	1609-118-452
舞	miua	魚	明	569-177-178	舞	muïag	魚	明	MAK/MAG/MANG	1608-118-452
儛	miua	魚	明	570-177-178						

藤堂明保陰聲韻帶輔音韻尾

7.1.3.2　聲母相同，韻頭不同

共計 16 組。按聲轉差異細分如下表：

影母 雙聲	見母 雙聲	溪母 雙聲	曉母 雙聲	匣母 雙聲	定母 雙聲	來母 雙聲	喻母 雙聲
2	5	1	3	1	2	1	1

比較《漢字語源辭典》如下：

污	a	魚	影	243-77-119						
洿	a	魚	影	244-77-119	洿	uag	魚	影	HUAG/HUANG	1471-110-420
窊 （窐）	oa	魚	影	245-77-119						

藤堂明保陰聲韻帶輔音韻尾。

烏	a	魚	影	254-80-121	烏	ag	魚	影	AG/AK/ANG	1415-106-406
鴉（雅 鵶）	ea	魚	影	255-80-121						

藤堂明保陰聲韻帶輔音韻尾。

| 賈 | ka | 魚 | 見 | 275-83-124 | 賈 | kag | 魚 | 見 | KAG | 1324-100-384 |
| 價 | kea | 魚 | 見 | 278-83-124 | 價 | kăg | 魚 | 見 | KAG | 1325-100-384 |

藤堂明保陰聲韻帶輔音韻尾。

羖 （羜）	ka	魚	見	281-85-126
豭	kea	魚	見	283-85-126
霞	kea	魚	見	284-85-126

| 家 | kea | 魚 | 見 | 288-87-127 | 家 | kăg | 魚 | 見 | KAG | 1314-100-383 |
| 居 | kia | 魚 | 見 | 289-87-127 | 居 | kïag | 魚 | 見 | KAG | 1328-100-385 |

藤堂明保陰聲韻帶輔音韻尾。

| 罛 | kua | 魚 | 見 | 308-94-131 |
| 罟 | ka | 魚 | 見 | 309-94-131 |

| 孤 | kua | 魚 | 見 | 313-96-131 |
| 寡 | koa | 魚 | 見 | 314-96-131 |

| 跨 | khoa | 魚 | 溪 | 163-55-107 | 跨 | kʻuăg | 魚 | 溪 | HUAG/HUANG | 1476-110-420 |
| 袴
（絝） | kha | 魚 | 溪 | 164-55-107 | 綺 | kʻuag | 魚 | 溪 | HUAG/HUANG | 1478-110-420 |

藤堂明保陰聲韻帶輔音韻尾。

呼	xa	魚	曉	363-112-141						
評	xa	魚	曉	364-112-141						
諕	xa	魚	曉	365-112-141						
虖	xa	魚	曉	366-112-141						
嘑	xa	魚	曉	367-112-141						
歑	xa	魚	曉	368-112-141						
噓	xia	魚	曉	369-112-141						
歔	xia	魚	曉	370-112-141						
吁	xiua	魚	曉	371-112-141	吁	ĥïuag	魚	匣	HUAG/HUANG	1466-110-419

藤堂明保陰聲韻帶輔音韻尾。

虎	xa	魚	曉	372-113-142
唬	xya	魚	曉	373-113-142

訏 (旴)	xiua	魚	曉	379-116-143					
旴	xiua	魚	曉	380-116-143					
憮 (憮)	xa	魚	曉	381-116-143	憮	m̥uag	魚	明	MAK/MANG	1593-117-447

藤堂明保陰聲韻帶輔音韻尾。

于	hiua	魚	匣	257-81-122	于	ĥïuag	魚	匣	HUAG/HUANG	1465-110-419
乎	ha	魚	匣	258-81-122						

藤堂明保陰聲韻帶輔音韻尾。曉匣擬音不同。

荼	da	魚	定	398-122-147
茶 (搽)	dea	魚	定	399-122-147

途(涂 塗)	da	魚	定	400-123-147	途	dag	魚	定	TAG	1152-85-339
除	dia	魚	定	401-123-147	除	dïag	魚	定	TAG	1149-85-339

藤堂明保陰聲韻帶輔音韻尾。

盧	la	魚	來	415-129-150
驢	la	魚	來	416-129-150
旅	la	魚	來	417-129-150
壚	la	魚	來	418-129-150
獹	la	魚	來	419-129-150
瀘	la	魚	來	420-129-150
櫨	la	魚	來	421-129-150
曥	la	魚	來	422-129-150
閭	lia	魚	來	423-129-150

與 (歟)	jia	魚	喻	481-149-161	與	giag	魚	群	NGAG/NGAK/ NGANG	1508-112-428

邪 (耶)	jya	魚	喻	482-149-161				

藤堂明保陰聲韻帶輔音韻尾。

7.1.3.3 聲母不同

共計 16 組。按聲轉差異細分如下表：

照透準雙聲	精莊準雙聲	見群旁紐	曉匣旁紐	神審旁紐	幫滂旁紐	幫並旁紐	幫滂並旁紐	滂並旁紐	滂明旁紐	影匣鄰紐	透禪鄰紐	泥心鄰紐	穿山鄰紐	透審鄰紐	莊從鄰紐	山清鄰紐
1	1	1	2	1	1	2	1	1	1	1	1	1	1	1	1	1

比較《漢字語源辭典》如下：

赭	tjya	魚	照	440-136-153	赭	tiăg	魚	端	TAG/TAK	1125-83-332
褚	thia	魚	透	442-136-153						

藤堂明保陰聲韻帶輔音韻尾。

且	tzia	魚	精	508-158-167	且	tsiag	魚	精	TSAG/TSAK	1246-95-366
俎	tzhia	魚	莊	510-158-167						

藤堂明保陰聲韻帶輔音韻尾。

瞿（眗 臩）	kiua	魚	見	315-97-132	瞿	kïuag	魚	見	HUANG	1462-109-417
遽	gia	魚	群	316-97-132						
懼	giua	魚	群	317-97-132	懼	kïuag	魚	見	HUANG	1464-109-418

藤堂明保陰聲韻帶輔音韻尾。

花（荂 蘤）	xoa	魚	曉	374-114-142
華	hoa	魚	匣	375-114-142

訏 (吁)	xiua	魚	曉	379-116-143						
芋	hiua	魚	匣	382-116-143	芋	ĥïuag	魚	匣	HUAG/HUANG	1467-110-419
宇	hiua	魚	匣	383-116-143	宇	ĥïuag	魚	匣	HUAG/HUANG	1474-110-420
竿	hiua	魚	匣	384-116-143						

藤堂明保陰聲韻帶輔音韻尾。曉匣擬音不同。

抒	djia	魚	神	451-139-155	抒	ḍiag	魚	澄	TAG	1161-85-340
紓	sjia	魚	審	452-139-155	紓	thiag	魚	透	TAG	1159-85-340
舒	sjia	魚	審	453-139-155	舒	dhiag	魚	定	TAG	1148-85-339

藤堂明保陰聲韻帶輔音韻尾。舌音差別。

布	pa	魚	幫	538-168-172	布	pag	魚	幫	PAK/PAG	1538-115-436
敷	phiua	魚	滂	539-168-172	敷	pʷïag	魚	幫	PAK/PAG	1540-115-436
鋪	pha	魚	滂	540-168-172						
舖	pha	魚	滂	541-168-172	舖	p'ag	魚	滂	PAK/PAG	1539-115-436
溥	pha	魚	滂	542-168-172	溥	p'ag	魚	滂	PANG/PAK	1583-116-444
普	pha	魚	滂	543-168-172	普	p'ag	魚	滂	PANG/PAK	1584-116-445

藤堂明保陰聲韻帶輔音韻尾。

逋	pa	魚	幫	534-167-171						
捕	ba	魚	並	536-167-171	捕	bag	魚	並	PAK/PAG	1545-115-437

藤堂明保陰聲韻帶輔音韻尾。

父	biua	魚	並	564-175-177	父	pʷïag	魚	幫	PAK/PAG	1531-114-434
爸	pa	魚	幫	565-175-177						

藤堂明保陰聲韻帶輔音韻尾。

傅	piua	魚	幫	550-171-175	傅	pʷïag	魚	幫	PAK/PAG	1553-115-438
俌	phiua	魚	滂	551-171-175						
扶	biua	魚	並	552-171-175	扶	bʷïag	魚	並	PAK/PAG	1549-115-437
輔	biua	魚	並	553-171-175	輔	bʷïag	魚	並	PAK/PAG	1544-115-437
賻	biua	魚	並	554-171-175						

藤堂明保陰聲韻帶輔音韻尾。

浦	pha	魚	滂	557-173-176	浦	p'ag	魚	滂	PAK/PAG	1551-115-438
步（埗）	ba	魚	並	558-173-176	步	bag	魚	並	PAK/PAG	1558-115-438

藤堂明保陰聲韻帶輔音韻尾。

撫	phiua	魚	滂	559-174-176
憮	miua	魚	明	561-174-176

於	ia	魚	影	256-81-122	於	ïag	魚	影	AG/AK/ANG	1411-106-406
于	hiua	魚	匣	257-81-122	于	ĥïuag	魚	匣	HUAG/HUANG	1465-110-419

藤堂明保陰聲韻帶輔音韻尾。

土	tha	魚	透	396-121-146	土	t'ag	魚	透	TAG/TAK	1090-82-327
社	zjya	魚	禪	397-121-146	社	dhiăg	魚	定	TAG/TAK	1093-82-327

藤堂明保陰聲韻帶輔音韻尾。

絮（袘帤）	nia	魚	泥	413-128-149	帤	nïag	魚	泥	NAG/NAK/NANG	1209-91-357
絮	sia	魚	心	414-128-149	絮	nïag	魚	泥	NAG/NAK/NANG	1208-91-357

藤堂明保陰聲韻帶輔音韻尾。

處	thjia	魚	穿	449-138-155	處（処）	t'iag	魚	透	TAG/TAK	1110-82-329
所	shia	魚	山	450-138-155	所	sïag	魚	心	TSAK/TSAG/TSANG	1290-97-374

藤堂明保陰聲韻帶輔音韻尾。

舒	sjia	魚	審	453-139-155	舒	dhiag	魚	定	TAG	1148-85-339
攄	thia	魚	透	454-139-155						

藤堂明保陰聲韻帶輔音韻尾。

阻	tzhia	魚	莊	501-156-165	阻	tsiag	魚	精	TSAG/TSAK	1251-95-366
沮	dzia	魚	從	502-156-165						

藤堂明保陰聲韻帶輔音韻尾。

疏（疎）	shia	魚	山	503-157-166	疏	sïag	魚	心	SAG/SAK/SANG	1268-96-370
梳	shia	魚	山	504-157-166	梳	sïag	魚	心	SAG/SAK/SANG	1269-96-370
粗（麤麄觕）	tsa	魚	清	505-157-166	粗	ts'ag	魚	清	SAG/SAK/SANG	1271-96-371

藤堂明保陰聲韻帶輔音韻尾。

7.1.4　侯部疊韻

7.1.4.1 同音不同調

共計 3 組。按聲轉差異細分如下表：

見母雙聲	清母雙聲	從母雙聲
1	1	1

比較《漢字語源辭典》如下：

構（冓）	ko	侯	見	590-183-182
篝	ko	侯	見	591-183-182

取	tsio	侯	清	683-209-196	取	tsʻiŭg	侯	清	TSUG/TSUK/TSUNG	956-73-299
娶	tsio	侯	清	684-209-196						

藤堂明保陰聲韻帶輔音韻尾。

聚	dʑio	侯	從	688-211-197	聚	dʑiŭg	侯	從	TSUG/TSUK/TSUNG	959-73-299
冣	dʑio	侯	從	689-211-197						

藤堂明保陰聲韻帶輔音韻尾。

7.1.4.2　聲母相同，韻頭不同

共計 3 組。按聲轉差異細分如下表：

見母雙聲	定母雙聲
2	1

比較《漢字語源辭典》如下：

狗	ko	侯	見	593-184-182	狗	kug	侯	見	KUK/KUG/KUNG	1021-75-309
豿	ko	侯	見	594-184-182						
駒	kio	侯	見	595-184-182	駒	kiŭg	侯	見	KUK/KUG/KUNG	1022-75-309

藤堂明保陰聲韻帶輔音韻尾。

句	ko	侯	見	598-185-183	句	kiŭg	侯	見	KUK/KUG/KUNG	1016-75-309
鉤	ko	侯	見	599-185-183	鉤	kug	侯	見	KUK/KUG/KUNG	1017-75-309
枸	ko	侯	見	600-185-183						

軥	ko	侯	見	601-185-183					
劬	ko	侯	見	602-185-183					
笱	ko	侯	見	603-185-183	笱	kug	侯	見	KUK/KUG/KUNG	1020-75-309
拘	kio	侯	見	604-185-183	拘	kiŭg	侯	見	KUK/KUG/KUNG	1018-75-309
痀	kio	侯	見	605-185-183	痀	kiŭg	侯	見	KUK/KUG/KUNG	1019-75-309

藤堂明保陰聲韻帶輔音韻尾。

逗	do	侯	定	648-196-191	逗	dug	侯	定	TUG/TUK	886-70-283
住（侸）	dio	侯	定	649-196-191	住	tiŭg	侯	端	TUG/TUK	892-70-284

藤堂明保陰聲韻帶輔音韻尾。

7.1.4.3　聲母不同

共計 13 組。按聲轉差異細分如下表：

泥日準雙聲	見群旁紐	見曉旁紐	見疑匣旁紐	端定旁紐	日禪旁紐	日喻旁紐	精清旁紐	從心旁紐	幫滂旁紐	影曉鄰紐
1	2	1	1	2	1	1	1	1	1	1

比較《漢字語源辭典》如下：

獳（獳）	no	侯	泥	205-63-112
㮥	njio	侯	日	206-63-112

句	ko	侯	見	598-185-183	句	kiŭg	侯	見	KUK/KUG/KUNG	1016-75-309
胸	gio	侯	群	606-185-183						

藤堂明保陰聲韻帶輔音韻尾。

俱	kio	侯	見	610-186-184
具	gio	侯	群	611-186-184

狗	ko	侯	見	593-184-182	狗	kug	侯	見	KUK/KUG/KUNG	1021-75-309
豿	xo	侯	曉	597-184-182						

藤堂明保陰聲韻帶輔音韻尾。

遇	ngio	侯	疑	622-190-186

姤	ko	侯	見	630-190-186
覯	ko	侯	見	631-190-186
遘	ko	侯	見	632-190-186
逅	ho	侯	匣	633-190-186

投	do	侯	定	643-194-190	投	dug	侯	定 TUG/TUK	900-70-284
殳	do	侯	定	644-194-190					
鉒（注殳）	tio	侯	端	645-194-190	注	tiŭg	侯	端 TUG/TUK	894-70-284

藤堂明保陰聲韻帶輔音韻尾。

住（侸）	dio	侯	定	649-196-191	住	tiŭg	侯	端 TUG/TUK	892-70-284
駐	tio	侯	端	650-196-191	駐	tiŭg	侯	端 TUG/TUK	893-70-284

藤堂明保陰聲韻帶輔音韻尾。

裋	zjio	侯	禪	675-206-195
襦（褕）	njio	侯	日	677-206-195

襦（褕）	njio	侯	日	677-206-195
褕	jio	侯	喻	678-206-195

走	tzo	侯	精	681-208-196
趨（趣）	tsio	侯	清	682-208-196

聚	dʑio	侯	從	688-211-197	聚	dʑiŭg	侯	從 TSUG/TSUK/TSUNG	959-73-299
藪	so	侯	心	695-211-197					

藤堂明保陰聲韻帶輔音韻尾。

柎	pio	侯	幫	710-216-200
粰	phio	侯	滂	711-216-200

嫗	io	侯	影	588-182-182
姁	xio	侯	曉	589-182-182

7.1.5 宵部疊韻

7.1.5.1 同音不同調

共計 8 組。按聲轉差異細分如下表：

影母雙聲	見母雙聲	來母雙聲	照母雙聲	喻母雙聲	心母雙聲	滂母雙聲	明母雙聲
1	1	1	1	1	1	1	1

比較《漢字語源辭典》如下：

窔	yô	宵	影	725-221-202				
杳	yô	宵	影	726-221-202	杳	ŏg	宵	影	OG/OK	634-49-230
窅	yô	宵	影	727-221-202				
宧	yô	宵	影	728-221-202				

藤堂明保陰聲韻帶輔音韻尾。

交	keô	宵	見	754-225-206	交	kŏg	宵	見	KôG/KôK	819-65-269
恔	keô	宵	見	755-225-206				
絞	keô	宵	見	756-225-206	絞	kŏg	宵	見	KôG/KôK	821-65-269

藤堂明保陰聲韻帶輔音韻尾。

潦	lô	宵	來	819-243-214
澇	lô	宵	來	820-243-214

昭	tjiô	宵	照	830-248-216	昭	tiɔg	宵	端	TôG	704-56-246
照 (炤)	tjiô	宵	照	831-248-216	照	tiɔg	宵	端	TôG	705-56-246

藤堂明保陰聲韻帶輔音韻尾。

搖 (遙)	jiô	宵	喻	835-249-216	搖 (摇)	ɖiŏg	幽	澄	TOG	476-37-196
鷂	jiô	宵	喻	836-249-216				

藤堂明保陰聲韻帶輔音韻尾。舌音差別。

簫	syô	宵	心	879-262-222					
嘯（歗）	syô	宵	心	880-262-222	嘯	sög	幽	心	TSOG/TSOK	547-42-212

藤堂明保陰聲韻帶輔音韻尾。

飆	phiô	宵	滂	888-263-223
嘌	phiô	宵	滂	889-263-223
慓	phiô	宵	滂	890-263-223
鷅	phiô	宵	滂	891-263-223
翲	phiô	宵	滂	892-263-223
嫖	phiô	宵	滂	893-263-223
僄	phiô	宵	滂	894-263-223
趫	phiô	宵	滂	895-263-223
剽	phiô	宵	滂	896-263-223

蔑（蘱）	miô	宵	明	909-269-226	蔑	mɔ̌k	藥	明	MôG/MôK	878-69-280
杪	miô	宵	明	910-269-226	杪	miɔg	宵	明	MôG/MôK	872-69-280
秒	miô	宵	明	911-269-226	秒	miɔg	宵	明	MôG/MôK	871-69-280
眇	miô	宵	明	912-269-226	眇	miɔg	宵	明	MôG/MôK	873-69-280
渺	miô	宵	明	913-269-226						
妙（玅）	miô	宵	明	914-269-226	妙	miɔg	宵	明	MôG/MôK	881-69-280

藤堂明保陰聲韻帶輔音韻尾。

7.1.5.2　聲母相同，韻頭不同

共計 3 組。按聲轉差異細分如下表：

見母雙聲
3

比較《漢字語源辭典》如下：

高	kô	宵	見	735-223-204	高	kɔg	宵	見	KOG	783-63-262
驕	kiô	宵	見	736-223-204	驕	kïɔg	宵	見	KOG	789-63-263
矯	kiô	宵	見	737-223-204	矯	kiɔg	宵	見	KOG	790-63-263

撟	kiô	宵	見	738-223-204				

藤堂明保陰聲韻帶輔音韻尾。

縞	kô	宵	見	744-224-205	縞	kɔg	宵	見	KôG/KôK	803-64-266
晈	kyô	宵	見	745-224-205						
皦	kyô	宵	見	746-224-205	皦	kŏg	宵	見	KôG/KôK	814-64-267

藤堂明保陰聲韻帶輔音韻尾。

佼	keô	宵	見	758-226-206	佼姣	kŏg	宵	見	KôG/KôK	824-65-270
姣	keô	宵	見	759-226-206	佼姣	kŏg	宵	見	KôG/KôK	824-65-270
嬌	kiô	宵	見	760-226-206						

藤堂明保陰聲韻帶輔音韻尾。

7.1.5.3 聲母不同

共計 26 組。按聲轉差異細分如下表：

審山準雙聲	見溪旁紐	見群旁紐	見曉旁紐	見匣旁紐	溪群旁紐	端定旁紐	透定旁紐	定來旁紐	精從旁紐	從心旁紐	精心旁紐	幫並旁紐	幫滂旁紐	幫明旁紐	定照鄰紐	定喻鄰紐	定禪鄰紐	來喻鄰紐	照心鄰紐	審心鄰紐
1	1	1	1	1	1	1	3	1	1	1	1	1	1	2	1	1	2	1	2	1	1

比較《漢字語源辭典》如下：

少	sjiô	宵	審	837-250-217	少	thiɔg	宵	透	TôG	769-61-258
稍	sheô	宵	山	842-250-217	稍	sŏg	宵	心	SôG/SôK	760-60-257

藤堂明保陰聲韻帶輔音韻尾。

撟	kiô	宵	見	738-223-204
蹻	khiô	宵	溪	742-223-204

高	kô	宵	見	735-223-204	高	kɔg	宵	見	KOG	783-63-262
喬	giô	宵	群	739-223-204	喬	gïɔg	宵	群	KOG	786-63-263
嶠	giô	宵	群	740-223-204						

藤堂明保陰聲韻帶輔音韻尾。

噭	kyô	宵	見	924-272-227					

| 嚻 | xiô | 宵 | 曉 | 925-272-227 | 嚻 | ŋɔg | 宵 | 疑 | NGôG | 849-67-275 |

藤堂明保陰聲韻帶輔音韻尾。

孝	keô	宵	見	1350-412-300						
效 （傚）	heô	宵	匣	1351-412-300	效	ɦɔ̆g	宵	匣	KôG/KôK	832-65-270
校	heô	宵	匣	1352-412-300	校	kɔ̆g	宵	見	KôG/KôK	822-65-269

藤堂明保陰聲韻帶輔音韻尾。曉匣擬音不同。

| 蹻 | khiô | 宵 | 溪 | 742-223-204 | | | | | | |
| 翹 | giô | 宵 | 群 | 743-223-204 | 翹 | giɔg | 宵 | 群 | KOG | 792-63-263 |

藤堂明保陰聲韻帶輔音韻尾。

朝	tiô	宵	端	775-232-208
朝	diô	宵	定	776-232-208
潮 （淖）	diô	宵	定	777-232-208

超	thiô	宵	透	781-234-209	超	tʼiɔg	宵	透	TôG	707-56-246
趒	dyô	宵	定	782-234-209						
跳	dyô	宵	定	783-234-209	跳	dɔ̆g	宵	定	TôG	694-55-244

藤堂明保陰聲韻帶輔音韻尾。

| 超 | thiô | 宵 | 透 | 791-235-211 | 超 | tʼiɔg | 宵 | 透 | TôG | 707-56-246 |
| 迢 | dyô | 宵 | 定 | 792-235-211 | | | | | | |

藤堂明保陰聲韻帶輔音韻尾。

| 盜 | dô | 宵 | 定 | 801-236-212 |
| 佻 | thyô | 宵 | 透 | 802-236-212 |

| 迢 | dyô | 宵 | 定 | 792-235-211 | | | | | | |
| 遼 | lyô | 宵 | 來 | 793-235-211 | 遼 | lŏg | 宵 | 來 | LôG | 745-59-254 |

藤堂明保陰聲韻帶輔音韻尾。

| 焦
（蕉） | tziô | 宵 | 精 | 847-253-218 | 焦 | tsiŏg | 幽 | 精 | TSOG/TSOK | 526-42-209 |

醮	tziô	宵	精	848-253-218					
嶕	ʥiô	宵	從	849-253-218					
憔	ʥiô	宵	從	850-253-218					
顦	ʥiô	宵	從	851-253-218					

藤堂明保陰聲韻帶輔音韻尾。

噪 （譟）	sô	宵	心	865-259-221	譟	sɔg	宵	心	TSôG	771-62-260
嘈	ʥô	宵	從	866-259-221						

藤堂明保陰聲韻帶輔音韻尾。

消	siô	宵	心	876-261-222	消	siɔg	宵	心	SôG/SôK	754-60-256
燋 （醮）	tziô	宵	精	878-261-222						

藤堂明保陰聲韻帶輔音韻尾。

飆 （猋）	piô	宵	幫	881-263-223						
飄（扶 搖）	biô	宵	並	887-263-223	飄	pʼiɔg	宵	滂	PôG/PôK	855-68-277

藤堂明保陰聲韻帶輔音韻尾。

標	piô	宵	幫	897-264-224	標	piɔg	宵	幫	PôG/PôK	858-68-277
褾	piô	宵	幫	898-264-224						
剽	phiô	宵	滂	899-264-224						

藤堂明保陰聲韻帶輔音韻尾。

標	piô	宵	幫	897-264-224						
杪	miô	宵	明	900-264-224	杪	miɔg	宵	明	MôG/MôK	872-69-280

藤堂明保陰聲韻帶輔音韻尾。

召	diô	宵	定	804-237-212	召	tiɔg	宵	端	TôG	700-56-246
招	tjiô	宵	照	805-237-212	招	tiɔg	宵	端	TôG	699-56-246
詔	tjiô	宵	照	806-237-212						

藤堂明保陰聲韻帶輔音韻尾。

跳	dyô	宵	定	783-234-209	跳	dɔg	宵	定	TôG	694-55-244
蹫	jiô	宵	喻	785-234-209						

藤堂明保陰聲韻帶輔音韻尾。

掉	dyô	宵	定	814-241-214	掉	dŏg	宵	定	TôG/TôK	716-57-248
搖	jiô	宵	喻	815-241-214	搖（搖）	ḍiŏg	幽	澄	TOG	476-37-196
榣	jiô	宵	喻	816-241-214						

藤堂明保陰聲韻帶輔音韻尾。舌音差別。

兆（狣）	diô	宵	定	807-238-213	兆	ḍïɔg	宵	澄	TôG	691-55-244
卲	zjiô	宵	禪	808-238-213						

藤堂明保陰聲韻帶輔音韻尾。舌音差別。

療（癚）	lyô	宵	來	827-247-215	療	glɔk	藥	群	LôG	751-59-255
愮	jiô	宵	喻	828-247-215						

藤堂明保陰聲韻帶輔音韻尾。

逍（消）	siô	宵	心	867-260-221	消	siɔg	宵	心	SôG/SôK	754-60-256
招	tjiô	宵	照	868-260-221	招	tiɔg	宵	端	TôG	699-56-246

藤堂明保陰聲韻帶輔音韻尾。

少	sjiô	宵	審	837-250-217	少	thiɔg	宵	透	TôG	769-61-258
小	siô	宵	心	838-250-217	小	siɔg	宵	心	SôG/SôK	752-60-256

藤堂明保陰聲韻帶輔音韻尾。

7.1.6　幽部疊韻

7.1.6.1　同音不同調

共計 6 組。按聲轉差異細分如下表：

影母雙聲	定母雙聲	日母雙聲	禪母雙聲	心母雙聲
1	1	1	1	2

比較《漢字語源辭典》如下：

幽	yu	幽	影	730-221-202	幽	iög	幽	影	OG/OK	624-49-229

| 窈 | yu | 幽 | 影 | 731-221-202 | 窈 | ög | 幽 | 影 | OG/OK | 626-49-229 |
| 黝 | yu | 幽 | 影 | 732-221-202 | | | | | | |

藤堂明保陰聲韻帶輔音韻尾。

| 道 | du | 幽 | 定 | 949-280-231 | 道 | dôg | 幽 | 定 | TOK/TOG/TONG | 451-36-192 |
| 導 | du | 幽 | 定 | 950-280-231 | 導 | dôg | 幽 | 定 | TOK/TOG/TONG | 452-36-193 |

藤堂明保陰聲韻帶輔音韻尾。

| 柔 | njiu | 幽 | 日 | 973-290-236 | 柔 | niog | 幽 | 泥 | NOG/NOK/NONG | 488-39-201 |
| 擾
(擾) | njiu | 幽 | 日 | 979-290-236 | 擾 | niŏg | 幽 | 泥 | NOG/NOK/NONG | 498-39-202 |

藤堂明保陰聲韻帶輔音韻尾。

| 受 | zjiu | 幽 | 禪 | 985-292-238 | | | | | | |
| 授
(受) | zjiu | 幽 | 禪 | 986-292-238 | | | | | | |

| 叟
(叜) | su | 幽 | 心 | 1000-298-241 | 叟叜 | siog | 幽 | 心 | TSOG/TSOK | 551-42-212 |
| 嫂
(㛮) | su | 幽 | 心 | 1001-298-241 | 嫂 | sôg | 幽 | 心 | TSOG/TSOK | 555-42-212 |

藤堂明保陰聲韻帶輔音韻尾。

| 搔 | su | 幽 | 心 | 1002-299-241 | 搔 | sôg | 幽 | 心 | TSOG | 559-43-214 |
| 瘙
(癁) | su | 幽 | 心 | 1003-299-241 | | | | | | |

藤堂明保陰聲韻帶輔音韻尾。

7.1.6.2 聲母相同，韻頭不同

共計 4 組。按聲轉差異細分如下表：

影母雙聲	定母雙聲	從母雙聲	明母雙聲
1	1	1	1

比較《漢字語源辭典》如下：

| 憂 | iu | 幽 | 影 | 915-270-227 | 憂 | ïog | 幽 | 影 | OG/OK | 627-49-229 |
| 怮 | yu | 幽 | 影 | 916-270-227 | | | | | | |

藤堂明保陰聲韻帶輔音韻尾。

稠（綢）	diu	幽	定	956-283-233	稠	dïŏg	幽	定	TOK/TOG/TONG	415-34-183
⿱髟周	dyu	幽	定	957-283-233	⿱髟周	dög	幽	定	TOK/TOG/TONG	416-34-183

藤堂明保陰聲韻帶輔音韻尾。

螬（⿱𣛴䖵）	ʣu	幽	從	998-297-240
蝤	ʣiu	幽	從	999-297-240

冒	mu	幽	明	1025-307-245	冒	môg	幽	明	MOG/MOK	687-54-242
帽（冃）	mu	幽	明	1026-307-245	帽	môg	幽	明	MOG/MONG	671-53-238
鍪	miu	幽	明	1027-307-245						
霧（霚）	miu	幽	明	1028-307-245	雺霧	mïŏg	幽	明	MOG/MONG	674-53-238

藤堂明保陰聲韻帶輔音韻尾。

7.1.6.3　聲母不同

共計 16 組。按聲轉差異細分如下表：

端照準雙聲	見群旁紐	曉匣旁紐	清心旁紐	幫滂旁紐	幫並旁紐	幫明旁紐	滂並旁紐	定照鄰紐	透審鄰紐	定禪鄰紐	照心鄰紐	莊心鄰紐	床心鄰紐
1	1	1	1	1	1	2	2	1	1	1	1	1	1

比較《漢字語源辭典》如下：

詶	tjiu	幽	照	1401-431-309
譸（輈侜）	tiu	幽	端	1402-431-309

樛（朻）	kyu	幽	見	931-273-228						
觩（觓）	gyu	幽	群	932-273-228						

捄	gyu	幽	群	933-273-228	捄	gïog	幽	群	KOG	579-46-220
虯（虬）	gyu	幽	群	934-273-228						

藤堂明保陰聲韻帶輔音韻尾。

虓	xeu	幽	曉	926-272-227
哮	xeu	幽	曉	927-272-227
嘷	hu	幽	匣	928-272-227

蕭	syu	幽	心	1004-300-242	蕭	sög	幽	心	TSOG/TSOK	548-42-212
萩	tsiu	幽	清	1005-300-242						

藤堂明保陰聲韻帶輔音韻尾。

包（勹苞）	peu	幽	幫	1008-302-242	包	pŏg	幽	幫	POG/POK	647-51-234
胞	pheu	幽	滂	1009-302-242	胞	pŏg	幽	幫	POG/POK	648-51-234

藤堂明保陰聲韻帶輔音韻尾。

抱（褱）	bu	幽	並	1017-305-244	抱	bôg	幽	並	POG/POK	653-51-234
保	pu	幽	幫	1018-305-244	保	pôg	幽	幫	POG/POK	654-51-234
褓（緥葆）	pu	幽	幫	1019-305-244	緥	pôg	幽	幫	POG/POK	655-51-234

藤堂明保陰聲韻帶輔音韻尾。

苞	peu	幽	幫	1010-303-243
茂	mu	幽	明	1011-303-243
楙	mu	幽	明	1012-303-243

葆	pu	幽	幫	1013-303-243
萩（茆）	mu	幽	明	1014-303-243

抱（菢）	bu	幽	並	1020-305-244	抱	bôg	幽	並	POG/POK	653-51-234
孵（孚）	phiu	幽	滂	1021-305-244	孚	pʻïog	幽	滂	POG/POK	659-51-235

藤堂明保陰聲韻帶輔音韻尾。

桴	phiu	幽	滂	716-217-200	桴	bïog	幽	並	POG/POK	661-51-235
浮	biu	幽	並	717-217-200	浮	bïog	幽	並	POG/POK	660-51-235

藤堂明保陰聲韻帶輔音韻尾。

詶	tjiu	幽	照	1401-431-309
䄂 （袖）	diu	幽	定	1403-431-309

杽 （杻）	thiu	幽	透	947-279-231						
手	sjiu	幽	審	948-279-231	手	thiog	幽	透	TOG/TOK/TONG	384-33-176

藤堂明保陰聲韻帶輔音韻尾。

儔 （嚋）	diu	幽	定	954-282-232	儔	dïog	幽	定	TOK/TOG/TONG	428-34-185
雠（讐 雔）	zjiu	幽	禪	955-282-232	雠 雔	dhiog	幽	定	TOK/TOG/TONG	429-34-185

藤堂明保陰聲韻帶輔音韻尾。

帚	tjiu	幽	照	965-287-234
掃 （埽）	su	幽	心	966-287-234

爪 （叉）	tzheu	幽	莊	987-293-238	爪	tsŏg	幽	精	TSOG	556-43-214
抓	tzheu	幽	莊	988-293-238						
搔	su	幽	心	989-293-238	搔	sôg	幽	心	TSOG	559-43-214

藤堂明保陰聲韻帶輔音韻尾。

愁	dzhiu	幽	床	990-294-239	愁	dzïog	幽	從	TSOG/TSOK	537-42-211
騷	su	幽	心	992-294-239	騷	sôg	幽	心	TSOG	560-43-214
慅	su	幽	心	993-294-239						

藤堂明保陰聲韻帶輔音韻尾。

7.1.7 職部疊韻

7.1.7.1 同音不同調

共計 7 組。按聲轉差異細分如下表：

影母雙聲	見母雙聲	透母雙聲	定母雙聲	幫母雙聲
1	1	2	1	2

比較《漢字語源辭典》如下：

意	iək	職	影	1047-309-248	意	ïəg	之	影	êG/êK	252-23-138
億	iək	職	影	1048-309-248						

革	kiək	職	見	1060-313-250	革	kǒk	職	見	KêK/KêNG	216-21-131
亟	kiək	職	見	1061-313-250	亟	kïək	職	見	KêK/KêNG	218-21-132
恆（愋）	kiək	職	見	1062-313-250						
棘	kiək	職	見	1063-313-250	棘	kïək	職	見	KêK/KêNG	221-21-132

貸	thək	職	透	1091-321-255	貸	tʻəg	之	透	TêK/TêG/TêNG	75-9-92
貣	thək	職	透	1092-321-255						

忒	thək	職	透	1093-322-255
貣（貸）	thək	職	透	1094-322-255
忕	thək	職	透	1095-322-255

直	diək	職	定	1096-323-255	直	dïək	職	定	TEK	63-8-89
值	diək	職	定	1097-323-255	值	dïəg	之	定	TEK	68-8-90

富	piuək	職	幫	1144-338-265	富	puïəg	之	幫	PêG	343-29-162
福	piuək	職	幫	1145-338-265	福	puïək	職	幫	PêG	344-29-162

菖	piuək	職	幫	1146-339-265
蔔	piuək	職	幫	1147-339-265

7.1.7.2 聲母相同，韻頭不同

共計 3 組。按聲轉差異細分如下表：

定母雙聲	泥母雙聲	幫母雙聲
1	1	1

比較《漢字語源辭典》如下：

特	dək	職	定	405-124-148	特	t'ək	職	透	TEK	71-8-90
直	diək	職	定	406-124-148	直	dïək	職	定	TEK	63-8-89

恧（聰愬）	niuək	職	泥	1101-325-257	恧	niək	職	泥	NĘ̂G/NĘNG	107-11-99
忸	niuək	職	泥	1102-325-257						
愵	niək	職	泥	1103-325-257						

背	puək	職	幫	1130-336-262	背	puəg	之	幫	PÊK/PÊG/PÊNG	319-28-157
北	pək	職	幫	1131-336-262	北	pək	職	幫	PÊK/PÊG/PÊNG	318-28-157

7.1.7.3 聲母不同

共計 3 組。按聲轉差異細分如下表：

見匣旁紐	幫並旁紐	定照鄰紐
1	1	1

比較《漢字語源辭典》如下：

國	kuək	職	見	1069-316-252	國	kuək	職	見	KUÊK/KUÊG	270-24-143
域（或）	hiuək	職	匣	1070-316-252	或	ĥuək	職	匣	KUÊK/KUÊG	269-24-143

曉匣擬音不同。

背	puək	職	幫	1130-336-262	背	puəg	之	幫	PÊK/PÊG/PÊNG	319-28-157
偝	buək	職	並	1137-336-262						
背	buək	職	並	1138-336-262	背	puəg	之	幫	PÊK/PÊG/PÊNG	319-28-157

置	tjiək	職	照	1106-327-257						
值	diək	職	定	1107-327-257	值	dïəg	之	定	TEK	68-8-90

7.1.8 錫部疊韻

7.1.8.1 同音不同調

共計 3 組。按聲轉差異細分如下表：

影母雙聲	匣母雙聲	莊母雙聲
1	1	1

比較《漢字語源辭典》如下：

隘	ek	錫	影	1157-343-267
厄（戹）	ek	錫	影	1158-343-267
阨（陁）	ek	錫	影	1159-343-267

畫	hoek	錫	匣	1181-349-270	畫（畫）	ĥuĕg	支	匣	KUEK/KUENG	1831-138-512
劃	hoek	錫	匣	1182-349-270	劃	ĥuĕk	錫	匣	KUEK/KUENG	1832-138-512

曉匣擬音不同。

責	tzhek	錫	莊	1196-356-273	責	tsĕk	錫	精	TSEK/TSEG/TSENG	1733-127-485
債	tzhek	錫	莊	1197-356-273						

7.1.8.2 聲母不同

共計 6 組。按聲轉差異細分如下表：

初清準雙聲	透定旁紐	幫滂旁紐	幫並旁紐	端莊鄰紐
1	2	1	1	1

比較《漢字語源辭典》如下：

刺	tsiek	錫	清	1202-359-275	刺	tsʽieg	支	清	TSEK/TSEG/TSENG	1731-127-485
朿	tshek	錫	初	1206-359-275						

躑（躪）	diek	錫	定	183-60-109						
彳	thiek	錫	透	184-60-109	彳	tʽăk	鐸	透	TAK/TAG	1144-84-336

鬄（剔鬄）	thyek	錫	透	2068-634-418
髢（鬄）	dyek	錫	定	2069-634-418

擘	pek	錫	幫	227-72-117	擘	běk	錫	並	PEK/PENG	1870-139-518
擗	phyek	錫	滂	229-72-117						

擘	pek	錫	幫	227-72-117	擘	běk	錫	並	PEK/PENG	1870-139-518
闢（辟）	biek	錫	並	230-72-117	闢	biek	錫	並	PEK/PENG	1869-139-518

謫（讁適）	tek	錫	端	1183-350-271	適	thiek	錫	透	TEK/TEG/TENG	1652-120-463
責（讀）	tzhek	錫	莊	1184-350-271	責	tsěk	錫	精	TSEK/TSEG/TSENG	1733-127-485

7.1.9　鐸部疊韻

7.1.9.1　同音不同調

共計 3 組。按聲轉差異細分如下表：

精母雙聲	幫母雙聲
1	2

比較《漢字語源辭典》如下：

作	tzak	鐸	精	1283-385-288	作	tsak	鐸	精	TSAK/TSAG/TSANG	1284-97-374
做（作）	tzak	鐸	精	1284-385-288	作	tsak	鐸	精	TSAK/TSAG/TSANG	1284-97-374

伯	peak	鐸	幫	1297-390-291	伯	păk	鐸	幫	PAK/PAG	1533-114-434
霸	peak	鐸	幫	1298-390-291	霸	păg	魚	滂	PAK	1525-113-431

百	peak	鐸	幫	1299-391-292						
佰（伯）	peak	鐸	幫	1300-391-292	伯	păk	鐸	幫	PAK/PAG	1533-114-434

7.1.9.2　聲母相同，韻頭不同

共計 1 組。按聲轉差異細分如下表：

匣母雙聲
1

比較《漢字語源辭典》如下：

7.1.9.3　聲母不同

共計 11 組。按聲轉差異細分如下表：

見溪旁紐	見曉旁紐	透定旁紐	心邪旁紐	從邪旁紐	幫並旁紐	照莊鄰紐	端照鄰紐	喻心鄰紐
1	1	1	1	1	1	2	2	1

比較《漢字語源辭典》如下：

骼（胳）	keak	鐸	見	1058-312-249				
骼	kheak	鐸	溪	1059-312-249	骼	kăk	鐸	見	KAG/KAK/KANG	1348-101-391

矍	kiuak	鐸	見	318-97-132	矍	kïuak	鐸	見	KUAK/KUANG	1429-107-409
矆	xiuak	鐸	曉	319-97-132					
懼	xiuak	鐸	曉	320-97-132					

託	thak	鐸	透	1241-371-282	託	tʻak	鐸	透	TAG/TAK	1114-82-330
侂（任）	thak	鐸	透	1242-371-282					
宅	deak	鐸	定	1243-371-282	宅	dăk	鐸	定	TAG/TAK	1113-82-330

昔（睯）	syak	鐸	心	1274-381-286	昔	siăk	鐸	心	TSAG/TSAK	1255-95-367
夕	zyak	鐸	邪	1275-381-286	夕	ḍiăk	鐸	澄	TAK/TAG	1139-84-336
汐	zyak	鐸	邪	1276-381-286					

藤堂明保無邪母。

藉	dzyak	鐸	從	1290-388-289	藉	dziăg	魚	從	TSAG/TSAK	1259-95-367
席	zyak	鐸	邪	1291-388-289	席				TSAG/TSAK	1265-95-368

迫	peak	鐸	幫	1141-337-264	迫	păk	鐸	幫	PAK/PAG	1548-115-437
薄	bak	鐸	並	1142-337-264	薄	bak	鐸	並	PAK/PAG	1537-115-436

斫	tjiak	鐸	照	1254-377-284	釿斫	ŋïðn	文	疑	KÊR/KÊN	2588-183-698
斮	tzheak	鐸	莊	1255-377-284	斮	tsăk	鐸	精	TSAK/TSAG/TSANG	1287-97-374

蟅	tjyak	鐸	照	1263-379-285
蚱	tzheak	鐸	莊	1265-379-285
舴	tzheak	鐸	莊	1266-379-285

斫	tjiak	鐸	照	1254-377-284	釿斫	ŋïðn	文	疑	KÊR/KÊN	2588-183-698
欘（鐯）	tiak	鐸	端	1256-377-284						

蟅	tjyak	鐸	照	1263-379-285
虴	teak	鐸	端	1264-379-285

夜	jyak	鐸	喻	1273-381-286	夜	ḍĭăg	魚	澄	TAK/TAG	1137-84-336
昔（睯）	syak	鐸	心	1274-381-286	昔	siăk	鐸	心	TSAG/TSAK	1255-95-367

舌音差別。

7.1.10　屋部疊韻

7.1.10.1　同音不同調

共計 1 組。按聲轉差異細分如下表：

定母雙聲
1

比較《漢字語源辭典》如下：

竇	dok	屋	定	1324-402-295					
瀆	dok	屋	定	1325-402-295	瀆	duk	屋	定	TUNG/TUK	938-71-292
隫	dok	屋	定	1326-402-295					

7.1.10.2 聲母相同,韻頭不同

共計 4 組。按聲轉差異細分如下表:

影母雙聲	端母雙聲
1	3

比較《漢字語源辭典》如下:

屋	ok	屋	影	1312-397-293
幄 (幌)	eok	屋	影	1313-397-293

斲 (剄)	teok	屋	端	1257-377-284
椓	teok	屋	端	1258-377-284
斸	tiok	屋	端	1259-377-284
欘	tiok	屋	端	1260-377-284

噣	tiok	屋	端	635-191-188					
啄	teok	屋	端	636-191-188	啄	tuk	屋	端	TUG/TUK	909-70-285

椓	teok	屋	端	1320-400-295					
築	tiok	屋	端	1321-400-295	築	tïok	沃	端	TOK/TOG/TONG	410-34-183

7.1.10.3 聲母不同

共計 5 組。按聲轉差異細分如下表:

山心準雙聲	溪群旁紐	透定旁紐	初床旁紐	清心旁紐
1	1	1	1	1

比較《漢字語源辭典》如下:

數	sheok	屋	山	1344-410-299					
速 (遬)	siok	屋	心	1345-410-299	速	suk	屋	心	TSUG/TSUK/TSUNG	965-73-299

曲	khiok	屋	溪	607-185-183	曲	kʻïuk	屋	溪	KUK/KUG/KUNG	1015-75-309
局	giok	屋	群	608-185-183	局	gïuk	屋	群	KUK/KUG/KUNG	1023-75-310
跼	giok	屋	群	609-185-183						

| 亍 | thiok | 屋 | 透 | 185-60-109 |
| 躅（躅） | diok | 屋 | 定 | 186-60-109 |

| 掫 | tsheok | 屋 | 初 | 1209-359-275 |
| 摵（捔） | ʥheok | 屋 | 床 | 1210-359-275 |

| 促 | tsiok | 屋 | 清 | 686-210-196 | 促 | tsʻiuk | 屋 | 清 | TSUG/TSUK/TSUNG | 954-73-298 |
| 速 | sok | 屋 | 心 | 687-210-196 | 速 | suk | 屋 | 心 | TSUG/TSUK/TSUNG | 965-73-299 |

7.1.11　沃部疊韻

7.1.11.1　聲母不同

共計 4 組。按聲轉差異細分如下表：

端透旁紐	透定旁紐	幫並旁紐
2	1	1

比較《漢字語源辭典》如下：

| 卓 | teôk | 沃 | 端 | 795-235-211 | 卓 | tŏk | 藥 | 端 | TôG/TôK | 714-57-248 |
| 逴 | theôk | 沃 | 透 | 797-235-211 | | | | | | |

卓	teôk	沃	端	787-234-209	卓	tŏk	藥	端	TôG/TôK	714-57-248
踔	theôk	沃	透	788-234-209	踔	tʻɔk	藥	透	TôG/TôK	715-57-248
逴	theôk	沃	透	789-234-209						
趠	thyôk	沃	透	790-234-209						

| 糶 | thyôk | 沃 | 透 | 1362-416-302 |
| 糴 | thyôk | 沃 | 透 | 1363-416-302 |

耀	dyôk	沃	定	1364-416-302

暴	bôk	沃	並	1377-422-305	暴	bɔg	宵	並	PôG/PôK	863-68-277
爆	peôk	沃	幫	1378-422-305	爆	pŏk	沃	幫	PôG/PôK	865-68-278

7.1.12 覺部疊韻

7.1.12.1 同音不同調

共計 1 組。按聲轉差異細分如下表：

照母雙聲
2

比較《漢字語源辭典》如下：

祝	tjiuk	覺	照	1399-431-309	祝（祝）	tiok	沃	端	TOK/TOG/TONG	457-36-193
呪	tjiuk	覺	照	1400-431-309	呪	tiog	幽	端	TOK/TOG/TONG	458-36-193

7.1.12.2 聲母相同，韻頭不同

共計 1 組。按聲轉差異細分如下表：

從母雙聲
1

比較《漢字語源辭典》如下：

就	dʑiuk	覺	從	1412-435-311	就	dʑiog	幽	從	TSOG/TSOK	533-42-210
造	dʑuk	覺	從	1413-435-311	造	dʑôg	幽	從	TSOG/SONG	569-45-218

7.1.12.3 聲母不同

共計 6 組。按聲轉差異細分如下表：

山心準雙聲	穿禪旁紐	精從旁紐	幫滂並旁紐	透喻鄰紐	山精鄰紐
1	1	1	1	1	1

比較《漢字語源辭典》如下：

鏉	shiuk	覺	山	1410-434-310
鎍（鏞）	siuk	覺	心	1411-434-310

俶	thjiuk	覺	穿	1360-415-301							
淑	zjiuk	覺	禪	1361-415-301	淑	thiok	沃	透	TOK/TOG		487-38-199

就	dziuk	覺	從	1414-436-311	就	dziog	幽	從	TSOG/TSOK		533-42-210
歜（嘁）	tziuk	覺	精	1415-436-311							

複	piuk	覺	幫	1416-437-311	複	pïok	沃	幫	POG/POK		665-52-237
覆	phiuk	覺	滂	1417-437-311							
復	biuk	覺	並	1418-437-311	复復	p'ïok	沃	滂	POG/POK		668-52-237
匐	biuk	覺	並	1419-437-311							
瘦	biuk	覺	並	1420-437-311							

畜	thiuk	覺	透	1395-429-308	畜	t'ïog	幽	透	TOG/TOK/TONG		395-33-178
育（粥毓）	jiuk	覺	喻	1396-429-308	育	ḍiok	沃	澄	TOK/TOG/TONG		468-36-193

舌音差別。

摍	shiuk	覺	山	1407-433-310	摍	sïok	沃	心	TSOG/TSOK		543-42-211
縮	shiuk	覺	山	1408-433-310	縮	sïok	沃	心	TSOG/TSOK		544-42-211
蹴（蹵）	tziuk	覺	精	1409-433-310							

7.1.13　蒸部疊韻

7.1.13.1 同音不同調

共計 3 組。按聲轉差異細分如下表：

匣母雙聲	端母雙聲	照母雙聲
1	1	1

比較《漢字語源辭典》如下：

弘	huəng	蒸	匣	1425-440-313	弘	ĥuəŋ	蒸	匣	KUÊNG	295-26-149
宏	hoəng	蒸	匣	1426-440-313	宏	ĥŭəŋ	蒸	匣	KUÊNG	293-26-149
閎	hoəng	蒸	匣	1427-440-313						
泓	hoəng	蒸	匣	1428-440-313						

曉匣擬音不同。

登	təng	蒸	端	1081-320-253	登	təŋ	蒸	端	TENG	80-10-95
隥（嶝墱磴）	təng	蒸	端	1087-320-253	隥	təŋ	蒸	端	TENG	82-10-95
鐙	təng	蒸	端	1088-320-253						
蹬	təng	蒸	端	1089-320-253						

徵	tjiəng	蒸	照	1439-444-315	徵	tïəŋ	蒸	端	TENG	84-10-95
證	tjiəng	蒸	照	1440-444-315	證（証）	tiəŋ	蒸	端	TENG	83-10-95
症	tjiəng	蒸	照	1441-444-315						

7.1.13.2 聲母相同，韻頭不同

共計 2 組。按聲轉差異細分如下表：

來母雙聲	明母雙聲
1	1

比較《漢字語源辭典》如下：

棱（稜楞）	ləng	蒸	來	1432-442-314						
菱（蓤）	liəng	蒸	來	1434-442-314	菱	liəŋ	蒸	來	LêK/LêNG	127-12-103

夢	miuəng	蒸	明	1032-307-245	夢	mïuəŋ	蒸	明	MêK/MêG/MêNG	360-30-166
薨	miuəng	蒸	明	1033-307-245	薨	mïuəŋ	蒸	明	MêK/MêG/MêNG	359-30-166
懜（懵）	məng	蒸	明	1034-307-245	懜	mïuəŋ	蒸	明	MêK/MêG/MêNG	361-30-166

7.1.13.3 聲母不同

共計 3 組。按聲轉差異細分如下表：

精從旁紐	定神鄰紐	端審鄰紐
1	1	1

比較《漢字語源辭典》如下：

增（曾）	tzəng	蒸	精	1446-447-316	增	ʦəŋ	蒸	精	TSêG/TSêNG	162-15-114
層（曾）	dzəng	蒸	從	1447-447-316	層	ʣəŋ	蒸	從	TSêG/TSêNG	163-15-114

騰	dəng	蒸	定	1082-320-253	騰	dəŋ	蒸	定	TENG	87-10-96
乘	djiəng	蒸	神	1083-320-253	乘（乗）	diəŋ	蒸	定	TENG	92-10-96

登	təng	蒸	端	1081-320-253	登	təŋ	蒸	端	TENG	80-10-95
升	sjiəng	蒸	審	1084-320-253	升	thiəŋ	蒸	透	TENG	90-10-96
陞	sjiəng	蒸	審	1085-320-253						
昇	sjiəng	蒸	審	1086-320-253	扴昇	thiəŋ	蒸	透	TENG	91-10-96

7.1.14 耕部疊韻

7.1.14.1 同音不同調

共計 5 組。按聲轉差異細分如下表：

見母雙聲	定母雙聲	照母雙聲	莊母雙聲	並母雙聲
1	1	1	1	1

比較《漢字語源辭典》如下：

驚	kieng	耕	見	1470-456-320	驚	kïĕŋ	耕	見	KENG/KEG	1784-132-497
警	kieng	耕	見	1471-456-320	警	kïĕŋ	耕	見	KENG/KEG	1783-132-497
儆（憼）	kieng	耕	見	1472-456-320						
敬	kieng	耕	見	1473-456-320	敬	kïĕŋ	耕	見	KENG/KEG	1782-132-497

梃	dyeng	耕	定	1518-470-328	梃	deŋ	耕	定	TEK/TEG/TENG	1667-120-465
莛	dyeng	耕	定	1519-470-328						

正	tjieng	耕	照	1542-477-331	正	tieŋ	耕	端	TEK/TEG/TENG	1661-120-464
政	tjieng	耕	照	1543-477-331	政	tieŋ	耕	端	TEK/TEG/TENG	1663-120-465
整	tjieng	耕	照	1544-477-331	整	tieŋ	耕	端	TEK/TEG/TENG	1664-120-465

爭	tzheng	耕	莊	1547-479-332	爭（争）	tsĕŋ	耕	精	TSEK/TSEG/TSENG	1743-127-486
諍	tzheng	耕	莊	1548-479-332	諍	tsĕŋ	耕	精	TSEK/TSEG/TSENG	1744-127-486

平	bieng	耕	並	1587-492-338	平	bïĕŋ	耕	並	PEK/PENG	1874-139-519
評	bieng	耕	並	1588-492-338						
枰	bieng	耕	並	1589-492-338						
坪（荸）	bieng	耕	並	1590-492-338	坪	bïĕŋ	耕	並	PEK/PENG	1877-139-519

7.1.14.2　聲母相同，韻頭不同

共計 5 組。按聲轉差異細分如下表：

見母雙聲	匣母雙聲	端母雙聲	並母雙聲
1	1	2	1

比較《漢字語源辭典》如下：

頸	kieng	耕	見	1474-457-321	頸（頚）	kieŋ	耕	見	KENG	1792-133-499
剄	kyeng	耕	見	1477-457-321	剄	keŋ	耕	見	KENG	1794-133-499

莖	heng	耕	匣	1478-457-321	莖	ĥěŋ	耕	匣	KENG	1791-133-499
脛	hyeng	耕	匣	1479-457-321	脛	gieŋ	耕	群	KENG	1793-133-499

曉匣擬音不同。

瑩	hiueng	耕	匣	1489-461-323						
熒	hyueng	耕	匣	1490-461-323	熒	ĥueŋ	耕	匣	KUEK/KUENG	1839-138-512
螢	hyueng	耕	匣	1491-461-323	螢	ĥueŋ	耕	匣	KUEK/KUENG	1840-138-512

曉匣擬音不同。

丁	tyeng	耕	端	1495-463-324	丁	teŋ	耕	端	TENG	1674-122-469
貞	tieng	耕	端	1496-463-324	貞	tïeŋ	耕	端	TEG/TENG	1672-121-468

屛	byeng	耕	並	1591-493-339	屛	pieŋ	耕	幫	PEK/PENG	1883-139-519
偋	bieng	耕	並	1594-493-339						
帡	bieng	耕	並	1595-493-339						

7.1.14.3　聲母不同

共計 18 組。按聲轉差異細分如下表：

山心準雙聲	見匣旁紐	透定旁紐	透來旁紐	定泥旁紐	精從旁紐	精心旁紐	清從旁紐	從心旁紐	幫滂旁紐	幫並旁紐	來喻鄰紐	來明鄰紐	端照鄰紐
2	2	1	1	1	1	1	2	1	1	2	1	1	1

比較《漢字語源辭典》如下：

生	sheng	耕	山	1555-482-333	生	sĕŋ	耕	心	SENG	1765-130-492
性	sieng	耕	心	1556-482-333	性	sieŋ	耕	心	SENG	1770-130-493
姓	sieng	耕	心	1557-482-333	姓	sieŋ	耕	心	SENG	1769-130-492

生	sheng	耕	山	1558-483-333	生	sĕŋ	耕	心	SENG	1765-130-492
腥(勝)	syeng	耕	心	1559-483-333	勝	seŋ	耕	心	SENG	1767-130-492
鮏(鯹)	syeng	耕	心	1560-483-333	鮏	seŋ	耕	心	SENG	1768-130-492

頸	kieng	耕	見	1474-457-321	頸	kieŋ	耕	見	KENG	1792-133-499
莖	heng	耕	匣	1478-457-321	莖	ɦĕŋ	耕	匣	KENG	1791-133-499

曉匣擬音不同。

迥	hyueng	耕	匣	1492-462-324	迥	ɦueŋ	耕	匣	KUEK/KUENG	1838-138-512
泂	hyueng	耕	匣	1493-462-324						
坰(冂)	kyueng	耕	見	1494-462-324	冋坰	kueŋ	耕	見	KUEK/KUENG	1836-138-512

曉匣擬音不同。

挺	dyeng	耕	定	1520-470-328	挺	deŋ	耕	定	TEK/TEG/TENG	1666-120-465
珽	thyeng	耕	透	1521-470-328						
脡	thyeng	耕	透	1522-470-328						

聽	thyeng	耕	透	1505-465-325						
廳	thyeng	耕	透	1506-465-325						
聆	lyeng	耕	來	1507-465-325	聆	leŋ	耕	來	LENG/LEK/LEG	1703-124-477

定	dyeng	耕	定	1515-469-327	定	deŋ	耕	定	TENG	1683-122-470
寧（甯）	nyeng	耕	泥	1517-469-327						

井	tzieng	耕	精	1561-484-334	丼（井）	tsieŋ	耕	精	TSENG	1760-129-491
阱（穽）	dzieng	耕	從	1562-484-334	穽阱	dzieŋ	耕	從	TSENG	1761-129-491

晶	tzieng	耕	精	1563-485-334	晶	tsieŋ	耕	精	TSENG	1759-129-491
星（曐）	syeng	耕	心	1564-485-334	星	seŋ	耕	心	TSENG	1763-129-491

清	tsieng	耕	清	1566-486-335	淸（清）	tsʻieŋ	耕	清	TSENG	1750-129-490
圊	tsieng	耕	清	1567-486-335						
淨（瀞）	dzieng	耕	從	1568-486-335	淨（净）	dzieŋ	耕	從	TSENG	1751-129-490

青	tsyeng	耕	清	1569-487-335	靑（青）	tsʻeŋ	耕	清	TSENG	1749-129-490
彭	dzieng	耕	從	1570-487-335						

星（曐）	syeng	耕	心	1564-485-334	星	seŋ	耕	心	TSENG	1763-129-491
晴（姓精暒）	dzieng	耕	從	1565-485-334	姓晴	dzieŋ	耕	從	TSENG	1762-129-491

并	pieng	耕	幫	1579-490-337	并	pieŋ	耕	幫	PEK/PENG	1878-139-519
姘	pheng	耕	滂	1584-490-337	姘	pʻeŋ	耕	滂	PEK/PENG	1884-139-520

并	pieng	耕	幫	1579-490-337	并	pieŋ	耕	幫	PEK/PENG	1878-139-519
併	pieng	耕	幫	1580-490-337	併	pieŋ	耕	幫	PEK/PENG	1879-139-519
並（竝）	byeng	耕	並	1581-490-337	竝	biăŋ	陽	並	PANG/PAK	1574-116-443

屏	byeng	耕	並	1591-493-339	屏	pieŋ	耕	幫	PEK/PENG	1883-139-519
軿 (蘋)	byeng	耕	並	1592-493-339						
屏	pieng	耕	幫	1593-493-339						

筹	lyeng	耕	來	1844-572-383	筹	leŋ	耕	來	LENG/LEK	1710-125-479
籯 (籯)	jieng	耕	喻	1845-572-383						

令	lieng	耕	來	1530-473-329	令	lieŋ	耕	來	LENG/LEK/LEG	1699-124-477
命	mieng	耕	明	1531-473-329	命	mïĕŋ	耕	明	MEK/MENG	1887-140-522

鉦	tjieng	耕	照	1540-476-331						
丁寧	tyeng- nyeng	耕	端	1541-476-331	丁	teŋ	耕	端	TENG	1674-122-469

7.1.15 陽部疊韻

7.1.15.1 同音不同調

共計 10 組。按聲轉差異細分如下表：

群母雙聲	匣母雙聲	端母雙聲	來母雙聲	穿母雙聲	日母雙聲	幫母雙聲
1	2	3	1	1	1	1

比較《漢字語源辭典》如下：

強 (彊)	giang	陽	群	1599-495-341	強	gïaŋ	陽	群	KANG	1375-103-396
勥	giang	陽	群	1602-495-341						

煌	huang	陽	匣	1629-498-344	煌	ɦuaŋ	陽	匣	KUANG	1441-108-412
晃 (爌)	huang	陽	匣	1630-498-344	晃	ɦuaŋ	陽	匣	KUANG	1440-108-412

曉匣擬音不同。

永	hyuang	陽	匣	1666-510-353	永	ɦïuăŋ	陽	匣	HUANG	1456-109-416
詠 (詠)	hyuang	陽	匣	1667-510-353	詠	ɦïuăŋ	陽	匣	HUANG	1457-109-416

曉匣擬音不同。

當	tang	陽	端	1668-511-353	當（當）	taŋ	陽	端	TANG	1193-89-352
襠	tang	陽	端	1669-511-353						
擋（攩）	tang	陽	端	1670-511-353	攩	taŋ	陽	端	TANG	1195-89-352

張	tiang	陽	端	1671-512-354	張	tïaŋ	陽	端	TANG	1184-88-349
脹（痕）	tiang	陽	端	1672-512-354						
漲	tiang	陽	端	1673-512-354						

張	tiang	陽	端	1671-512-354	張	tïaŋ	陽	端	TANG	1184-88-349
帳	tiang	陽	端	1674-512-354	帳	tïaŋ	陽	端	TANG	1183-88-349

兩	liang	陽	來	1706-525-359	兩（両）	lïaŋ	陽	來	LANG/LAK	1239-94-363
网	liang	陽	來	1707-525-359	网	lïaŋ	陽	來	LANG/LAK	1238-94-363
輛	liang	陽	來	1708-525-359	輛	lïaŋ	陽	來	LANG/LAK	1240-94-363
裲	liang	陽	來	1709-525-359						
緉	liang	陽	來	1710-525-359						

唱（倡）	thjiang	陽	穿	1719-528-362	唱	t'ïaŋ	陽	透	TANG	1191-88-350
倡	thjiang	陽	穿	1720-528-362						
娼	thjiang	陽	穿	1721-528-362						

攘	njiang	陽	日	1724-530-363						
讓	njiang	陽	日	1725-530-363	讓（譲）	niaŋ	陽	泥	NANG	1228-92-360

方	piuang	陽	幫	1768-548-371	方	pïaŋ	陽	幫	PANG/PAK	1562-116-442
舫（枋）	piuang	陽	幫	1769-548-371	舫	pïaŋ	陽	幫	PANG/PAK	1563-116-442

7.1.15.2　聲母相同，韻頭不同

共計 11 組。按聲轉差異細分如下表：

見母雙聲	疑母雙聲	匣母雙聲	定母雙聲	來母雙聲	並母雙聲	明母雙聲
2	1	3	1	1	1	2

比較《漢字語源辭典》如下：

疆 (畺)	kiang	陽	見	1617-496-343	畺 疆	kïaŋ	陽	見	KANG	1372-103-396
境 (竟)	kyang	陽	見	1618-496-343	境	kïăŋ	陽	見	KANG	1379-103-396

景	kyang	陽	見	1623-498-344	景	kïăŋ	陽	見	KANG	1380-103-396
鏡	kyang	陽	見	1625-498-344	鏡	kïăŋ	陽	見	KANG	1381-103-397

昂 (卬)	ngang	陽	疑	1644-503-348	卬	ŋaŋ	陽	疑		1517-112-429
仰 (卬)	ngiang	陽	疑	1645-503-348	仰	ŋïaŋ	陽	疑		1518-112-429

杭	hang	陽	匣	1655-507-351						
航	hang	陽	匣	1656-507-351	航	ɦaŋ	陽	匣	KAG/KAK/KANG	1358-101-391
斻	hang	陽	匣	1657-507-351						
潢	hoang	陽	匣	1658-507-351						

曉匣擬音不同。

衡	heang	陽	匣	1659-508-351	衡	ɦăŋ	陽	匣	KAG/KAK/KANG	1354-101-391
珩	heang	陽	匣	1660-508-351						
桁	heang	陽	匣	1661-508-351	桁	ɦăŋ	陽	匣	KAG/KAK/KANG	1355-101-391
橫	hoang	陽	匣	1662-508-351	橫	ɦuaŋ	陽	匣	KUAK/KUANG	1434-107-410
璜	huang	陽	匣	1663-508-351						

曉匣擬音不同。

往	hiuang	陽	匣	1664-509-352	往	ɦïuaŋ	陽	匣	HUANG	1449-109-415
迋	hiuang	陽	匣	1665-509-352						

曉匣擬音不同。

仗	diang	陽	定	1524-470-328					
棖	deang	陽	定	1525-470-328	棖	dǎŋ	陽	定	TANG	1185-88-349

朗（脼）	lang	陽	來	1701-523-358	朗	laŋ	陽	來	LAG/LANG	1232-93-361
亮	liang	陽	來	1702-523-358					

旁（傍）	bang	陽	並	1770-549-371	旁	baŋ	陽	並	PANG/PAK	1566-116-442
房	biuang	陽	並	1771-549-371	房	bïaŋ	陽	並	PANG/PAK	1564-116-442

蟒	mang	陽	明	1267-379-285
蜢	meang	陽	明	1268-379-285
艋	meang	陽	明	1269-379-285

芒	miuang	陽	明	1775-551-372	芒	mïaŋ	陽	明	MAK/MANG	1598-117-447
鋩	miuang	陽	明	1776-551-372					
萌	meang	陽	明	1777-551-372	萌	mǎŋ	陽	明	MAK/MAG/MANG	1623-118-453

7.1.15.3　聲母不同

共計 23 組。按聲轉差異細分如下表：

端照準雙聲	見溪旁紐	見群旁紐	溪曉旁紐	端來旁紐	端定旁紐	透定旁紐	禪心旁紐	精從旁紐	清從旁紐	見影鄰紐	定邪鄰紐	來日鄰紐	喻邪鄰紐	審初鄰紐	莊邪鄰紐	初清鄰紐
1	3	2	1	1	2	2	1	1	2	1	1	1	1	1	1	1

比較《漢字語源辭典》如下：

張	tiang	陽	端	1671-512-354	張	tïaŋ	陽	端	TANG	1184-88-349
掌	tjiang	陽	照	1675-512-354	掌	tiaŋ	陽	端	TANG	1194-89-352

埂	keang	陽	見	1235-369-280					

坑 (阬)	kheang	陽	溪	1236-369-280	阬 坑	k'ăŋ	陽	溪	KAG/KAK/KANG	1395-104-401

光	kuang	陽	見	1627-498-344	光	kuaŋ	陽	見	KUANG	1438-108-412
曠（爌 㘶）	khuang	陽	溪	1628-498-344	曠	k'uaŋ	陽	溪	KUANG	1442-108-412

廣	kuang	陽	見	1634-500-347	廣（広）	kuaŋ	陽	見	KUAK/KUANG	1433-107-410
曠	khuang	陽	溪	1635-500-347	曠	k'uaŋ	陽	溪	KUANG	1442-108-412

剛	kang	陽	見	1598-495-341	剛	kaŋ	陽	見	KAG/KAK/KANG	1361-101-391
強 (彊)	giang	陽	群	1599-495-341	強	gïaŋ	陽	群	KANG	1375-103-396

京	kyang	陽	見	1631-499-346	京	kïăŋ	陽	見	KAG/KAK/KANG	1363-101-391
麖 (麖)	kyang	陽	見	1632-499-346						
鯨 (鱷)	gyang	陽	群	1633-499-346						

曠	khuang	陽	溪	1635-500-347	曠	k'uaŋ	陽	溪	KUANG	1442-108-412
荒	xuang	陽	曉	1636-500-347	荒	m̥aŋ	陽	明	MAK/MANG	1605-117-448
㡏	xuang	陽	曉	1637-500-347						

粻 (餦)	tiang	陽	端	1676-513-354						
糧 (糧)	liang	陽	來	1677-513-354	糧糧	lïaŋ	陽	來	LAG/LANG	1234-93-362

螳 (蟷)	dang	陽	定	1682-516-355						
䗯 (蟷)	tang	陽	端	1683-516-355						

長	diang	陽	定	1695-521-357	長	dïaŋ	陽	定	TANG	1182-88-349
長	tiang	陽	端	1696-521-357	長	dïaŋ	陽	定	TANG	1182-88-349

湯	thang	陽	透	1680-515-355	湯	t'aŋ	陽	透	TANG	1174-87-347
盪（蕩）	dang	陽	定	1681-515-355	盪	t'aŋ	陽	透	TANG	1176-87-347

長	diang	陽	定	1695-521-357	長	dïaŋ	陽	定	TANG	1182-88-349
暢（畼）	thiang	陽	透	1697-521-357						
蟪	thiang	陽	透	1698-521-357						

相（儴儴襄）	siang	陽	心	870-260-221	相	siaŋ	陽	心	SAG/SAK/SANG	1276-96-371
徜（尚）	zjiang	陽	禪	871-260-221	尚	dhiaŋ	陽	定	TANG	1164-86-343

藏（臧）	dzang	陽	從	1761-545-370	藏（蔵）	dzaŋ	陽	從	TSANG	1298-98-377
賍	tzang	陽	精	1763-545-370						

斨	tsiang	陽	清	1756-543-368						
牂	dziang	陽	從	1757-543-368	牂	dziaŋ	陽	從	TSAK/TSAG/TSANG	1295-97-375

藏（臧）	dzang	陽	從	1761-545-370	藏（蔵）	dzaŋ	陽	從	TSANG	1298-98-377
倉	tsang	陽	清	1762-545-370	倉	ts'aŋ	陽	精	TSANG	1299-98-377

景	kyang	陽	見	1623-498-344	景	kïăŋ	陽	見	KANG	1380-103-396
影	yang	陽	影	1624-498-344						

糖（餹）	dang	陽	定	1690-519-357	
餳	zyang	陽	邪	1691-519-357	

蜋（蜋）	lang	陽	來	1699-522-358
蠰	njiang	陽	日	1700-522-358

瘍	jiang	陽	喻	1734-535-364
癢	ziang	陽	邪	1735-535-364

傷	sjiang	陽	審	1736-536-365	傷	thiaŋ	陽	透 TAK/TANG	1203-90-354
慯	sjiang	陽	審	1737-536-365					
殤	sjiang	陽	審	1738-536-365	殤	thiaŋ	陽	透 TAK/TANG	1204-90-354
創（刅）	tshiang	陽	初	1739-536-365	刱創	tsʽïaŋ	陽	清 TSAK/TSAG/TSANG	1294-97-375
瘡	tshiang	陽	初	1740-536-365					
愴	tshiang	陽	初	1741-536-365					

妝（婓）	tzhiang	陽	莊	1748-540-367	妝	tsïaŋ	陽	精 TSANG	1309-99-380
裝	tzhiang	陽	莊	1749-540-367	裝（装）	tsïaŋ	陽	精 TSANG	1310-99-380
糚（粧粃）	tzhiang	陽	莊	1750-540-367					
橡（象）	ziang	陽	邪	1751-540-367					

滄	tshiang	陽	初	1752-541-367					
滄	tsang	陽	清	1753-541-367	滄	tsʽaŋ	陽	清 TSANG	1301-98-377

7.1.16　東部疊韻

7.1.16.1　同音不同調

共計 3 組。按聲轉差異細分如下表：

影母雙聲	喻母雙聲	精母雙聲
1	1	1

比較《漢字語源辭典》如下：

邕 (営)	iong	東	影	1792-558-375
廱	iong	東	影	1793-558-375
癰 (癱)	iong	東	影	1794-558-375
臃	iong	東	影	1795-558-375
鼥 (齆)	iong	東	影	1796-558-375
壅(雝 雍)	iong	東	影	1797-558-375
擁	iong	東	影	1798-558-375

庸	jiong	東	喻	1851-575-384	庸	ḍioŋ	中	澄	TUNG/TUK	929-71-290
用	jiong	東	喻	1852-575-384	用	ḍiuŋ	東	澄	TUNG/TUK	923-71-290

王力冬侵合併。舌音差別。

總	tzong	東	精	1855-577-385
稷 (緫)	tzong	東	精	1856-577-385
椶 (棕)	tzong	東	精	1857-577-385
騌(鬃 鬉)	tzong	東	精	1858-577-385

7.1.16.2 聲母相同，韻頭不同

共計 2 組。按聲轉差異細分如下表：

溪母雙聲	幫母雙聲
1	1

比較《漢字語源辭典》如下：

空	khong	東	溪	1806-562-377	空	k'uŋ	東	溪	KUG/KUK/KUNG	995-74-306
孔	khong	東	溪	1807-562-377	孔	k'uŋ	東	溪	KUG/KUK/KUNG	1011-74-307
銎	khiong	東	溪	1808-562-377	銎	hïuŋ	東	曉	KUG/KUK/KUNG	1002-74-306
腔	kheong	東	溪	1809-562-377	腔	k'ŭŋ	東	溪	KUG/KUK/KUNG	996-74-306

王力冬侵合併。

封	piong	東	幫	1871-583-388	封	pïuŋ	東	幫	PUG/PUNG	1073-80-322
邦	peong	東	幫	1872-583-388	邦	pŭŋ	東	幫	PUG/PUNG	1072-80-322

王力冬侵合併。

7.1.16.3　聲母不同

共計 17 組。按聲轉差異細分如下表：

見溪旁紐	溪曉旁紐	透定旁紐	從心旁紐	幫滂旁紐	滂並旁紐	並明旁紐	影見鄰紐	透精鄰紐	定照鄰紐	定穿鄰紐	定審鄰紐	定初鄰紐	照禪鄰紐	初清鄰紐
1	1	1	1	2	2	1	1	1	1	1	1	1	1	1

比較《漢字語源辭典》如下：

空	khong	東	溪	1806-562-377	空	kʻuŋ	東	溪	KUG/KUK/KUNG	995-74-306
釭	keong	東	見	1810-562-377						

王力冬侵合併。

恐	khiong	東	溪	1815-563-379
兇（恟）	xiong	東	曉	1816-563-379

痛	thong	東	透	1823-567-380
恫	thong	東	透	1824-567-380
慟	dong	東	定	1825-567-380

菘	siong	東	心	703-213-199
從（蓯）	ʣiong	東	從	704-213-199

封	piong	東	幫	1873-584-388
豐	phiong	東	滂	1874-584-388

菶	pong	東	幫	1867-582-387					
丰	phiong	東	滂	1868-582-387	丰	pʻïuŋ	東	滂	PUG/PUNG	1071-80-322

王力冬侵合併。

捧 （捀）	phiong	東	滂	1877-585-389	捧	pʻïuŋ	東	滂	PUG/PUNG	1083-80-323
奉	biong	東	並	1878-585-389	奉	bïuŋ	東	並	PUG/PUNG	1082-80-323
俸	biong	東	並	1879-585-389	俸	bïuŋ	東	並	PUG/PUNG	1084-80-323

王力冬侵合併。

逢	biong	東	並	1880-586-390	逢	bïuŋ	東	並	PUG/PUNG	1076-80-322
夆	phiong	東	滂	1881-586-390						

王力冬侵合併。

翁	ong	東	影	1788-556-375						
公	kong	東	見	1789-556-375	公	kuŋ	東	見	KUG/KUK/KUNG	1006-74-306

王力冬侵合併。

統	thong	東	透	1827-568-381	統	tʻoŋ	中	透	TOK/TOG/TONG	470-36-193
總 （揔）	tzong	東	精	1828-568-381						

撞 （剳）	deong	東	定	1835-571-382	撞	dǔŋ	東	定	TUNG/TUK	921-71-290
鐘 （鍾）	tjiong	東	照	1839-571-382	鐘	tiuŋ	東	端	TUNG/TUK	922-71-290

王力冬侵合併。

撞 （剳）	deong	東	定	1835-571-382	撞	dǔŋ	東	定	TUNG/TUK	921-71-290
衝	thjiong	東	穿	1841-571-382	衝	tʻïuŋ	東	透	TUNG/TUK	920-71-290
艟 （橦）	thjiong	東	穿	1842-571-382						

王力冬侵合併。

撞 （剳）	deong	東	定	1835-571-382	撞	dǔŋ	東	定	TUNG/TUK	921-71-290
椿	sjiong	東	審	1837-571-382						
舂	sjiong	東	審	1838-571-382	舂	thioŋ	中	透	TOK/TOG/TONG	431-34-185

王力冬侵合併。

撞 (劃)	deong	東	定	1835-571-382	撞	dŭŋ	東	定	TUNG/TUK	921-71-290
摐	tsheong	東	初	1836-571-382						

王力冬侵合併。

腫	tjiong	東	照	1849-574-384	腫	tiuŋ	東	端	TUNG/TUK	933-71-291
瘇 (尰)	zjiong	東	禪	1850-574-384						

王力冬侵合併。

窻（囱 窗聰）	tsheong	東	初	1853-576-385
囱 （窗）	tsong	東	清	1854-576-385

7.2　乙類韻部疊韻

7.2.1　微部疊韻

7.2.1.1　同音不同調

共計 5 組。按聲轉差異細分如下表：

影母雙聲	見母雙聲	匣母雙聲	來母雙聲
1	1	1	2

比較《漢字語源辭典》如下：

威	iuəi	微	影	1892-589-392	威	ïuər	微	影	KUÊR/KUÊT	2651-187-711
畏	iuəi	微	影	1893-589-392	畏	ïuər	微	影	KUÊR/KUÊT	2648-187-710

藤堂明保陰聲韻帶輔音韻尾。

覬 (驥)	kiəi	微	見	1901-592-393						
幾	kiəi	微	見	1905-592-393	幾	kïər	微	見	KÊR/KÊN	2582-183-697

藤堂明保陰聲韻帶輔音韻尾。

圍 (囗)	hiuəi	微	匣	1942-602-400	圍 (囲)	ĥïuər	微	匣	KUêT/KUêR /KUêN	2669-188-718
帷	hiuəi	微	匣	1943-602-400	帷	ĥïŭr	微	匣	KUêT/KUêR /KUêN	2684-188-719
幃	hiuəi	微	匣	1944-602-400	幃	ĥïuər	微	匣	KUêT/KUêR /KUêN	2670-188-718

藤堂明保陰聲韻帶輔音韻尾。曉匣擬音不同。

| 礧（礧
擂） | luəi | 微 | 來 | 1968-608-404 |
| 轠 | luəi | 微 | 來 | 1969-608-404 |

纍（縲 累纝 纍）	liuəi	微	來	1974-610-404	纍 (累)	lïuər	微	來	LUêR/LUêT/ LUêN	2543-181-688
蘽	liuəi	微	來	1975-610-404						
藟	liuəi	微	來	1976-610-404						
櫐	liuəi	微	來	1977-610-404						
蔂	liuəi	微	來	1978-610-404						

藤堂明保陰聲韻帶輔音韻尾。

7.2.1.2 聲母相同，韻頭不同

共計 4 組。按聲轉差異細分如下表：

疑母雙聲	曉母雙聲	匣母雙聲	滂母雙聲
1	1	1	1

比較《漢字語源辭典》如下：

巍	ngiuəi	微	疑	1912-595-395
嵬	nguəi	微	疑	1913-595-395
隗	nguəi	微	疑	1914-595-395

火	xuəi	微	曉	1920-597-397	火	m̥uǎr	微	明	MUêR/MUêT/ MUêN	2792-192-738
毀	xiuəi	微	曉	1921-597-397	毀	m̥ïuər	微	明	MUêR/MUêT/ MUêN	2791-192-738
燬 (焜)	xiuəi	微	曉	1922-597-397	燬	m̥ïuər	微	明	MUêR/MUêT/ MUêN	2790-192-738

| 擘 | xiuəi | 微 | 曉 | 1923-597-397 | | | | | |
| 嫛 | xiuəi | 微 | 曉 | 1924-597-397 | | | | | |

藤堂明保陰聲韻帶輔音韻尾。

回	huəi	微	匣	1935-600-399	回	ĥuər	微	匣	KUÊT/KUÊR/KUÊN	2663-188-717
違 （韋）	hiuəi	微	匣	1936-600-399	違	ĥïuər	微	匣	KUÊT/KUÊR/KUÊN	2667-188-718
毃	hiuəi	微	匣	1937-600-399						
夐	hiuəi	微	匣	1938-600-399						

藤堂明保陰聲韻帶輔音韻尾。曉匣擬音不同。

| 妃 | phiuəi | 微 | 滂 | 2118-651-426 | 妃 | pʻïuər | 微 | 滂 | PUÊR/PUÊT/PUÊN | 2738-190-728 |
| 配 | phuəi | 微 | 滂 | 2119-651-426 | 配 | pʻuər | 微 | 滂 | PUÊR/PUÊT/PUÊN | 2739-190-728 |

藤堂明保陰聲韻帶輔音韻尾。

7.2.1.3　聲母不同

共計 10 組。按聲轉差異細分如下表：

見群 旁紐	見溪 旁紐	見曉 旁紐	見匣 旁紐	溪疑 旁紐	曉匣 旁紐	幫滂 旁紐	幫明 旁紐	端從 鄰紐
2	1	1	1	1	1	1	1	1

比較《漢字語源辭典》如下：

| 幾 | kiəi | 微 | 見 | 1897-591-393 | 幾 | kïər | 微 | 見 | KÊR/KÊN | 2582-183-697 |
| 畿 | giəi | 微 | 群 | 1898-591-393 | | | | | | |

藤堂明保陰聲韻帶輔音韻尾。

| 歸 | kiuəi | 微 | 見 | 1909-594-395 | 歸
（帚） | kïuər | 微 | 見 | KUÊT/KUÊR/KUÊN | 2664-188-717 |
| 饋
（餽） | giuəi | 微 | 群 | 1910-594-395 | 餽饋 | gïuăr | 微 | 群 | KUÊT/KUÊR/KUÊN | 2714-188-723 |

藤堂明保陰聲韻帶輔音韻尾。

| 覬
（驥） | kiəi | 微 | 見 | 1901-592-393 | | | | | |
| 豈 | khiəi | 微 | 溪 | 1906-592-393 | | | | | |

覬 (覬)	kiəi	微	見	1901-592-393					
希	xiəi	微	曉	1903-592-393					

傀	kuəi	微	見	1907-593-395					
偉	hiuəi	微	匣	1908-593-395	偉	ĥïuər	微	匣	KUêT/KUêR/KUêN	2672-188-718

藤堂明保陰聲韻帶輔音韻尾。曉匣擬音不同。

巋	khiuəi	微	溪	1911-595-395
巍	ngiuəi	微	疑	1912-595-395

瘣	huəi	微	匣	1946-603-401	瘣	ĥuər	微	匣	KUêT/KUêR/KUêN	2676-188-719
壞	huəi	微	匣	1947-603-401	壞 (壞)	ĥuər̆	微	匣	KUêR/KUêT	2645-187-710
痕	xuəi	微	曉	1948-603-401						

藤堂明保陰聲韻帶輔音韻尾。

非	piuəi	微	幫	1992-614-407	非	pïuər	微	幫	PUêR/PUêT/PUêN	2730-190-728
誹	phiuəi	微	滂	1993-614-407	誹	pïuər	微	幫	PUêR/PUêT/PUêN	2732-190-728

藤堂明保陰聲韻帶輔音韻尾。

非	piuəi	微	幫	1994-615-407	非	pïuər	微	幫	PUêR/PUêT/PUêN	2730-190-728
匪	piuəi	微	幫	1995-615-407						
微	miuəi	微	明	1996-615-407	微	mïuer	脂	明	MUêR/MUêT/MUêN	2767-192-736

藤堂明保陰聲韻帶輔音韻尾。

崔 (磪)	dzuəi	微	從	1986-613-406
嶉	tuəi	微	端	1990-613-406
陮	tuəi	微	端	1991-613-406

7.2.2　脂部疊韻

7.2.2.1　同音不同調

共計 5 組。按聲轉差異細分如下表：

端母雙聲	定母雙聲	從母雙聲	明母雙聲
1	1	2	1

比較《漢字語源辭典》如下：

低（氐）	tyei	脂	端	2045-629-415	低	ter	脂	端	TER	2855-195-752
氐	tyei	脂	端	2046-629-415	氐	ter	脂	端	TER	2850-195-752
柢	tyei	脂	端	2047-629-415	柢	ter	脂	端	TER	2851-195-752
底	tyei	脂	端	2048-629-415	底	ter	脂	端	TER	2852-195-752

藤堂明保陰聲韻帶輔音韻尾。

弟	dyei	脂	定	2074-637-420	弟	der	脂	定	TER	2859-195-753
娣	dyei	脂	定	2075-637-420	娣	der	脂	定	TER	2860-195-753
悌（弟）	dyei	脂	定	2076-637-420	悌	der	脂	定	TER	2861-195-753

藤堂明保陰聲韻帶輔音韻尾。

齊	dzyei	脂	從	2105-648-425	齊（齐）	dzer	脂	從	TSER	2939-201-772
劑	dzyei	脂	從	2106-648-425	劑（剂）	dzer	脂	從	TSER	2941-201-773

藤堂明保陰聲韻帶輔音韻尾。

茨	dziei	脂	從	2107-649-425	茨	dziěr	脂	從	TSER	2952-201-774
薺	dziei	脂	從	2108-649-425						
薋	dziei	脂	從	2109-649-425						
蒺藜（疾黎，蒺黎，蒺藜）	dziet-liei		從	2110-649-425						

藤堂明保陰聲韻帶輔音韻尾。

迷	myei	脂	明	2138-658-430
眯	myei	脂	明	2139-658-430
謎	myei	脂	明	2140-658-430

7.2.2.2 聲母相同，韻頭不同

共計 3 組。按聲轉差異細分如下表：

溪母雙聲	定母雙聲	來母雙聲
1	1	1

比較《漢字語源辭典》如下：

開	khei	脂	溪	2029-624-413
啟 (启)	khyei	脂	溪	2030-624-413

遲 (迡)	diei	脂	定	2072-636-420	遲 (遲)	dïer	脂	定	TER/TET/TEN	2841-194-749
偲	dyei	脂	定	2073-636-420						

藤堂明保陰聲韻帶輔音韻尾。

𪏀	lyei	脂	來	2079-639-421
黎	lyei	脂	來	2080-639-421
犁	lyei	脂	來	2081-639-421
黧	liei	脂	來	2082-639-421

7.2.2.3 聲母不同

共計 13 組。按聲轉差異細分如下表：

端照 準雙聲	透來 旁紐	定來 旁紐	喻審 旁紐	神禪 旁紐	精清 旁紐	幫滂 旁紐	幫並 旁紐	並明 旁紐	端精 鄰紐	透喻 鄰紐	來喻 鄰紐	審心 鄰紐
1	1	1	1	1	1	1	1	1	1	1	1	1

比較《漢字語源辭典》如下：

氐	tyei	脂	端	2049-630-416	氐	ter	脂	端	TER	2850-195-752
抵	tyei	脂	端	2050-630-416	抵	ter	脂	端	TER/TET/TEN	2838-194-748
邸	tyei	脂	端	2051-630-416	邸	ter	脂	端	TER	2853-195-752
底 (底)	tjiei	脂	照	2052-630-416	砥 底	tier	脂	端	TER	2854-195-752

涕	thyei	脂	透	2061-633-418	涕	t'er	脂	透	TER	2863-195-753
淚	liuei	脂	來	2062-633-418						

藤堂明保陰聲韻帶輔音韻尾。

遲 （遅）	diei	脂	定	2070-635-419	遲 （遲）	dïer	脂	定	TER/TET/TEN	2841-194-749
邌（黎 犁）	lyei	脂	來	2071-635-419						

藤堂明保陰聲韻帶輔音韻尾。

豕	sjiei	脂	審	2092-643-423	豕	their		透	TER	2849-195-752
希	jiei	脂	喻	2095-643-423						

藤堂明保陰聲韻帶輔音韻尾。

視（眡 眎）	zjiei	脂	禪	2097-644-424	視	dhier	脂	定	TER	2866-195-753
示	djiei	脂	神	2098-644-424	示				TER	2865-195-753

藤堂明保陰聲韻帶輔音韻尾。

霽	tzyei	脂	精	2101-646-424
霋	tsyei	脂	清	2102-646-424

比	piei	脂	幫	2115-651-426	比	pier	脂	幫	PER/PET/PEN	2918-200-768
妣	piei	脂	幫	2116-651-426	妣	pier	脂	幫	PER/PET/PEN	2919-200-768
媲	phiei	脂	滂	2117-651-426						

藤堂明保陰聲韻帶輔音韻尾。

比	piei	脂	幫	2121-652-427	比	pier	脂	幫	PER/PET/PEN	2918-200-768
篦（比 枇笓）	biei	脂	並	2123-652-427	比	pier	脂	幫	PER/PET/PEN	2918-200-768

藤堂明保陰聲韻帶輔音韻尾。

楣	miei	脂	明	2129-655-428
梐	biei	脂	並	2131-655-428

| 抵 | tyei | 脂 | 端 | 2056-631-417 | 抵 | ter | 脂 | 端 | TER/TET/TEN | 2838-194-748 |
| 擠 | tzyei | 脂 | 精 | 2057-631-417 | 擠 | tser | 脂 | 精 | TSER | 2942-201-773 |

藤堂明保陰聲韻帶輔音韻尾。

剃 (鬀)	thyei	脂	透	2065-634-418						
薙	thyei	脂	透	2066-634-418	薙	dïer	脂	定	TER	2845-195-751
夷	jiei	脂	喻	2067-634-418	夷	ḍier	脂	澄	TER	2856-195-752

藤堂明保陰聲韻帶輔音韻尾。舌音差別。

| 淚 | liuei | 脂 | 來 | 2062-633-418 |
| 洟 | jiei | 脂 | 喻 | 2063-633-418 |

| 屍
(尸) | sjiei | 脂 | 審 | 2090-642-423 | 屍 | their | | 透 | TER | 2847-195-752 |
| 死 | siei | 脂 | 心 | 2091-642-423 | 死 | sier | 微 | 心 | SER/SEN | 2908-199-764 |

藤堂明保陰聲韻帶輔音韻尾。

7.2.3　歌部疊韻

7.2.3.1　同音不同調

共計 8 組。按聲轉差異細分如下表：

見母雙聲	疑母雙聲	初母雙聲	精母雙聲	從母雙聲	幫母雙聲	明母雙聲
2	1	1	1	1	1	1

比較《漢字語源辭典》如下：

| 加 | keai | 歌 | 見 | 2147-662-431 | 加 | kăr | 歌 | 見 | KAR/KAT/KAN | 2130-160-586 |
| 枷 | keai | 歌 | 見 | 2148-662-431 | 枷 | kiar | 歌 | 見 | KAR/KAT/KAN | 2132-160-586 |

藤堂明保陰聲韻帶輔音韻尾。

加	keai	歌	見	2147-662-431	加	kăr	歌	見	KAR/KAT/KAN	2130-160-586
駕	keai	歌	見	2149-662-431	駕	kiar	歌	見	KAR/KAT/KAN	2131-160-586
架	keai	歌	見	2150-662-431						

藤堂明保陰聲韻帶輔音韻尾。

| 宜 | ngiai | 歌 | 疑 | 2163-667-433 | 宜 | ŋïăr | 歌 | 疑 | | 2166-161-592 |
| 義 | ngiai | 歌 | 疑 | 2164-667-433 | 義 | ŋïăr | 歌 | 疑 | | 2161-161-592 |

藤堂明保陰聲韻帶輔音韻尾。

叉	tsheai	歌	初	2200-682-440	叉	tsʻăr	歌	清	TSAR/TSAT/TSAN	2044-153-563
杈	tsheai	歌	初	2201-682-440						
釵	tsheai	歌	初	2202-682-440						
衩	tsheai	歌	初	2203-682-440						

藤堂明保陰聲韻帶輔音韻尾。

ナ	tzai	歌	精	2211-685-441	ナ	tsar	歌	精	TSAR/TSAT/TSAN	2041-153-562
左	tzai	歌	精	2212-685-441	左	tsar	歌	精	TSAR/TSAT/TSAN	2042-153-562
佐	tzai	歌	精	2213-685-441	佐	tsar	歌	精	TSAR/TSAT/TSAN	2043-153-563

藤堂明保陰聲韻帶輔音韻尾。

| 坐（垒） | dzuai | 歌 | 從 | 2223-688-443 | 坐 | dzuar | 歌 | 從 | TSUAR/TSUAN | 2097-158-577 |
| 座 | dzuai | 歌 | 從 | 2224-688-443 | 座 | dzuar | 歌 | 從 | TSUAR/TSUAN | 2098-158-577 |

藤堂明保陰聲韻帶輔音韻尾。

波	puai	歌	幫	2228-690-444	波	puar	歌	幫	PAR/PAD/PAN	2441-174-660
播	puai	歌	幫	2229-690-444	播	puar	歌	幫	PAN	2424-173-657
簸	puai	歌	幫	2230-690-444						

藤堂明保陰聲韻帶輔音韻尾。

摩（劘）	muai	歌	明	2244-696-447
磨（礳）	muai	歌	明	2245-696-447
糜（麖）	muai	歌	明	2246-696-447

7.2.3.2　聲母相同，韻頭不同

共計 3 組。按聲轉差異細分如下表：

疑母雙聲	定母雙聲	來母雙聲
1	1	1

比較《漢字語源辭典》如下：

犧	ngiuai	歌	疑	1915-595-395				
峨（峩）	ngai	歌	疑	1916-595-395	峨	ŋar	歌 疑	NGAR/NGAN	2155-161-591

藤堂明保陰聲韻帶輔音韻尾。

襹	diai	歌	定	2485-768-489				
扡（拖）	dai	歌	定	2486-768-489	扡	t'ar	歌 透	TAR/TAT/TAN	1917-142-531

藤堂明保陰聲韻帶輔音韻尾。

麗	lyai	歌	來	1711-525-359	麗	lieg	支 來	LENG/LEK/LEG	1705-124-477
離	liai	歌	來	1713-525-359				

藤堂明保陰聲韻帶輔音韻尾。

7.2.3.3 聲母不同

共計 19 組。按聲轉差異細分如下表：

端照準雙聲	見溪旁紐	疑匣旁紐	端定旁紐	透定旁紐	清心旁紐	幫滂旁紐	滂並旁紐	影溪鄰紐	透神鄰紐	照初鄰紐	泥明鄰紐	初清鄰紐	初從鄰紐
3	1	1	1	1	1	2	1	1	1	1	1	1	1

比較《漢字語源辭典》如下：

箠（棰）	tjiuai	歌	照	1957-606-402	箠	tiuăr	歌 端	TUAR/TUAN	1967-145-544
橢（篅）	toai	歌	端	1959-606-402					

藤堂明保陰聲韻帶輔音韻尾。

捶	tjiuai	歌	照	1958-606-402	捶	tiuăr	歌 端	TUAR/TUAN	1966-145-543
揣	toai	歌	端	1960-606-402					

藤堂明保陰聲韻帶輔音韻尾。

篲(棰)	tjiuai	歌	照	1957-606-402	篲	tiuǎr	歌	端	TUAR/TUAN	1967-145-544
椯	tuai	歌	端	1962-606-402						

藤堂明保陰聲韻帶輔音韻尾。

哿	kai	歌	見	2145-661-431						
可	khai	歌	溪	2146-661-431	可	k'ar	歌	溪	KAR/KAT	2109-159-580

藤堂明保陰聲韻帶輔音韻尾。

僞	ngiuai	歌	疑	2165-668-434	僞(偽)	ŋïuǎr	歌	疑		2227-165-610
爲	hiuai	歌	匣	2166-668-434	爲(為)	ɦïuǎr	歌	匣	HUAR/HUAN	2226-165-610

藤堂明保陰聲韻帶輔音韻尾。曉匣擬音不同。

墮(陊隋𡐔)	duai	歌	定	2181-674-437	陸墮(墮)	duar	歌	定	TUAR/TUAN	1968-145-544
鬌	tuai	歌	端	2182-674-437						

藤堂明保陰聲韻帶輔音韻尾。

拕(扡拖)	thai	歌	透	2746-852-535	拕	t'ar	歌	透	TAR/TAT/TAN	1917-142-531
柁(柂舵杕)	dai	歌	定	2747-852-535						

藤堂明保陰聲韻帶輔音韻尾。

磋(瑳)	tsai	歌	清	2220-687-443	瑳	ts'ar	歌	清	TSAR/TSAT/TSAN	2046-153-563
搓	tsai	歌	清	2221-687-443						
挲(抄莎)	sai	歌	心	2222-687-443						

藤堂明保陰聲韻帶輔音韻尾。

陂	piai	歌	幫	2225-689-444	陂坡	p'uar	歌	滂	PAR/PAD/PAN	2442-174-660
坡	phuai	歌	滂	2226-689-444	陂坡	p'uar	歌	滂	PAR/PAD/PAN	2442-174-660

藤堂明保陰聲韻帶輔音韻尾。

| 頗 | phuai | 歌 | 滂 | 2235-693-445 | 頗 | pʻuar | 歌 | 滂 | PAR/PAD/PAN | 2443-174-660 |
| 跛（㟴） | puai | 歌 | 幫 | 2236-693-445 | 跛 | puar | 歌 | 幫 | PAR/PAD/PAN | 2444-174-661 |

藤堂明保陰聲韻帶輔音韻尾。

皮	biai	歌	並	2238-694-446	皮	bïar	歌	並	PAR/PAD/PAN	2438-174-660
被	biai	歌	並	2239-694-446	被	bïar	歌	並	PAR/PAD/PAN	2439-174-660
披	phiai	歌	滂	2240-694-446	披	pʻïar	歌	滂	PAR/PAD/PAN	2440-174-660
岥	phiai	歌	滂	2241-694-446						

藤堂明保陰聲韻帶輔音韻尾。

| 窠 | khuai | 歌 | 溪 | 2156-665-433 | 窠 | kʻuar | 歌 | 溪 | KUAR/KUAN | 2238-166-617 |
| 窩 | uai | 歌 | 影 | 2158-665-433 | | | | | | |

藤堂明保陰聲韻帶輔音韻尾。

| 它 | thai | 歌 | 透 | 2174-671-436 | 它蛇 | tʻar | 歌 | 透 | TAR/TAT/TAN | 1916-142-531 |
| 蛇（虵） | djyai | 歌 | 神 | 2175-671-436 | 它蛇 | tʻar | 歌 | 透 | TAR/TAT/TAN | 1916-142-531 |

藤堂明保陰聲韻帶輔音韻尾。

| 捶 | tjiuai | 歌 | 照 | 1958-606-402 | 捶 | tiuǎr | 歌 | 端 | TUAR/TUAN | 1966-145-543 |
| 揣 | tshiuai | 歌 | 初 | 1961-606-402 | | | | | | |

藤堂明保陰聲韻帶輔音韻尾。

| 捼（按） | nuai | 歌 | 泥 | 2185-675-438 |
| 摩 | muai | 歌 | 明 | 2186-675-438 |

| 差 | tsheai | 歌 | 初 | 2204-683-441 | 差 | tsʻăr | 歌 | 清 | TSAR/TSAT/TSAN | 2045-153-563 |
| 蹉 | tsai | 歌 | 清 | 2205-683-441 | | | | | | |

藤堂明保陰聲韻帶輔音韻尾。

| 差 | tsheai | 歌 | 初 | 2204-683-441 | 差 | tsʻăr | 歌 | 清 | TSAR/TSAT/TSAN | 2045-153-563 |
| 鑱（鑱） | dzai | 歌 | 從 | 2206-683-441 | | | | | | |

藤堂明保陰聲韻帶輔音韻尾。

7.2.4　物部疊韻

7.2.4.1　同音不同調

共計 3 組。按聲轉差異細分如下表：

影母雙聲	見母雙聲	山母雙聲
1	1	1

比較《漢字語源辭典》如下：

蔚	iuət	物	影	2250-698-448					
鬱	iuət	物	影	2251-698-448	鬱	ïuət	物	影	KUÊR/KUÊT	2647-187-710

訖	kiət	物	見	2273-702-451	訖	kïət	物	見	KÊR/KÊT	2620-185-705
既	kiət	物	見	2276-702-451	既	kïər	微	見	KÊR/KÊT	2623-185-705

帥 (衛)	shiuət	物	山	2331-721-462	帥	sïuət	物	心	TSUÊN/TSUÊT	2574-182-694
率 (達)	shiuət	物	山	2332-721-462	率	sïuət	物	心	TSUÊN/TSUÊT	2573-182-694

7.2.4.2　聲母相同，韻頭不同

共計 4 組。按聲轉差異細分如下表：

溪母雙聲	曉母雙聲	明母雙聲
2	1	1

比較《漢字語源辭典》如下：

氣 (氣)	khiət	物	溪	2281-705-453	氣 (気)	kʻiəd	隊	溪	KÊR/KÊT	2616-185-705
喟	khiuət	物	溪	2282-705-453						

藤堂明保乙類隊祭至帶-d 尾。

喟	khiuət	物	溪	2282-705-453						
慨	khət	物	溪	2283-705-453	慨	kʻer	脂	溪	KÊR/KÊT	2626-185-705
嘅	khət	物	溪	2284-705-453	嘅	kʻer	脂	溪	KÊR/KÊT	2625-185-705

忽	xuət	物	曉	2294-709-455	忽	m̥uət	物	明	MUÊR/MUÊT/MUÊN	2785-192-737
颮（颭）	xiuət	物	曉	2295-709-455						
欻	xiuət	物	曉	2296-709-455						

昧	muət	物	明	2349-727-465	昧	muəd	隊	明	MUÊR/MUÊT/MUÊN	2773-192-736
眛	muət	物	明	2350-727-465	眛	muəd	隊	明	MUÊR/MUÊT/MUÊN	2774-192-736
吻	muət	物	明	2351-727-465						
吻	miuət	物	明	2352-727-465						

藤堂明保乙類隊祭至帶-d尾。

7.2.4.3 聲母不同

共計7組。按聲轉差異細分如下表：

見曉旁紐	溪曉旁紐	群曉旁紐	群匣旁紐	神喻旁紐	穿莊鄰紐	神邪鄰紐
1	1	1	1	1	1	1

比較《漢字語源辭典》如下：

訖	kiət	物	見	2273-702-451	訖	kïət	物	見	KÊR/KÊT	2620-185-705
迄	xiət	物	曉	2274-702-451	迄	hïət	物	曉	KÊR/KÊT	2621-185-705
汔	xiət	物	曉	2275-702-451						

曉匣擬音不同。

氣（気）	khiət	物	溪	2281-705-453	氣（気）	k'iəd	隊	溪	KÊR/KÊT	2616-185-705
愾	xiət	物	曉	2285-705-453						
鎎	xiət	物	曉	2286-705-453						

藤堂明保乙類隊祭至帶-d尾。

鬾	giət	物	群	1899-591-393
汔	xiət	物	曉	1900-591-393

掘	giuət	物	群	2291-708-454	掘	gïuət	物	群	KUÊR/KUÊT	2641-187-710
捐	huət	物	匣	2292-708-454						

術	djiuət	物	神	2319-719-460	術	diuət	物	定	TUÊT/TUÊR/TUÊN	2538-180-686
述	djiuət	物	神	2320-719-460	述	diuət	物	定	TUÊT/TUÊR/TUÊN	2539-180-686
遹（書）	jiuət	物	喻	2321-719-460						

| 出 | thjiuət | 物 | 穿 | 2317-718-459 | | | | | | |
| 茁 | tzhoət | 物 | 莊 | 2318-718-459 | 茁 | tï(u)ət | 物 | 端 | TUÊT/TUÊD | 2492-178-675 |

術	djiuət	物	神	2319-719-460	術	diuət	物	定	TUÊT/TUÊR/TUÊN	2538-180-686
遂	ziuət	物	邪	2322-719-460	遂	ḍiuər	微	澄	TUÊT/TUÊR/TUÊN	2534-180-685
隧	ziuət	物	邪	2323-719-460	隧	ḍiuər	微	澄	TUÊT/TUÊR/TUÊN	2535-180-685
䆘	ziuət	物	邪	2324-719-460						

藤堂明保無邪母。

7.2.5　質部疊韻

7.2.5.1　同音不同調

共計 1 組。按聲轉差異細分如下表：

定母雙聲
1

比較《漢字語源辭典》如下：

| 緻 | diet | 質 | 定 | 2043-628-415 |
| 絰 | diet | 質 | 定 | 2044-628-415 |

7.2.5.2　聲母相同，韻頭不同

共計 3 組。按聲轉差異細分如下表：

影母雙聲	來母雙聲	幫母雙聲
1	1	1

比較《漢字語源辭典》如下：

一	iet	質	影	2356-729-466						
壹	iet	質	影	2357-729-466	壹（壱）	iet	質	影	KET/KER/KEN	3003-204-787
殪	yet	質	影	2358-729-466						

莅（涖）	liet	質	來	2380-736-471
戾	lyet	質	來	2381-736-471

閉	pyet	質	幫	2409-747-476	閉	per	脂	幫	PER/PET/PEN	2938-200-770
閟	piet	質	幫	2410-747-476						

7.2.5.3 聲母不同

共計 4 組。按聲轉差異細分如下表：

泥日準雙聲	端照準雙聲	見匣旁紐	清心旁紐
1	1	1	1

比較《漢字語源辭典》如下：

暱（昵）	niet	質	泥	2375-735-470	昵	nïet	質	泥	NER/NET/NEN	2895-198-761
黏（翔）	niet	質	泥	2376-735-470						
衵	njiet	質	日	2377-735-470						

至	tjiet	質	照	2053-630-416	至	tied	至	端	TER/TET/TEN	2828-194-747
致	tiet	質	端	2054-630-416	致	tïed	至	端	TER/TET/TEN	2829-194-747

藤堂明保乙類隊祭至帶-d 尾。

祛	kyet	質	見	2363-731-468
襭	hyet	質	匣	2364-731-468

砌（切）	tsyet	質	清	2396-743-474	切	ts'et	質	清	TSET/TSER/TSEN	2971-202-779

柣	tsyet	質	清	2397-743-474
楔	syet	質	心	2398-743-474

7.2.6　月部疊韻

7.2.6.1　同音不同調

共計 2 組。按聲轉差異細分如下表：

溪母雙聲	透母雙聲
1	1

比較《漢字語源辭典》如下：

挈 （契）	khyat	月	溪	2449-756-483	契	kʻäd	祭	溪	KAT/KAD/KAN	2205-164-605
鍥（剢 楔挈）	khyat	月	溪	2450-756-483						

藤堂明保乙類隊祭至帶-d 尾。

脫（説 稅）	thuat	月	透	2482-768-489	脫	duat	月	定	TUAT/TUAD	1996-147-549
挩	thuat	月	透	2483-768-489						
蛻	thuat	月	透	2484-768-489	蛻	tʻuad	祭	透	TUAT/TUAD	2000-147-549

藤堂明保乙類隊祭至帶-d 尾。

7.2.6.2　聲母相同，韻頭不同

共計 10 組。按聲轉差異細分如下表：

見母 雙聲	溪母 雙聲	疑母 雙聲	來母 雙聲	從母 雙聲	幫母 雙聲	並母 雙聲	明母 雙聲
1	1	2	1	1	1	1	2

比較《漢字語源辭典》如下：

割	kat		月	見	2435-752-481	割	kat		月	見	KAT/KAD/KAN	2202-164-605
犗	keat		月	見	2436-752-481							
羯	keat		月	見	2437-752-481							
羯	kiat		月	見	2438-752-481							

| 鍥（剚
楔挈） | khyat | 月 | 溪 | 2450-756-483 |
| 刧
（刜） | kheat | 月 | 溪 | 2451-756-483 |

艾	ngat	月	疑	2456-758-485	艾	ŋad	祭	疑	NGAT	2179-162-596
乂	ngiat	月	疑	2457-758-485	乂 刈	ŋïäd	祭	疑	NGAT	2178-162-596
忢	ngiat	月	疑	2458-758-485						

藤堂明保乙類隊祭至帶-d尾。

| 蘗
（不） | ngat | 月 | 疑 | 2459-759-485 | 不 | puïəg | 之 | 幫 | PÊK/PÊG/PÊNG | 321-28-158 |
| 孽 | ngiat | 月 | 疑 | 2460-759-485 | | | | | | |

厲	liat	月	來	2503-775-493	厲	liad	祭	來	LAT/LAD	2009-148-551
癘 （癩）	lat	月	來	2504-775-493	癘	liad	祭	來	LAT/LAD	2011-148-551
瘌	lat	月	來	2505-775-493	瘌 辣	lat	月	來	LAT/LAD	2007-148-551

藤堂明保乙類隊祭至帶-d尾。

| 絕 | dziuat | 月 | 從 | 2929-907-567 |
| 截
（戩） | dziat | 月 | 從 | 2930-907-567 |

| 蔽 | piat | 月 | 幫 | 2532-786-498 | 蔽 | piad | 祭 | 幫 | PAR/PAD/PAN | 2450-174-661 |
| 韍（市
芾 黻
紱紼） | piuat | 月 | 幫 | 2533-786-498 | 市
韍 | pʽïät | 月 | 滂 | PAR/PAD/PAN | 2453-174-662 |

藤堂明保乙類隊祭至帶-d尾。

敗	beat	月	並	2539-788-500	敗	puäd	祭	幫	PAT/PAD/PAN	2394-172-652
敝	biat	月	並	2540-788-500	敝	biad	祭	並	PAT/PAD/PAN	2397-172-652
巿	biat	月	並	2541-788-500	巿	biad	祭	並	PAT/PAD/PAN	2396-172-652

藤堂明保乙類隊祭至帶-d尾。

| 滅 | miat | 月 | 明 | 1782-553-373 | 滅 | mïat | 月 | 明 | MAT/MAN | 2483-177-670 |
| 蔑 | myat | 月 | 明 | 1783-553-373 | 蔑 | mät | 月 | 明 | MAT/MAN | 2482-177-670 |

| 蔑 | miat | 月 | 明 | 577-178-178 | 蔑 | mät | 月 | 明 | MAT/MAN | 2482-177-670 |
| 末 | muat | 月 | 明 | 578-178-178 | 末 | muat | 月 | 明 | MAT/MAN | 2477-177-669 |

7.2.6.3 聲母不同

共計 15 組。按聲轉差異細分如下表：

初清 準雙聲	見溪 旁紐	見疑 旁紐	見匣 旁紐	溪群 旁紐	溪曉 旁紐	群曉 旁紐	端來 旁紐	透定 旁紐	精清 旁紐	來明 鄰紐
1	3	1	1	2	1	1	2	1	1	1

比較《漢字語源辭典》如下：

| 撮 | tsuat | 月 | 清 | 2522-783-496 |
| 嘬 | tshuat | 月 | 初 | 2523-783-496 |

決	kiuat	月	見	2445-755-482	決	kuät	月	見	KUAT	2326-168-636
玦	kiuat	月	見	2446-755-482	玦	kuät	月	見	KUAT	2328-168-636
缺	khiuat	月	溪	2447-755-482	缺	kʻiuat	月	溪	KUAT	2327-168-636
闕	khiuat	月	溪	2448-755-482	闕	kʻiuăt	月	溪	KUAT	2332-168-636

| 揭 | kiat | 月 | 見 | 306-93-130 | 揭 | kʻïad | 祭 | 溪 | KAR/KAT/KAN | 2138-160-586 |
| 契 | khiat | 月 | 溪 | 307-93-130 | 契 | kʻäd | 祭 | 溪 | KAT/KAD/KAN | 2205-164-605 |

藤堂明保乙類隊祭至帶-d 尾。

| 韧
(刲) | kheat | 月 | 溪 | 2451-756-483 |
| 豐 | keat | 月 | 見 | 2452-756-483 |

| 刖
(跀) | ngiuat | 月 | 疑 | 2461-760-486 | 刖 | ŋïuăt | 月 | 疑 | KUAT | 2342-168-638 |
| 介 | keat | 月 | 見 | 2463-760-486 | 介 | kăd | 祭 | 見 | KAT/KAD/KAN | 2206-164-605 |

藤堂明保乙類隊祭至帶-d 尾。

會	huat	月	匣	2468-763-487	會 （会）			KUAT/KUAN	2363-171-645
繪	huat	月	匣	2469-763-487	繪 （絵）	ĥuad	祭	匣 KUAT/KUAN	2365-171-646
襘	kuat	月	見	2470-763-487					
繪	kuat	月	見	2471-763-487					

藤堂明保乙類隊祭至帶-d尾。曉匣擬音不同。

渴 （澃）	khat	月	溪	325-98-133	渴	gïat	月	群 KAR/KAT	2127-159-583
竭 （渴）	giat	月	群	326-98-133	竭	gïät	月	群 KAR/KAT	2128-159-583

朅	khiat	月	溪	1614-495-341					
桀	giat	月	群	1615-495-341	桀	gïat	月	群 KAR/KAT/KAN	2141-160-587
傑	giat	月	群	1616-495-341					

憩 （愒）	khiat	月	溪	2454-757-484					
歇	xiat	月	曉	2455-757-484	歇	hïät	月	曉 KAR/KAT	2129-159-583

曉匣擬音不同。

竭 （渴）	giat	月	群	326-98-133	竭	gïät	月	群 KAR/KAT	2128-159-583
歇	xiat	月	曉	327-98-133	歇	hïät	月	曉 KAR/KAT	2129-159-583

曉匣擬音不同。

餟	tiuat	月	端	2478-766-488
酹	luat	月	來	2479-766-488

帶	tat	月	端	2480-767-488	帶 （带）	tad	祭	端 TAR/TAT/TAN	1922-142-532
厲	liat	月	來	2481-767-488	厲	liad	祭	來 LAT/LAD	2009-148-551

藤堂明保乙類隊祭至帶-d尾。

大	dat	月	定	2488-769-490	大	dad	祭	定	TAT/TAR/TAN	1903-141-527
泰	that	月	透	2489-769-490	泰	tʻad	祭	透	TAT/TAR/TAN	1904-141-527
太	that	月	透	2490-769-490						

藤堂明保乙類隊祭至帶-d 尾。

最	tzuat	月	精	2521-783-496
撮	tsuat	月	清	2522-783-496

勵	liat	月	來	2019-620-410	勵 (勵)	liad	祭	來	LAT/LAD	2010-148-551
勘	meat	月	明	2020-620-410						

藤堂明保乙類隊祭至帶-d 尾。

7.2.7　文部疊韻

7.2.7.1　同音不同調

共計 1 組。按聲轉差異細分如下表：

定母雙聲
1

比較《漢字語源辭典》如下：

屯 (純)	duən	文	定	2620-814-514	屯	tïuən	文	端	TUêR/TUêT/TUêN	2499-179-679
邨	duən	文	定	2621-814-514						
囤 (笔)	duən	文	定	2622-814-514	笔	duən	文	定	TUêR/TUêT/TUêN	2503-179-680

7.2.7.2　聲母相同，韻頭不同

共計 4 組。按聲轉差異細分如下表：

溪母雙聲	疑母雙聲	定母雙聲	幫母雙聲
1	1	1	1

比較《漢字語源辭典》如下：

懇 (狠)	khən	文	溪	2571-797-504

悃	khuən	文	溪	2574-797-504

猌（犴）	ngiən	文	疑	2583-801-507
狠	ngoən	文	疑	2586-801-507

殿	dyən	文	定	2618-813-514	殿	tuən	文	端	TUÊR/TUÊT/TUÊN	2526-179-682
臀（屍臀）	duən	文	定	2619-813-514	臀	duən	文	定	TUÊR/TUÊT/TUÊN	2525-179-682

斑（辯班頒般）	peən	文	幫	2667-830-521	斑	puǎn	元	幫	PAN	2436-173-658
彬（斌份豳邠玢）	piən	文	幫	2670-830-521						

7.2.7.3　聲母不同

共計 17 組。按聲轉差異細分如下表：

見溪旁紐	見匣旁紐	溪匣旁紐	疑匣旁紐	曉匣旁紐	透定旁紐	神禪旁紐	精邪旁紐	幫並旁紐	滂並旁紐	並明旁紐	定清鄰紐	定心鄰紐	神邪鄰紐
1	1	1	1	1	1	1	1	1	2	2	1	1	2

比較《漢字語源辭典》如下：

艱（囏）	keən	文	見	2560-794-502	艱	kɔ̌n	文	見	KÊR/KÊN	2598-183-698
墾（壂）	khən	文	溪	2561-794-502	墾	k'ən	文	溪	KÊR/KÊN	2599-183-699

昆	kuən	文	見	2562-795-503	昆	kuən	文	見	KUÊT/KUÊR/KUÊN	2703-188-721
捆	kuən	文	見	2563-795-503	捆	ĥuən	文	匣	KUÊT/KUÊR/KUÊN	2705-188-722
混	huən	文	匣	2564-795-503	混	ĥuən	文	匣	KUÊT/KUÊR/KUÊN	2704-188-722

渾	huən	文	匣	2565-795-503	渾	ĥuən	文	匣	HUÊR/HUÊN	2729-189-726
溷	huən	文	匣	2566-795-503						
圂	huən	文	匣	2567-795-503						
慁	huən	文	匣	2568-795-503						

曉匣擬音不同。

限	heən	文	匣	2605-807-511	限	ĥɔ̌n	文	匣	KÊN	2638-186-707
闃（梱）	khuən	文	溪	2606-807-511	梱	kʻuən	文	溪	KUÊT/KUÊR/KUÊN	2696-188-721

曉匣擬音不同。

垠（圻沂）	ngiən	文	疑	2874-886-556						
限	heən	文	匣	2876-886-556	限	ĥɔ̌n	文	匣	KÊN	2638-186-707

曉匣擬音不同。

暉	xiuən	文	曉	2593-803-508						
煇（輝）	xiuən	文	曉	2594-803-508	輝	hïuər	微	曉	KUÊT/KUÊR/KUÊN	2701-188-721
暈（運煇）	hiuən	文	匣	2595-803-508	暈	ĥïuən	文	匣	KUÊT/KUÊR/KUÊN	2700-188-721

曉匣擬音不同。

遯（彖）	duən	文	定	2627-815-514	彖	tʻuan	元	透	TUAR/TUAN	1984-145-546
彖	thuən	文	透	2628-815-514	彖	tʻuan	元	透	TUAR/TUAN	1984-145-546

脣（唇）	djiuən	文	神	2640-819-517						
漘	djiuən	文	神	2641-819-517						
宸	zjiən	文	禪	2642-819-517						
辰	zjiən	文	禪	2643-819-517						

遵	tziuən	文	精	2333-721-462	遵	tsiuən	文	精	TSUÊN/TSUÊT	2562-182-693
循	ziuən	文	邪	2334-721-462	循	ɖiuən	文	澄	TUÊT/TUÊR/TUÊN	2529-180-685
巡	ziuən	文	邪	2335-721-462	巡	ɖiuən	文	澄	TUÊT/TUÊR/TUÊN	2530-180-685

藤堂明保無邪母。

斑（辯班頒般）	peən	文	幫	2667-830-521	斑	puǎn	元	幫	PAN	2436-173-658
賁	biuən	文	並	2671-830-521						

紛	phiuən	文	滂	2681-832-524	紛	p'ïuən	文	滂	PUÊR/PUÊT/PUÊN	2749-190-729
棼	biuən	文	並	2682-832-524						

忿	phiuən	文	滂	2684-833-525	忿	p'ïuən	文	滂	PUÊR/PUÊT/PUÊN	2752-190-730
憤	biuən	文	並	2685-833-525	憤	bïuən	文	並	PUÊR/PUÊT/PUÊN	2757-190-730

棼	biuən	文	並	2682-832-524						
紊	miuən	文	明	2683-832-524	紊	mïən	文	明	MUÊR/MUÊT/MUÊN	2788-192-738

憤	biuən	文	並	2685-833-525	憤	bïuən	文	並	PUÊR/PUÊT/PUÊN	2757-190-730
悶	muən	文	明	2686-833-525	悶	muən	文	明	MUÊN	2802-193-740

屯（純）	duən	文	定	2620-814-514	屯	tïuən	文	端	TUÊR/TUÊT/TUÊN	2499-179-679
村（邨）	tsuən	文	清	2623-814-514						

遯	duən	文	定	2624-815-514						
遁（遯）	duən	文	定	2625-815-514	遁	duən	文	定	TUÊT/TUÊD	2495-178-675
遜	suən	文	心	2626-815-514	遜	suən	文	心	TSUÊN/TSUÊT	2571-182-694

揗	djiuən	文	神	2646-821-517						
循	ziuən	文	邪	2647-821-517	循	ḍïuən	文	澄	TUÊT/TUÊR/TUÊN	2529-180-685

藤堂明保無邪母。

| 順 | djiuən | 文 | 神 | 2648-822-518 | 順 | diuən | 文 | 定 | TUêT/TUêR/TUêN | 2531-180-685 |
| 馴 | ziuən | 文 | 邪 | 2649-822-518 | 馴 | ḑiuən | 文 | 澄 | TUêT/TUêR/TUêN | 2532-180-685 |

藤堂明保無邪母。

7.2.8 眞部疊韻

7.2.8.1 同音不同調

共計 3 組。按聲轉差異細分如下表：

定母雙聲	幫母雙聲
2	1

比較《漢字語源辭典》如下：

| 陳（陳） | dien | 眞 | 定 | 2716-843-530 | 陳 | dïen | 眞 | 定 | TEN | 2886-197-758 |
| 陣（陳） | dien | 眞 | 定 | 2717-843-530 | 陳 | dïen | 眞 | 定 | TEN | 2886-197-758 |

田	dyen	眞	定	2724-845-531	田	den	眞	定	TEN	2883-197-758
畋	dyen	眞	定	2725-845-531	畋	den	眞	定	TEN	2884-197-758
佃	dyen	眞	定	2726-845-531						
甸	dyen	眞	定	2727-845-531						

賓	pien	眞	幫	2772-858-540	賓	pien	眞	幫	PER/PET/PEN	2933-200-769
儐（擯）	pien	眞	幫	2773-858-540						
殯	pien	眞	幫	2774-858-540						

7.2.8.2 聲母相同，韻頭不同

共計 3 組。按聲轉差異細分如下表：

見母雙聲	幫母雙聲
2	1

比較《漢字語源辭典》如下：

堅	kyen	眞	見	1608-495-341	堅	ken	眞	見	KET/KER/KEN	3010-204-788
緊	kien	眞	見	1610-495-341	緊	kien	眞	見	KET/KER/KEN	3009-204-788

堅	kyen	眞	見	1608-495-341	堅	ken	眞	見	KET/KER/KEN	3010-204-788
掔 (掔)	kien	眞	見	1611-495-341						

濱 (顮)	pien	眞	幫	2775-859-541	濱 (浜)	pien	眞	幫	PER/PET/PEN	2937-200-770
邊	pyen	眞	幫	2778-859-541	邊 (边)	pän	元	幫	PAT/PAD/PAN	2408-172-653

7.2.8.3 聲母不同

共計 9 組。按聲轉差異細分如下表：

曉匣 旁紐	端透 旁紐	透定 旁紐	神審 旁紐	莊山 旁紐	從邪 旁紐	幫並 旁紐	滂並 旁紐	定喻 鄰紐
1	1	1	1	1	1	1	1	1

比較《漢字語源辭典》如下：

炫	hyuen	眞	匣	2708-841-528					
眩	hyuen	眞	匣	2709-841-528	眩	ĥuen	眞	匣	HUAR/HUAN	2232-165-611
旬(晌 恂)	hyuen	眞	匣	2710-841-528	恂	giuən	文	群	KUÊT/KUÊR/K UÊN	2710-188-722
袨	hyuen	眞	匣	2711-841-528						
絢	xyuen	眞	曉	2712-841-528						

曉匣擬音不同。

顚	tyen	眞	端	1499-464-325	顚	ten	眞	端	TER/TET/TEN	2815-194-745
天	thyen	眞	透	1502-464-325	天	t'en	眞	透	TEN	2882-197-758

塡	dyen	眞	定	2721-844-531						
窴	dyen	眞	定	2722-844-531						
瑱	thyen	眞	透	2723-844-531	瑱	t'en	眞	透	TER/TET/TEN	2816-194-746

| 神 | djien | 眞 | 神 | 2738-850-535 | 神 | dien | 眞 | 定 | TEN/TET | 2872-196-756 |
| 魅 | sjien | 眞 | 審 | 2739-850-535 | | | | | | |

蓁	tzhien	眞	莊	2756-854-538	蓁	tsïen	眞	精	TSET/TSER/TSEN	2992-203-783
溱	tzhien	眞	莊	2757-854-538						
詵(莘)	shien	眞	山	2758-854-538						
莘	shien	眞	山	2759-854-538						
駪(侁)	shien	眞	山	2760-854-538						
牲	shien	眞	山	2761-854-538						
曟	shien	眞	山	2762-854-538						
燊	shien	眞	山	2763-854-538						

盡	dzien	眞	從	2769-857-540	盡(尽)	dzien	眞	從	TSET/TSER/TSEN	2985-202-780
燼(妻)	zien	眞	邪	2770-857-540	燼				TSET/TSER/TSEN	2984-202-780
盡	zien	眞	邪	2771-857-540						

藤堂明保無邪母。

濱(顝)	pien	眞	幫	2775-859-541	濱(浜)	pien	眞	幫	PER/PET/PEN	2937-200-770
瀕	bien	眞	並	2776-859-541	瀕	bien	眞	並	PER/PET/PEN	2936-200-770
頻	bien	眞	並	2777-859-541	頻	bien	眞	並	PER/PET/PEN	2935-200-769

| 媥 | phyen | 眞 | 滂 | 2782-860-542 | | | | | | |
| 褊(偏扁) | byen | 眞 | 並 | 2783-860-542 | 扁 | pän | 元 | 幫 | PAN | 2428-173-657 |

| 引(弘) | jien | 眞 | 喻 | 2742-852-535 | 引 | dien | 眞 | 澄 | TEN/TET | 2875-196-756 |
| 紖(綗) | dien | 眞 | 定 | 2749-852-535 | | | | | | |

舌音差別。

7.2.9 元部疊韻

7.2.9.1 同音不同調

共計 14 組。按聲轉差異細分如下表：

影母雙聲	見母雙聲	疑母雙聲	匣母雙聲	定母雙聲	審母雙聲	禪母雙聲	清母雙聲	邪母雙聲	明母雙聲
1	1	2	1	2	1	2	1	1	2

比較《漢字語源辭典》如下：

怨	iuan	元	影	2801-867-545	怨	ïuǎn	元	影	KUAR/KUAN	2274-166-621
冤（怨）	iuan	元	影	2802-867-545	冤	ïuǎn	元	影	KUAR/KUAN	2268-166-620

貫（毌）	kuan	元	見	2839-878-552	貫	kuan	元	見	KUAN	2352-170-642
關	koan	元	見	2840-878-552	關（関）	kuǎn	元	見	KUAN	2358-170-643
絭	koan	元	見	2841-878-552	絭	kuǎn	元	見	KUAN	2357-170-643

言	ngian	元	疑	348-107-138	言	ŋïǎn	元	疑		2176-161-594
唁	ngian	元	疑	349-107-138						
諺	ngian	元	疑	350-107-138	諺嗲	ŋïǎn	元	疑		2175-161-594

研	ngian	元	疑	2877-887-558	研	ŋän	元	疑		2213-164-606
硯	ngian	元	疑	2878-887-558	硯	ŋän	元	疑		2214-164-606

垣	hiuan	元	匣	2896-895-561	垣	ĥïuǎn	元	匣	KUAR/KUAN	2265-166-620
院	hiuan	元	匣	2897-895-561	院	ĥïuan	元	匣	KUAR/KUAN	2259-166-619

曉匣擬音不同。

斷（斷）	duan	元	定	2925-907-567	斷（斷）	duan	元	定	TUAR/TUAN	1988-145-546
段	duan	元	定	2926-907-567	段	duan	元	定	TUAR/TUAN	1976-145-545

斷（斷）	duan	元	定	2925-907-567	斷（斷）	duan	元	定	TUAR/TUAN	1988-145-546

劋 （劅）	duan	元	定	2927-907-567					

扇	sjian	元	審	2965-918-573	扇	thian	元	透	TAN	1956-144-539
煽	sjian	元	審	2966-918-573					
偏	sjian	元	審	2967-918-573					
蝙	sjian	元	審	2968-918-573					

善 （譱）	zjian	元	禪	2969-919-573	善	dhian	元	定	TAT/TAR/TAN	1911-141-528
膳	zjian	元	禪	2970-919-573	膳	dhian	元	定	TAT/TAR/TAN	1912-141-528

善 （譱）	zjian	元	禪	2969-919-573	善	dhian	元	定	TAT/TAR/TAN	1911-141-528
繕	zjian	元	禪	2973-919-573	繕	dhian	元	定	TAT/TAR/TAN	1913-141-528

餐（飧 湌湌）	tsan	元	清	2985-923-576	飧	suən	文	心	TSUÊN/TSUÊT	2572-182-694
粲	tsan	元	清	2986-923-576					

涎 （唌）	zian	元	邪	3004-931-580	涎	ḍian	元	澄	TAR/TAT/TAN	1927-142-532
羨	zian	元	邪	3005-931-580	羨	ḍian	元	澄	TAR/TAT/TAN	1929-142-533

藤堂明保無邪母。

慢	mean	元	明	3028-938-583	慢	muǎn	元	明	MAN	2465-176-666
嫚 （僈）	mean	元	明	3029-938-583					

面	mian	元	明	3044-943-586	面	mian	元	明	MAN	2471-176-666
偭	mian	元	明	3045-943-586					

7.2.9.2　聲母相同，韻頭不同

共計 15 組。按聲轉差異細分如下表：

影母雙聲	見母雙聲	曉母雙聲	匣母雙聲	透母雙聲	泥母雙聲	精母雙聲	明母雙聲
6	2	1	1	1	1	1	2

比較《漢字語源辭典》如下：

安	an	元	影	250-78-120
焉	ian	元	影	251-78-120

安	an	元	影	2785-861-543
侒	an	元	影	2786-861-543
晏	ean	元	影	2787-861-543
宴（燕）	ian	元	影	2788-861-543

晏	ean	元	影	2789-862-543
薆（曖）	yan	元	影	2790-862-543

剜	uan	元	影	2795-865-544
刓	uyan	元	影	2796-865-544

宛	iuan	元	影	265-82-122	宛	iuǎn	元	影	KUAR/KUAN	2270-166-620
腕（捥）	uan	元	影	272-82-122	腕	uan	元	影	KUAR/KUAN	2272-166-621

蔫（殗）	ian	元	影	2814-870-547
蔸	iuan	元	影	2815-870-547

閒（間）	kean	元	見	2820-872-549	閒（間）	kǎn	元	見	KAT/KAD/KAN	2208-164-605
澗	kean	元	見	2823-872-549						

澗	kean	元	見	2823-872-549						
干	kan	元	見	2824-872-549	干	kan	元	見	KAT/KAN	2195-163-600

謹	xuan	元	曉	377-115-143	謹	huan	元	曉	KUAT/KUAN	2370-171-646
喧（誼）	xiuan	元	曉	378-115-143	喧	ĥïuăn	元	曉	KUAT/KUAN	2372-171-646

曉匣擬音不同。

圜	hiuan	元	匣	2603-806-510	圜	ĥïuan	元	匣	KUAR/KUAN	2277-166-621
丸	huan	元	匣	2604-806-510	丸	ŋuan	元	疑	KUAR/KUAN	2252-166-618

曉匣擬音不同。

湍	thuan	元	透	2975-920-574	湍	t'uan	元	透	TUAN	1994-146-548
灘	than	元	透	2976-920-574						

煖（暖煗暵）	nuan	元	泥	2931-908-568	暖	nuau		泥	NUAN	2039-152-560
攤（曬）	nan	元	泥	2932-908-568						
渜	nuan	元	泥	2933-908-568						

濺（湔）	tzian	元	精	2983-922-576						
灒	tzan	元	精	2984-922-576						

慢	mean	元	明	3032-939-584	慢	muăn	元	明	MAN	2465-176-666
縵	mean	元	明	3033-939-584						
趚	moan	元	明	3034-939-584						

緜（綿）	mian	元	明	3037-941-585	緜綿	mian	元	明	MAN	2474-176-667
曼	miuan	元	明	3038-941-585	曼	muan	元	明	MAN	2462-176-666
蔓	miuan	元	明	3039-941-585	蔓	muan	元	明	MAN	2463-176-666
漫	muan	元	明	3040-941-585						

7.2.9.3　聲母不同

共計 44 組。按聲轉差異細分如下表：

透穿準雙聲	泥日準雙聲	端照準雙聲	見溪旁紐	見群旁紐	見疑旁紐	見曉旁紐	見匣旁紐	溪群旁紐	溪曉旁紐	疑曉旁紐
1	1	1	3	4	1	1	4	1	1	1
曉匣旁紐	端定旁紐	定透旁紐	定泥旁紐	照審旁紐	穿禪旁紐	精從旁紐	清從旁紐	幫滂旁紐	幫並旁紐	滂明旁紐
1	3	1	1	1	1	1	1	2	1	1
並明旁紐	影見鄰紐	影曉鄰紐	透禪鄰紐	定照鄰紐	定禪鄰紐	定從鄰紐	禪床鄰紐	床精鄰紐	初精鄰紐	
2	1	1	1	2	1	1	1	1	1	

比較《漢字語源辭典》如下：

湍	thuan	元	透	2975-920-574	湍	t'uan	元	透	TUAN	1994-146-548
喘	thjiuan	元	穿	2978-920-574	喘	t'iuan	元	透	TUAN	1993-146-548

赧 （㒒）	nuan	元	泥	2934-909-568
戁	njiuan	元	日	2935-909-568

丹	tan	元	端	2904-899-563	丹	tan	元	端	TAN	1939-143-535
旃 （氊）	tjian	元	照	2905-899-563	旃	tian	元	端	TAN	1940-143-535

觀	kuan	元	見	2829-875-550						
看	khan	元	溪	2830-875-550	看	k'an	元	溪	KAT/KAD/KAN	2219-164-606

卷	kiuan	元	見	2845-880-554	卷	gïuan	元	群	KUAR/KUAN	2281-166-621
捲	kiuan	元	見	2846-880-554	捲	kïuan	元	見	KUAR/KUAN	2285-166-622
棬 （圈）	khiuan	元	溪	2847-880-554	圈	gïuǎn	元	群	KUAR/KUAN	2284-166-622

搴 （攓）	khian	元	溪	2863-883-556
攐	kian	元	見	2864-883-556

犍(犗劇)	kian	元	見	2439-752-481					
虔	gian	元	群	2440-752-481	虔	gïĕn	眞	群	KET/KER/KEN	3013-204-788

肩	kyan	元	見	2827-874-550
揵(掮)	gian	元	群	2828-874-550

管(筦)	kuan	元	見	2832-876-551	管	kuan	元	見	KUAR/KUAN	2292-166-623
琯	kuan	元	見	2833-876-551						
輨	kuan	元	見	2834-876-551						
關	koan	元	見	2835-876-551	關(関)	kuăn	元	見	KUAN	2358-170-643
楗(揵鍵)	gian	元	群	2836-876-551						

卷	kiuan	元	見	2845-880-554	卷	gïuan	元	群	KUAR/KUAN	2281-166-621
拳	giuan	元	群	2848-880-554	拳	gïuan	元	群	KUAR/KUAN	2283-166-622
鬈(卷)	giuan	元	群	2849-880-554						
踡	giuan	元	群	2850-880-554						
蜷	giuan	元	群	2851-880-554						
菤	giuan	元	群	2852-880-554						
痽	giuan	元	群	2853-880-554						

岸	ngan	元	疑	2869-886-556	岸	ŋan	元	疑	NGAR/NGAN	2169-161-593
干	kan	元	見	2871-886-556	干	kan	元	見	KAT/KAN	2195-163-600

乾	kan	元	見	2808-870-547	乾	gïan	元	群	KAR/KAT/KAN	2145-160-587
暵	xan	元	曉	2809-870-547	暵	han	元	曉	KAR/KAT/KAN	2148-160-588
熯	xan	元	曉	2810-870-547	熯	han	元	曉	KAR/KAT/KAN	2149-160-588

曉匣擬音不同。

干	kan	元	見	2805-869-546	干	kan	元	見	KAT/KAN	2195-163-600
犴	han	元	匣	2806-869-546						
扞	han	元	匣	2807-869-546	扞捍	ɦan	元	匣	KAT/KAN	2196-163-601

乾	kan	元	見	2808-870-547	乾	gïan	元	群	KAR/KAT/KAN	2145-160-587
旱	han	元	匣	2811-870-547	旱	ɦan	元	匣	KAR/KAT/KAN	2147-160-588

曉匣擬音不同。

關	koan	元	見	2840-878-552	關（関）	kuǎn	元	見	KUAN	2358-170-643
擐	hoan	元	匣	2842-878-552						

盥	kuan	元	見	2843-879-553	盥	kuan	元	見	KUAT/KUAN	2348-169-639
澣（浣）	huan	元	匣	2844-879-553	浣	ɦuan	元	匣	KUAT/KUAN	2350-169-640

曉匣擬音不同。

款（欵）	khuan	元	溪	2572-797-504						
惓（拳卷）	giuan	元	群	2573-797-504	拳	gïuan	元	群	KUAR/KUAN	2283-166-622

騫（蹇）	khian	元	溪	2867-885-556						
軒	xian	元	曉	2868-885-556	軒	hïăn	元	曉	KAR/KAT/KAN	2150-160-588

岸	ngan	元	疑	2869-886-556	岸	ŋan	元	疑	NGAR/NGAN	2169-161-593
屵（厂）	xan	元	曉	2870-886-556	厂	han	元	曉	NGAR/NGAN	2168-161-593

曉匣擬音不同。

顯	xian	元	曉	2884-890-559						
見	hyan	元	匣	2885-890-559	見	kăn	元	見	KAT/KAD/KAN	2218-164-606
現	hyan	元	匣	2886-890-559						

癉	tan	元	端	2902-898-562						
癉（憚）	dan	元	定	2903-898-562	憚	dan	元	定	TAN	1952-144-538

轉	tiuan	元	端	2908-901-564	轉（転）	tïuan	元	端	TUAR/TUAN	1982-145-545
囀	tiuan	元	端	2909-901-564						
邅	dian	元	定	2910-901-564						

傳	diuan	元	定	2918-905-566	傳（伝）	dïuan	元	定	TUAR/TUAN	1983-145-546
轉	tiuan	元	端	2919-905-566	轉（転）	tïuan	元	端	TUAR/TUAN	1982-145-545

團（專）	duan	元	定	2920-906-566	團（団）	duan	元	定	TUAR/TUAN	1981-145-545
湍	thuan	元	透	2924-906-566	湍	tʻuan	元	透	TUAN	1994-146-548

躔	dian	元	定	2992-926-577						
蹍（趁）	nian	元	泥	2993-926-577	趁	tʻïen	眞	透	TER/TET/TEN	2824-194-746
輾（碾）	nian	元	泥	2994-926-577	輾	tïan	元	端	TAN	1958-144-539

鐉（劕）	tjian	元	照	2948-914-570						
偝	tjian	元	照	2949-914-570						
騙（扇）	sjian	元	審	2950-914-570	扇	thian	元	透	TAN	1956-144-539

喘	thjiuan	元	穿	2978-920-574	喘	tʻïuan	元	透	TUAN	1993-146-548
歂	zjiuan	元	禪	2979-920-574						

翦（剪前）	tzian	元	精	2981-921-576	翦	tsian	元	精	TSAN	2077-155-571
劗	dzuan	元	從	2982-921-576						

淺	tsian	元	清	2987-924-577	淺(淺)	tsʻian	元	清	SAR/SAT/SAN	2071-154-569
俴	dzian	元	從	2988-924-577						

反	piuan	元	幫	3009-933-581	反	pʻiuăn	元	幫	PAT/PAD/PAN	2404-172-653
幡	phiuan	元	滂	3011-933-581	旛幡	pʻiuăn	元	滂	PAN	2422-173-657
翻(飜)	phiuan	元	滂	3012-933-581	翻	pʻiuăn	元	滂	PAN	2457-175-663
翩	phian	元	滂	3013-933-581	翩	pʻian	元	滂	PAN	2458-175-663

半	puan	元	幫	2673-831-523	半	puan	元	幫	PAT/PAD/PAN	2399-172-652
𢇖	puan	元	幫	2676-831-523						
泮(頖)	phuan	元	滂	2677-831-523						
胖	phuan	元	滂	2678-831-523						

藩	piuan	元	幫	3014-934-581	藩	pʻiuăn	元	幫	PAT/PAD/PAN	2409-172-653
樊(棥)	biuan	元	並	3015-934-581						

免	mian	元	明	3041-942-585	免	miăn	文	明	MUÊN	2808-193-741
挽(輓)	mian	元	明	3042-942-585	娩	miăn	文	明	MUÊN	2809-193-741
嬔(娩)	phiuan	元	滂	3043-942-585	娩	miăn	文	明	MUÊN	2809-193-741

弁(覍)	bian	元	並	3016-935-582	辯(弁)	bïan	元	並	PAT/PAD/PAN	2412-172-654
冕	mian	元	明	3017-935-582						

煩	biuan	元	並	2687-833-525	煩	bïuăn	元	並	PAN	2460-175-664
滿	muan	元	明	2688-833-525						
懣	muan	元	明	2689-833-525	懣	muan	元	明	MAN	2469-176-666

彎	oan	元	影	2797-866-545					
關 （貫）	koan	元	見	2798-866-545	關 （関）	kuǎn	元	見	KUAN	2358-170-643

嘆	xan	元	曉	2809-870-547	嘆	han	元	曉	KAR/KAT/KAN	2148-160-588
蔫	ian	元	影	2813-870-547						

曉匣擬音不同。

遄	zjiuan	元	禪	2974-920-574					
湍	thuan	元	透	2975-920-574	湍	ťuan	元	透	TUAN	1994-146-548

戰	tjian	元	照	2944-913-570	戰 （戦）	tian	元	端	TAN	1953-144-538
顫	tjian	元	照	2945-913-570	顫	tian	元	端	TAN	1948-144-538
憚	dan	元	定	2946-913-570	憚	dan	元	定	TAN	1952-144-538

斷 （断）	duan	元	定	2925-907-567	斷 （断）	duan	元	定	TUAR/TUAN	1988-145-546
剬	tjiuan	元	照	2928-907-567						

團 （專）	duan	元	定	2920-906-566	團 （団）	duan	元	定	TUAR/TUAN	1981-145-545
篿 （圖）	zjiuan	元	禪	2922-906-566						

踐	dzian	元	從	2991-926-577	踐 （践）	dzian	元	從	TSAN	2081-155-572
躔	dian	元	定	2992-926-577						

膳 （饍）	zjian	元	禪	2971-919-573	膳	dhian	元	定	TAT/TAR/TAN	1912-141-528
饌 （籑）	dzhiuan	元	床	2972-919-573	饌	dzuǎn	元	從	TSUAN	2093-157-575

纂	tzuan	元	精	2524-783-496	纂	tsuan	元	精	TSUAN	2091-157-575
簒	ʥhoan	元	床	2525-783-496						

剗（鏟）	tshean	元	初	2980-921-576						
翦（剪前）	tzian	元	精	2981-921-576	翦	tsian	元	精	TSAN	2077-155-571

7.3 丙類韻部疊韻

7.3.1 緝部疊韻

7.3.1.1 聲母相同，韻頭不同

共計 2 組。按聲轉差異細分如下表：

匣母雙聲	從母雙聲
1	1

比較《漢字語源辭典》如下：

合	həp	緝	匣	3059-949-589	合	ɦəp	緝	匣	KÊP/KÊM	3113-211-820
祫	heəp	緝	匣	3060-949-589						

曉匣擬音不同。

雜	ʥəp	緝	從	3097-958-594	襍雜（雜）	ʥəp	緝	從	TSÊP/TSÊM	3092-210-813
儳	ʥəp	緝	從	3098-958-594						
集（雧）	ʥiəp	緝	從	3099-958-594	集	ʥiəp	緝	從	TSÊP/TSÊM	3091-210-813
亼（亽）	ʥiəp	緝	從	3100-958-594						
襍	ʥiəp	緝	從	3101-958-594						
輯	ʥiəp	緝	從	3102-958-594	輯	ʥiəp	緝	從	TSÊP/TSÊM	3096-210-813

7.3.1.2 聲母不同

共計 7 組。按聲轉差異細分如下表：

莊精準雙聲	見匣旁紐	溪匣旁紐	曉匣旁紐	精從旁紐	定審鄰紐	審邪鄰紐
1	1	1	1	1	1	1

比較《漢字語源辭典》如下：

揖	tziəp	緝	精	3105-958-594				
戢	tzhiəp	緝	莊	3106-958-594	戢	tsïəp	緝	精	TSêP/TSêM	3097-210-813

合	həp	緝	匣	3059-949-589	合	ĥəp	緝	匣	KêP/KêM	3113-211-820
佮	kəp	緝	見	3065-949-589						
敆	kəp	緝	見	3066-949-589						

曉匣擬音不同。

合	həp	緝	匣	3059-949-589	合	ĥəp	緝	匣	KêP/KêM	3113-211-820
洽	kheəp	緝	溪	3067-949-589	洽	ĥ̌əp	緝	匣	KêP/KêM	3116-211-820

曉匣擬音不同。

合	həp	緝	匣	3059-949-589	合	ĥəp	緝	匣	KêP/KêM	3113-211-820
歙	xiəp	緝	曉	3063-949-589						
翕	xiəp	緝	曉	3064-949-589						

集（雧）	ʥiəp	緝	從	3099-958-594	集	ʥiəp	緝	從	TSêP/TSêM	3091-210-813
揖	tziəp	緝	精	3105-958-594						

濕（溼）	sjiəp	緝	審	3087-954-593	溼濕	thiəp	緝	透	TêP/TêM	3035-205-795
塌（塔）	diəp	緝	定	3088-954-593						

濕（溼）	sjiəp	緝	審	3087-954-593	溼濕	thiəp	緝	透	TêP/TêM	3035-205-795
隰	ziəp	緝	邪	3089-954-593						

藤堂明保無邪母。

7.3.2 盍部疊韻

7.3.2.1 同音不同調

共計 1 組。按聲轉差異細分如下表：

溪母雙聲
1

比較《漢字語源辭典》如下：

愜 （愿）	khyap	盍	溪	3120-963-598					
慊（嗛 謙）	khyap	盍	溪	3121-963-598	謙	k'läm	談	溪	KAP/KAM	3314-221-866

7.3.2.2 聲母相同，韻頭不同

共計 1 組。按聲轉差異細分如下表：

見母雙聲
1

比較《漢字語源辭典》如下：

夾	keap	盍	見	3114-962-597	夾	kǎp	葉	見	KAP/KAM	3294-220-862
頰	kyap	盍	見	3117-962-597	頰	käp	葉	見	KAP/KAM	3298-220-862

7.3.2.3 聲母不同

共計 7 組。按聲轉差異細分如下表：

見匣旁紐	溪曉旁紐	溪匣旁紐	端泥旁紐	透定旁紐	定泥旁紐	照定鄰紐
1	1	1	1	1	1	1

比較《漢字語源辭典》如下：

夾	keap	盍	見	3114-962-597	夾	kǎp	葉	見	KAP/KAM	3294-220-862
挾	hyap	盍	匣	3116-962-597	挾	ĥäp	葉	匣	KAP/KAM	3295-220-862

曉匣擬音不同。

胠	khiap	盍	溪	3118-962-597	胠	k'ïag	魚	溪	KAG/KAK/KANG	1391-104-400
脅 （脇）	xiap	盍	曉	3119-962-597	脇 脅	hiäp	葉	曉	KAP/KAM	3302-220-862

篋	khyap	盍	溪	3122-964-598				
匣 （柙）	heap	盍	匣	3126-964-598	匣	ĥăp	葉	匣	KAP/KAM	3261-219-857

曉匣擬音不同。

錔	tiap	盍	端	3136-968-600
鎑	niap	盍	泥	3138-968-600
鑷	niap	盍	泥	3139-968-600

踏 （蹋）	thap	盍	透	3140-969-601	踏	t'əp	緝	透	TÊP/TêM	3039-206-798
蹀	dyap	盍	定	3141-969-601						

蹀	dyap	盍	定	3141-969-601						
蹋	niap	盍	泥	3142-969-601	蹋	nïap	葉	泥	TÊP/TêM	3051-206-800
亀	niap	盍	泥	3143-969-601						

懾	tjiap	盍	照	3079-952-592
疊	dyap	盍	定	3082-952-592
慄	dyap	盍	定	3083-952-592

7.3.3　侵部疊韻

7.3.3.1　同音不同調

共計 2 組。按聲轉差異細分如下表：

透母雙聲	日母雙聲
1	1

比較《漢字語源辭典》如下：

探	thəm	侵	透	3196-984-609	探	t'əm	侵	透	TÊP/TêM	3015-205-792
撢	thəm	侵	透	3197-984-609						

任	njiəm	侵	日	3213-990-611	任	niəm	侵	泥	NÊP/NêM	3059-207-803

妊 （任）	njiəm	侵	日	3214-990-611	妊	niəm	侵	泥	NêP/NêM	3058-207-803

7.3.3.2　聲母相同，韻頭不同

共計 6 組。按聲轉差異細分如下表：

影母雙聲	見母雙聲	匣母雙聲	泥母雙聲	日母雙聲
1	1	1	2	1

比較《漢字語源辭典》如下：

暗 （陪）	əm	侵	影	3150-972-602	暗	əm	侵	影	KêP/KêM	3143-211-824
黯	eəm	侵	影	3153-972-602						
陰	iəm	侵	影	3154-972-602	陰	ïm	侵	影	KêP/KêM	3135-211-823
霒	iəm	侵	影	3155-972-602						
蔭 （廕）	iəm	侵	影	3156-972-602	蔭	ïm	侵	影	KêP/KêM	3136-211-823
窨	iəm	侵	影	3157-972-602						

絳	koəm	侵	見	3160-973-604
紺	kəm	侵	見	3162-973-604

含	həm	侵	匣	3167-976-605	含	ĥəm	侵	匣	KêP/KêM	3123-211-821
唅	həm	侵	匣	3168-976-605						
琀	həm	侵	匣	3169-976-605						
銜	heəm	侵	匣	3170-976-605	銜	ĥəm	侵	匣	KêP/KêM	3130-211-822

曉匣擬音不同。

農 （辳）	nuəm	侵	泥	3200-986-609	農	noŋ	中	泥	NOG/NOK/NONG	502-39-202
男	nəm	侵	泥	3201-986-609	男	nəm	侵	泥	NêP/NêM	3062-207-804

濃	niuəm	侵	泥	3202-987-610	濃	nïoŋ	中	泥	NOG/NOK/NONG	504-39-202
釀	niuəm	侵	泥	3203-987-610	釀 （醸）	nïaŋ	陽	泥	NANG	1225-92-360

襛	niuəm	侵	泥	3204-987-610					
穠	niuəm	侵	泥	3205-987-610					
膿（盥）	nuəm	侵	泥	3206-987-610	膿	noŋ	中	泥	NOG/NOK/NONG	501-39-202

| 戎 | njiuəm | 侵 | 日 | 3215-991-611 | | | | | |
| 荏 | njiəm | 侵 | 日 | 3216-991-611 | 荏 | niəm | 侵 | 泥 | NAM | 3208-215-841 |

7.3.3.3 聲母不同

共計 14 組。按聲轉差異細分如下表：

山心準雙聲	端照準雙聲	泥日準雙聲	溪群旁紐	端定旁紐	審禪旁紐	初山旁紐	精清旁紐	清心旁紐	滂並旁紐	定審鄰紐	透禪鄰紐	來喻鄰紐
1	1	1	1	2	1	1	1	1	1	1	1	1

比較《漢字語源辭典》如下：

| 三 | səm | 侵 | 心 | 3258-1003-618 | 三 | sâm | 侵 | 心 | TSÊP/TSÊM | 3101-210-814 |
| 參（叄） | shiəm | 侵 | 山 | 3262-1003-618 | 參（叄） | sïəm | 侵 | 心 | TSÊP/TSÊM | 3103-210-814 |

| 冬 | tuəm | 侵 | 端 | 3188-982-608 | 冬 | toŋ | 中 | 端 | TÊG | 401-33-178 |
| 終 | tjiuəm | 侵 | 照 | 3189-982-608 | 終 | tioŋ | 中 | 端 | TÊG | 402-33-179 |

| 念 | niəm | 侵 | 泥 | 3198-985-609 |
| 恁 | njiəm | 侵 | 日 | 3199-985-609 |

| 衾 | khiəm | 侵 | 溪 | 3163-974-605 | 衾 | kʼiəm | 侵 | 溪 | KÊP/KÊM | 3125-211-821 |
| 紟 | giəm | 侵 | 群 | 3164-974-605 |

耽	təm	侵	端	3183-981-607	耽	təm	侵	端	TÊP/TÊM	3020-205-793
湛	təm	侵	端	3184-981-607	湛	dăm	侵	定	TÊP/TÊM	3025-205-794
媅（妉惂）	təm	侵	端	3185-981-607					
酖	təm	侵	端	3186-981-607					
沈	diəm	侵	定	3187-981-607	沈	dïəm	侵	定	TÊP/TÊM	3018-205-793

中	tiuəm	侵	端	3190-983-608	中	tïoŋ	中	端	TOK/TOG/TONG	443-35-189
衷	tiuəm	侵	端	3191-983-608						
仲	diuəm	侵	定	3192-983-608						

深	sjiəm	侵	審	3224-994-613	深	thiəm	侵	透	TêP/TêM	3016-205-792
甚	zjiem	侵	禪	3227-994-613	甚	dhiəm	侵	定	TêP/TêM	3024-205-794

參	tshiəm	侵	初	3234-997-615	參 (參)	siəm	侵	心	TSêP/TSêM	3103-210-814
槮 (嵾)	tshiəm	侵	初	3235-997-615						
椮	shiəm	侵	山	3236-997-615						
籈	shiəm	侵	山	3237-997-615						

侵	tsiəm	侵	清	3253-1001-617	侵	tsʼiəm	侵	清	TSêM/SêP	3076-209-809
祲	tziəm	侵	精	3255-1001-617						

三	səm	侵	心	3258-1003-618	三	sêm	侵	心	TSêP/TSêM	3101-210-814
糁	səm	侵	心	3259-1003-618						
參	tsəm	侵	清	3260-1003-618	參 (參)	siəm	侵	心	TSêP/TSêM	3103-210-814
驂	tsəm	侵	清	3261-1003-618						

豐	phiuəm	侵	滂	1869-582-387	豐 (豐)	pʼïoŋ	東	滂	PUG/PUNG	1086-80-323
芃	buəm	侵	並	1870-582-387						

　　王力冬侵合併。

深	sjiəm	侵	審	3224-994-613	深	thiəm	侵	透	TêP/TêM	3016-205-792
潭	dəm	侵	定	3228-994-613	潭	dəm	侵	定	TêP/TêM	3029-205-794
覃	dəm	侵	定	3229-994-613	覃	dəm	侵	定	TêP/TêM	3028-205-794

甚（黮 椹）	zjiəm	侵	禪	3230-995-614
黮	thəm	侵	透	3231-995-614

淫	jiəm	侵	喻	3217-992-612	淫	ɖiəm	侵	澄	TêP/TêM	3033-205-795
霪 (淫)	jiəm	侵	喻	3218-992-612	淫	ɖiəm	侵	澄	TêP/TêM	3033-205-795
婬	jiəm	侵	喻	3219-992-612						
霖	liəm	侵	來	3220-992-612	霖	liəm	侵	來	LêP/LêM	3071-208-806

舌音差別。

7.3.4　談部疊韻

7.3.4.1　同音不同調

共計 2 組。按聲轉差異細分如下表：

疑母雙聲	日母雙聲
1	1

比較《漢字語源辭典》如下：

巖	ngeam	談	疑	2872-886-556						
嵒 (岩)	ngeam	談	疑	2873-886-556	岩	ŋăm	談	疑	NGAP/NGAM	3319-222-868

髯(顄 頰)	njiam	談	日	3315-1022-628						
冉 (冄)	njiam	談	日	3316-1022-628	冉	niam	談	泥	NAM	3205-215-841

7.3.4.2 聲母相同，韻頭不同

共計 1 組。按聲轉差異細分如下表：

疑母雙聲
1

比較《漢字語源辭典》如下：

鱫	ngeam	談	疑	3294-1014-625
顩	ngiam	談	疑	3295-1014-625

7.3.4.3　聲母不同

共計 11 組。按聲轉差異細分如下表：

床從準雙聲	見匣旁紐	溪匣旁紐	莊山旁紐	精清旁紐	精從旁紐	精心旁紐	端從鄰紐	透審鄰紐	莊從鄰紐
1	2	1	1	1	1	1	1	1	1

比較《漢字語源辭典》如下：

鑱	ʥheam	談	床	3325-1025-629	鑱	ʥǎm	談	從	TSAP/TSAM	3243-218-852
攙	ʥheam	談	床	3326-1025-629						
鏨	ʥam	談	從	3327-1025-629						

甘	kam	談	見	3281-1010-623	甘	kam	談	見	KAP/KAM	3269-219-858
柑	kam	談	見	3282-1010-623						
酣	ham	談	匣	3283-1010-623	酣	ĥam	談	匣	KAP/KAM	3270-219-858

曉匣擬音不同。

緘	keam	談	見	3124-964-598	緘	kǎm	侵	見	KêP/KêM	3149-211-824
械 （咸）	heam	談	匣	3125-964-598	咸	hǎm	侵	匣	KêP/KêM	3148-211-824

坎 （埳）	kham	談	溪	1237-369-280	坎	k'am	談	溪	KAP/KAM	3313-221-866
陷 （臽）	heam	談	匣	1238-369-280	陷 （陷）	ĥam	談	匣	KAP/KAM	3310-221-865

曉匣擬音不同。

斬	tzheam	談	莊	3319-1024-629	斬	tṣǎm	談	莊	TSAP/TSAM	3252-218-852
芟 （薪）	sheam	談	山	3320-1024-629	芟	sǎm	談	心	TSAP/TSAM	3256-218-853
摲 （搟）	sheam	談	山	3321-1024-629						

藤堂明保擬有舌尖後塞擦音和擦音莊初崇生一組。

鐵	tziam	談	精	3247-999-616						
籤	tsiam	談	清	3249-999-616	籤	ts'iam	談	清	TSAP/TSAM	3247-218-852

漸	ʥiam	談	從	3240-998-615	漸	tsiam	談	精	TSAP/TSAM	3255-218-853
灀	tziam	談	精	3242-998-615						
霎	tziam	談	精	3243-998-615						

霽	tziam	談	精	3244-998-615					

鑯	tziam	談	精	3247-999-616	籤	tsʻiam	談	清	TSAP/TSAM	3247-218-852
孅	siam	談	心	3250-999-616	孅	siam	談	心	TSAP/TSAM	3250-218-852

漸	dziam	談	從	3240-998-615	漸	tsiam	談	精	TSAP/TSAM	3255-218-853
霑（沾）	tiam	談	端	3241-998-615	霑	tïam	談	端	TAM/TAP	3190-214-838

觇（佔沾）	thiam	談	透	3304-1018-626	觇	tʻiam	談	透	TAM/TAP	3187-214-838
閃	sjiam	談	審	3305-1018-626	閃	thiam	談	透	TAP/TAM	3172-213-834

斬	tzheam	談	莊	3319-1024-629	斬	ṭṣăm	談	莊	TSAP/TSAM	3252-218-852
鏨	dzam	談	從	3323-1024-629						
槧	dzam	談	從	3324-1024-629						

第八章　同音關係同源詞比較

8.1　甲類同音

8.1.1　之部同音

共計 14 組。按聲轉差異細分如下表：

溪母	群母	疑母	曉母	定母	泥母	照母	日母	精母	從母	明母
2	2	1	1	1	1	1	1	1	2	1

比較《漢字語源辭典》如下：

欺	khiə	之	溪	12-5-83	欺	kʽïəg	之	溪	KêG	206-19-126
諆	khiə	之	溪	13-5-83						

藤堂明保陰聲韻帶輔音韻尾。

䫋 (魁)	khiə	之	溪	14-6-83	䫋	kʽïəg	之	溪	KêG	205-19-126
俱	khiə	之	溪	15-6-83						
娸	khiə	之	溪	16-6-83						

綦 (綼)	giə	之	群	24-10-85
綼	giə	之	群	25-10-85

忌	giə	之	群	26-11-86
諅	giə	之	群	27-11-86

礙	ngə	之	疑	33-14-87
閡	ngə	之	疑	34-14-87

熙	xiə	之	曉	39-16-87	熙	hïəg	之	曉	HêG	243-22-135
熹 （熺）	xiə	之	曉	40-16-87	熹	hïəg	之	曉	HêG	242-22-135

藤堂明保陰聲韻帶輔音韻尾。曉匣擬音不同。

駘	də	之	定	58-20-90
孃	də	之	定	59-20-90

耐	nə	之	泥	68-24-91	耐	nəg	之	泥	TêG	37-3-79
能	nə	之	泥	69-24-91	能	nəŋ	蒸	泥	TêG	36-3-79

藤堂明保陰聲韻帶輔音韻尾。

趾 （止）	tjiə	之	照	85-30-94	趾	tiəg	之	端	TEG/TEK	3-1-71
址 （阯）	tjiə	之	照	86-30-94	阯	tiəg	之	端	TEG/TEK	2-1-70

藤堂明保陰聲韻帶輔音韻尾。

耳	njiə	之	日	91-33-95	耳	niəg	之	泥	NêG/NêNG	102-11-99
珥	njiə	之	日	92-33-95						
刵	njiə	之	日	93-33-95						

藤堂明保陰聲韻帶輔音韻尾。

子	tziə	之	精	108-38-98	子₂	tsiəg	之	精	TSêG/TSêNG	152-15-113
籽	tziə	之	精	109-38-98						

藤堂明保陰聲韻帶輔音韻尾。

材	dzə	之	從	116-39-99	材	dzəg	之	從	TSEG	135-14-109
財	dzə	之	從	117-39-99	財	dzəg	之	從	TSEG	136-14-109
才	dzə	之	從	118-39-99	才	dzəg	之	從	TSEG	134-14-108

藤堂明保陰聲韻帶輔音韻尾。

才	ʥə	之	從	119-40-100	才	ʥəg	之	從	TSEG	134-14-108
財	ʥə	之	從	121-40-100	哉	tsəg	之	精	TSEG	140-14-109
材	ʥə	之	從	122-40-100	材	ʥəg	之	從	TSEG	135-14-109
裁	ʥə	之	從	123-40-100	裁	ʥəg	之	從	TSEG	138-14-109
纔	ʥə	之	從	124-40-100						

藤堂明保陰聲韻帶輔音韻尾。

腜	muə	之	明	145-48-105	腜	muəg	之	明	MêG/MêK	370-31-168
禖	muə	之	明	146-48-105	禖	muəg	之	明	MêG/MêK	372-31-168

藤堂明保陰聲韻帶輔音韻尾。

8.1.2　支部同音

共計 14 組。按聲轉差異細分如下表：

影母	見母	溪母	群母	疑母	匣母	照母	禪母	床母	山母	精母	滂母
1	2	1	1	1	1	1	1	1	1	2	1

比較《漢字語源辭典》如下：

恚	iue	支	影	150-50-105	恚	uieg	支	影	KUEG/KUENG	1814-137-507
娃	iue	支	影	151-50-105						

藤堂明保陰聲韻帶輔音韻尾。

解	ke	支	見	152-51-106	解	kĕg	支	見	KEG	1772-131-494
懈	ke	支	見	153-51-106	懈	kĕg	支	見	KEG	1773-131-494

藤堂明保陰聲韻帶輔音韻尾。

圭（珪）	kyue	支	見	154-52-106	圭	kueg	支	見	KUEG/KUENG	1811-137-507
閨	kyue	支	見	155-52-106	閨	kueg	支	見	KUEG/KUENG	1812-137-507

藤堂明保陰聲韻帶輔音韻尾。

窺	khiue	支	溪	159-54-107	窺	kʻiueg	支	溪	KUEK/KUENG	1830-138-512
闚	khiue	支	溪	160-54-107						

藤堂明保陰聲韻帶輔音韻尾。

技 (伎)	gie	支	群	167-56-108	技	gïeg	支	群	KEG	1780-131-495
妓	gie	支	群	168-56-108	伎妓	gïeg	支	群	KEG	1781-131-495

藤堂明保陰聲韻帶輔音韻尾。

厓	nge	支	疑	169-57-108	厓	ŋ(u)ĕg	支	疑	KUEG/KUENG	1823-137-508
崖	nge	支	疑	170-57-108	崖	ŋ(u)ĕg	支	疑	KUEG/KUENG	1824-137-508
涯	nge	支	疑	171-57-108						

藤堂明保陰聲韻帶輔音韻尾。

夥	he	支	匣	172-58-109
澥	he	支	匣	173-58-109
嶰	he	支	匣	174-58-109

支	tjie	支	照	192-62-111	支	kïeg	支	見	KEG	1776-131-495
枝	tjie	支	照	193-62-111	枝	kïeg	支	見	KEG	1777-131-495
肢 (胑)	tjie	支	照	194-62-111	胑 肢	tieg	支	端	TEK/TEG/TENG	1657-120-464

藤堂明保陰聲韻帶輔音韻尾。

是	zjie	支	禪	211-65-114
諟	zjie	支	禪	212-65-114

柴	dʑhe	支	床	216-67-115	柴	dʑĕr	脂	從	TSER	2961-201-775
眥	dʑhe	支	床	217-67-115						

藤堂明保陰聲韻帶輔音韻尾。

屣 (躧)	shie	支	山	218-68-115
鞭 (躧)	shie	支	山	219-68-115

觜 (柴)	tziue	支	精	220-69-116	觜 嘴	tsier	脂	精	TSER	2964-201-775
嘴	tziue	支	精	221-69-116	觜 嘴	tsier	脂	精	TSER	2964-201-775

芘	tzie	支	精	222-70-116					
紫	tzie	支	精	223-70-116	紫	tsier	脂	精	TSER	2965-201-775

藤堂明保陰聲韻帶輔音韻尾。

派	phe	支	滂	235-74-118
底	phe	支	滂	236-74-118

8.1.3　魚部同音

共計 35 組。按聲轉差異細分如下表：

影母	見母	溪母	疑母	匣母	泥母	來母	喻母	山母	心母	邪母	幫母	明母
2	6	1	7	3	1	3	5	1	1	2	1	3

比較《漢字語源辭典》如下：

椏	ea	魚	影	252-79-121
丫	ea	魚	影	253-79-121

紆	iua	魚	影	260-82-122					
迂	iua	魚	影	261-82-122	迂	ïuag	魚	影	HUAG/HUANG	1472-110-420

藤堂明保陰聲韻帶輔音韻尾。

鼓 （皷）	ka	魚	見	279-84-126
鼓	ka	魚	見	280-84-126

羖 （羘）	ka	魚	見	281-85-126
牯	ka	魚	見	282-85-126

固	ka	魚	見	291-88-128	固	kag	魚	見	KAG/KAK/KANG	1337-101-389
痼 （痯）	ka	魚	見	292-88-128						
錮	ka	魚	見	293-88-128						

藤堂明保陰聲韻帶輔音韻尾。

筥	kia	魚	見	296-90-129
篆 （籧）	kia	魚	見	297-90-129

踞	kia	魚	見	299-91-130	踞倨	kïag	魚	見	KAG	1330-100-385
倨	kia	魚	見	300-91-130	踞倨	kïag	魚	見	KAG	1330-100-385

藤堂明保陰聲韻帶輔音韻尾。

鼓 （皷）	ka	魚	見	310-95-131
鼓	ka	魚	見	311-95-131
瞽	ka	魚	見	312-95-131

誇	khoa	魚	溪	331-100-135	誇	k'uăg	魚	溪	HUAG/HUANG	1473-110-420
誇	khoa	魚	溪	332-100-135	誇	k'uăg	魚	溪	HUAG/HUANG	1479-110-421

藤堂明保陰聲韻帶輔音韻尾。

五	nga	魚	疑	336-102-136	五	ŋaŋ	陽	疑	NGAG/NGAK/ NGANG	1492-112-426
伍	nga	魚	疑	337-102-136	伍	ŋaŋ	陽	疑	NGAG/NGAK/ NGANG	1493-112-426

寤	nga	魚	疑	338-103-136						
啎	nga	魚	疑	339-103-136						
悟	nga	魚	疑	340-103-136	悟	ŋag	魚	疑	NGAG/NGAK/ NGANG	1498-112-427

藤堂明保陰聲韻帶輔音韻尾。

牙	ngea	魚	疑	343-105-137	牙	ŋăg	魚	疑	NGAG/NGAK/ NGANG	1490-112-426
芽	ngea	魚	疑	344-105-137						

藤堂明保陰聲韻帶輔音韻尾。

魚	ngia	魚	疑	345-106-137	魚	ŋïag	魚	疑	NGAN/NGANG	1364-102-394
漁	ngia	魚	疑	346-106-137	漁	ŋïag	魚	疑	NGAN/NGANG	1365-102-394

藤堂明保陰聲韻帶輔音韻尾。

圄	ngia	魚	疑	351-108-139					
圉	ngia	魚	疑	352-108-139					
敔	ngia	魚	疑	353-108-139					
御	ngia	魚	疑	354-108-139	御	ŋïag	魚	疑	NGAG/NGAK/NGANG	1502-112-427
禦	ngia	魚	疑	355-108-139	禦	ŋïag	魚	疑	NGAG/NGAK/NGANG	1503-112-427
籞（箊）	ngia	魚	疑	356-108-139					

藤堂明保陰聲韻帶輔音韻尾。

御	ngia	魚	疑	357-109-140	御	ŋïag	魚	疑	NGAG/NGAK/NGANG	1502-112-427
馭	ngia	魚	疑	358-109-140					

藤堂明保陰聲韻帶輔音韻尾。

娛	ngiua	魚	疑	361-111-141
虞	ngiua	魚	疑	362-111-141

胡	ha	魚	匣	385-117-144	胡	ĥag	魚	匣	KAG	1321-100-384
鬍	ha	魚	匣	386-117-144					

藤堂明保陰聲韻帶輔音韻尾。曉匣擬音不同。

夏	hea	魚	匣	387-118-144	夏	ĥăg	魚	匣	KAG	1320-100-384
廈	hea	魚	匣	388-118-144					

藤堂明保陰聲韻帶輔音韻尾。曉匣擬音不同。

瑕（碬）	hea	魚	匣	389-119-145
霞（赮）	hea	魚	匣	390-119-145
瘕	hea	魚	匣	391-119-145
騢	hea	魚	匣	392-119-145
鰕（蝦）	hea	魚	匣	393-119-145

笯	na	魚	泥	409-126-149	笯	nag	魚	泥	NAG/NAK/NANG	1222-91-358
袽	na	魚	泥	410-126-149					

藤堂明保陰聲韻帶輔音韻尾。

盧	la	魚	來	415-129-150
鱸	la	魚	來	416-129-150
旅	la	魚	來	417-129-150
壚	la	魚	來	418-129-150
獹	la	魚	來	419-129-150
瀘	la	魚	來	420-129-150
櫨	la	魚	來	421-129-150
矑	la	魚	來	422-129-150

盧	la	魚	來	424-130-151
鑪（壚）	la	魚	來	425-130-151

呂	lia	魚	來	435-134-152
膂	lia	魚	來	436-134-152

與（舉）	jia	魚	喻	472-145-160	興	giag	魚	群	NGAG/NGAK/NGANG	1509-112-428
舁（舉）	jia	魚	喻	473-145-160	舁	giag	魚	群	NGAG/NGAK/NGANG	1507-112-428

藤堂明保陰聲韻帶輔音韻尾。

余	jia	魚	喻	474-146-160	余	diag	魚	澄	TAG	1147-85-339
予	jia	魚	喻	475-146-160	予	diag	魚	澄	TAG	1157-85-340

藤堂明保陰聲韻帶輔音韻尾。舌音差別。

予	jia	魚	喻	476-147-161	予	diag	魚	澄	TAG	1157-85-340
與（与）	jia	魚	喻	477-147-161	與	giag	魚	群	NGAG/NGAK/NGANG	1508-112-428

藤堂明保陰聲韻帶輔音韻尾。舌音差別。

與	jia	魚	喻	478-148-161	與	giag	魚	群	NGAG/NGAK/NGANG	1508-112-428
豫	jia	魚	喻	479-148-161	豫	diag	魚	澄	TAG	1158-85-340
預	jia	魚	喻	480-148-161						

藤堂明保陰聲韻帶輔音韻尾。舌音差別。

藇（與餘）	jia	魚	喻	491-152-163	與	giag	魚	群	NGAG/NGAK/NGANG	1508-112-428
蕷（預）	jia	魚	喻	492-152-163						

藤堂明保陰聲韻帶輔音韻尾。

疏（疎）	shia	魚	山	503-157-166	疏	sïag	魚	心	SAG/SAK/SANG	1268-96-370
梳	shia	魚	山	504-157-166	梳	sïag	魚	心	SAG/SAK/SANG	1269-96-370

藤堂明保陰聲韻帶輔音韻尾。

蘇	sa	魚	心	514-160-168						
穌	sa	魚	心	515-160-168	穌	sag	魚	心	SAG/SAK/SANG	1273-96-371
甦	sa	魚	心	516-160-168						

藤堂明保陰聲韻帶輔音韻尾。

徐	zia	魚	邪	526-164-170	徐	ḍiag	魚	澄	TAG	1155-85-340
俆	zia	魚	邪	527-164-170						

藤堂明保陰聲韻帶輔音韻尾。藤堂明保無邪母。

邪	zya	魚	邪	531-166-171
衺	zya	魚	邪	532-166-171
斜	zya	魚	邪	533-166-171

斧	piua	魚	幫	548-170-174
黼	piua	魚	幫	549-170-174

憮	miua	魚	明	561-174-176
謨	miua	魚	明	562-174-176

模（橅）	ma	魚	明	566-176-177	模	mag	魚	明	MAK/MANG	1589-117-447
摹（摸）	ma	魚	明	567-176-177	摸摹	mag	魚	明	MAK/MAG/MANG	1616-118-453

藤堂明保陰聲韻帶輔音韻尾。

| 無
(无) | miua | 魚 | 明 | 571-178-178 | 無 | muïag | 魚 | 明 | MAK/MAG/M
ANG | 1607-118-452 |
| 毋 | miua | 魚 | 明 | 572-178-178 | | | | | | |

藤堂明保陰聲韻帶輔音韻尾。

8.1.4　侯部同音

共計 16 組。按聲轉差異細分如下表：

影母	疑母	定母	穿母	喻母	禪母	莊母	心母	幫母	並母
2	2	2	1	2	2	1	1	2	1

比較《漢字語源辭典》如下：

| 區 | o | 侯 | 影 | 581-179-181 | 區
(区) | kʰïŭg | 侯 | 溪 | KUK/KUG/
KUNG | 1025-75-310 |
| 驅 | o | 侯 | 影 | 582-179-181 | | | | | | |

藤堂明保陰聲韻帶輔音韻尾。

| 歐
(嘔) | o | 侯 | 影 | 583-180-181 | 歐
(欧) | ug | 侯 | 影 | KUK/KUG/
KUNG | 1028-75-310 |
| 欽
(唹) | o | 侯 | 影 | 584-180-181 | | | | | | |

藤堂明保陰聲韻帶輔音韻尾。

| 耦 | ngo | 侯 | 疑 | 618-188-185 |
| 偶 | ngo | 侯 | 疑 | 619-188-185 |

| 隅 | ngio | 侯 | 疑 | 620-189-186 | 隅 | ŋïŭg | 侯 | 疑 | KUK/KUG/KU
NG | 1036-75-311 |
| 嵎 | ngio | 侯 | 疑 | 621-189-186 | | | | | | |

藤堂明保陰聲韻帶輔音韻尾。

| 豆 | do | 侯 | 定 | 646-195-191 | 豆 | dug | 侯 | 定 | TUG/TUK | 883-70-283 |
| 梪 | do | 侯 | 定 | 647-195-191 | | | | | | |

藤堂明保陰聲韻帶輔音韻尾。

| 廚 | dio | 侯 | 定 | 651-197-191 |
| 幮 | dio | 侯 | 定 | 652-197-191 |

姝	thjio	侯	穿	662-200-193
袾	thjio	侯	穿	663-200-193
姇	thjio	侯	穿	664-200-193

| 逾 | jio | 侯 | 喻 | 665-201-193 |
| 踰 | jio | 侯 | 喻 | 666-201-193 |

| 諭 | jio | 侯 | 喻 | 669-203-194 |
| 喻 | jio | 侯 | 喻 | 670-203-194 |

| 殳 | zjio | 侯 | 禪 | 671-204-194 | 殳 | dhiŭg | 侯 | 定 | TUG/TUK | 899-70-284 |
| 枓 | zjio | 侯 | 禪 | 672-204-194 | | | | | | |

藤堂明保陰聲韻帶輔音韻尾。

| 樹 | zjio | 侯 | 禪 | 673-205-195 | 樹 | dhiŭg | 侯 | 定 | TUG/TUK | 897-70-284 |
| 豎 | zjio | 侯 | 禪 | 674-205-195 | | | | | | |

藤堂明保陰聲韻帶輔音韻尾。

| 皺 | tzhio | 侯 | 莊 | 679-207-196 | 縐皺 | tsïug | 侯 | 精 | TSUG/TSUK/TSUNG | 963-73-299 |
| 縐 | tzhio | 侯 | 莊 | 680-207-196 | 縐皺 | tsïug | 侯 | 精 | TSUG/TSUK/TSUNG | 963-73-299 |

藤堂明保陰聲韻帶輔音韻尾。

| 須(頾) | sio | 侯 | 心 | 699-212-199 | 須 | ŋiŭg | 侯 | 娘 | NUG/NUK/NUNG | 941-72-294 |
| 需 | sio | 侯 | 心 | 700-212-199 | 需 | ŋiuɐ | | 娘 | NUG/NUK/NUNG | 943-72-294 |

藤堂明保陰聲韻帶輔音韻尾。舌音差別。

| 府 | pio | 侯 | 幫 | 706-214-199 | 府 | pïŭg | 侯 | 幫 | PUG/PUNG | 1069-80-322 |
| 腑(府) | pio | 侯 | 幫 | 707-214-199 | 府 | pïŭg | 侯 | 幫 | PUG/PUNG | 1069-80-322 |

藤堂明保陰聲韻帶輔音韻尾。

俯(俛頫)	pio	侯	幫	708-215-200
府	pio	侯	幫	709-215-200

附	bio	侯	並	719-218-201
坿	bio	侯	並	720-218-201

8.1.5 宵部同音

共計 19 組。按聲轉差異細分如下表：

溪母	疑母	端母	透母	定母	來母	床母	山母	精母	清母	心母	滂母	明母
1	2	1	1	1	4	1	1	1	1	1	1	3

比較《漢字語源辭典》如下：

磽(墝)	kheô	宵	溪	761-227-206				
塙	kheô	宵	溪	762-227-206	塙	kʼɔg	宵	溪	KôG/KôK	800-64-266
墩	kheô	宵	溪	763-227-206				

傲(敖傲)	ngô	宵	疑	766-229-207	傲	ŋɔg	宵	疑	KOG	796-63-264
嫯	ngô	宵	疑	767-229-207				
驁	ngô	宵	疑	768-229-207				
奡	ngô	宵	疑	769-229-207				

藤堂明保陰聲韻帶輔音韻尾。

垚	ngyô	宵	疑	770-230-207				
堯	ngyô	宵	疑	771-230-207	堯	ŋɔ̈g	宵	疑	KOG	791-63-263

藤堂明保陰聲韻帶輔音韻尾。

刀	tô	宵	端	772-231-208	刀	tɔg	宵	端	TôG	698-56-246
舠(舼舠)	tô	宵	端	773-231-208				
魛	tô	宵	端	774-231-208				

藤堂明保陰聲韻帶輔音韻尾。

韜	thô	宵	透	779-233-209
弨	thô	宵	透	780-233-209

挑	dyô	宵	定	809-239-213	挑	t'ŏg	宵	透	TôG	693-55-244
誂	dyô	宵	定	810-239-213						

藤堂明保陰聲韻帶輔音韻尾。

勞（労）	lô	宵	來	817-242-214	勞（労）	lɔg	宵	來	LôG	733-59-253
癆	lô	宵	來	818-242-214	癆	lɔg	宵	來	LôG	734-59-253

藤堂明保陰聲韻帶輔音韻尾。

僚	liô	宵	來	821-244-214	僚	lɔg	宵	來	LôG	740-59-253
嫽	liô	宵	來	822-244-214						

藤堂明保陰聲韻帶輔音韻尾。

憭	lyô	宵	來	823-245-215						
了	lyô	宵	來	824-245-215	了	lɔg	宵	來	LôG	744-59-254

藤堂明保陰聲韻帶輔音韻尾。

撩（繚）	lyô	宵	來	825-246-215	撩	lɔg	宵	來	LôG	743-59-254
料	lyô	宵	來	826-246-215	料	lɔg	宵	來	LôG	746-59-254

藤堂明保陰聲韻帶輔音韻尾。

巢	dʑheô	宵	床	843-251-218	巢（巣）	dʑŏg	宵	從	TSôG	777-62-260
轈	dʑheô	宵	床	844-251-218						

藤堂明保陰聲韻帶輔音韻尾。

梢	sheô	宵	山	845-252-218	梢	sŏg	宵	心	SôG/SôK	759-60-257
艄	sheô	宵	山	846-252-218						

藤堂明保陰聲韻帶輔音韻尾。

劋（勦）	tziô	宵	精	855-255-219						
操	tziô	宵	精	856-255-219	操	tsŏg	宵	精	TSôG	779-62-261

藤堂明保陰聲韻帶輔音韻尾。

銚	tsiô	宵	清	857-256-219					
斛 (觘)	tsiô	宵	清	858-256-219					
梟 (鑠)	tsiô	宵	清	859-256-219	梟	sɔg	宵	心	TSôG	770-62-260

藤堂明保陰聲韻帶輔音韻尾。

臊	sô	宵	心	863-258-220
鰺	sô	宵	心	864-258-220

剽	phiô	宵	滂	901-265-225					
勡	phiô	宵	滂	902-265-225	勡	pʼɔg	宵	滂	PôG/PôK	857-68-277

藤堂明保陰聲韻帶輔音韻尾。

毛	mô	宵	明	903-266-225	毛	mɔg	宵	明	MôG/MôK	867-69-279
髦	mô	宵	明	904-266-225	髦	mɔg	宵	明	MôG/MôK	868-69-279

藤堂明保陰聲韻帶輔音韻尾。

氂	mô	宵	明	905-267-225					
旄	mô	宵	明	906-267-225	旄	mɔg	宵	明	MôG/MôK	869-69-279

藤堂明保陰聲韻帶輔音韻尾。

藐 (蘋)	miô	宵	明	909-269-226	藐	mɔ̆k	藥	明	MôG/MôK	878-69-280
杪	miô	宵	明	910-269-226	杪	miɔg	宵	明	MôG/MôK	872-69-280
秒	miô	宵	明	911-269-226	秒	miɔg	宵	明	MôG/MôK	871-69-280
眇	miô	宵	明	912-269-226	眇	miɔg	宵	明	MôG/MôK	873-69-280
渺	miô	宵	明	913-269-226					

藤堂明保陰聲韻帶輔音韻尾。

8.1.6 幽部同音

共計 11 組。按聲轉差異細分如下表：

影母	群母	曉母	匣母	泥母	照母	日母	審母	幫母
1	3	1	1	1	1	1	1	1

比較《漢字語源辭典》如下：

呦	yu	幽	影	917-271-227
嫩	yu	幽	影	918-271-227

逑	giu	幽	群	935-274-229	逑	gïog	幽	群	KOG	583-46-220
仇	giu	幽	群	936-274-229	仇	gïog	幽	群	KOG	584-46-221

藤堂明保陰聲韻帶輔音韻尾。

臼	giu	幽	群	937-275-229	臼	gïuəg	之	群	KUêK/KUêG	279-24-145
舊	giu	幽	群	938-275-229						

藤堂明保陰聲韻帶輔音韻尾。

咎	giu	幽	群	939-276-229	咎	gïog	幽	群	KOG	614-47-225
惄	giu	幽	群	940-276-229						
俗（𧨏）	giu	幽	群	941-276-229						

藤堂明保陰聲韻帶輔音韻尾。

休	xiu	幽	曉	942-277-230	休	hïog	幽	曉	HOG/HOK	619-48-227
庥（茠）	xiu	幽	曉	943-277-230						

藤堂明保陰聲韻帶輔音韻尾。曉匣擬音不同。

皓（皜）	hu	幽	匣	752-224-205	晧晧	ɦog	幽	匣	KôG/KôK	807-64-266
皞（暤）	hu	幽	匣	753-224-205						

藤堂明保陰聲韻帶輔音韻尾。曉匣擬音不同。

㺁	nu	幽	泥	960-285-234						
惱（恼）	nu	幽	泥	961-285-234	惱（恼）	nɔg	宵	泥	NôG/NôK	723-58-250
憹	nu	幽	泥	962-285-234						

藤堂明保陰聲韻帶輔音韻尾。

周	tjiu	幽	照	963-286-234	周	tiog	幽	端	TOG/TOK/TONG	382-33-176
輈（週）	tjiu	幽	照	964-286-234	輈	tiog	幽	端	TOG/TOK/TONG	381-33-176

藤堂明保陰聲韻帶輔音韻尾。

柔	njiu	幽	日	973-290-236	柔	niog	幽	泥	NOG/NOK/NONG	488-39-201
楺	njiu	幽	日	974-290-236						
鍒（鑐）	njiu	幽	日	975-290-236						
鞣	njiu	幽	日	976-290-236	鞣	niog	幽	泥	NOG/NOK/NONG	489-39-201
煣（揉）	njiu	幽	日	977-290-236	煣（揉）	niog	幽	泥	NOG/NOK/NONG	490-39-201
輮	njiu	幽	日	978-290-236						

藤堂明保陰聲韻帶輔音韻尾。

獸	sjiu	幽	審	983-291-237	獸（狩）	thiog	幽	透	TOG/TOK/TONG	394-33-177
狩	sjiu	幽	審	984-291-237	狩	thiog	幽	透	TOG/TOK/TONG	389-33-177

藤堂明保陰聲韻帶輔音韻尾。

保	pu	幽	幫	1006-301-242	保	pôg	幽	幫	POG/POK	654-51-234
堡（塸）	pu	幽	幫	1007-301-242						

藤堂明保陰聲韻帶輔音韻尾。

8.1.7 職部同音

共計 13 組。按聲轉差異細分如下表：

影母	見母	泥母	來母	神母	喻母	莊母	心母	並母
1	1	1	1	1	1	1	3	3

比較《漢字語源辭典》如下：

惑	iuək	職	影	1049-310-248
郁	iuək	職	影	1050-310-248

戒	kək	職	見	1067-315-252	戒	kăg	之	見	KêK/KêNG	233-21-133
誡	kək	職	見	1068-315-252	誡	kăg	之	見	KêK/KêNG	234-21-133

恧（聰恧）	niuək	職	泥	1101-325-257	恧	niək	職	泥	NêG/NêNG	107-11-99
忸	niuək	職	泥	1102-325-257						

扐	lək	職	來	1104-326-257						
仂（防）	lək	職	來	1105-326-257	防	lək	職	來	LêK/LêNG	120-12-103

食	djiək	職	神	1109-328-258	食	diək	職	定	TêK	49-5-83
蝕	djiək	職	神	1111-328-258	蝕	diək	職	定	TêK	50-5-83

弋	jiək	職	喻	1112-329-260	弋	ḍiək	職	澄	TêG	38-3-79
雅	jiək	職	喻	1113-329-260	雅	ḍiək	職	澄	TêG	40-3-79

側	tzhiək	職	莊	1117-331-260	側	tsïək	職	精	TSêK	192-18-123
仄	tzhiək	職	莊	1118-331-260	仄	tsïək	職	精	TSêK	198-18-124
昃	tzhiək	職	莊	1119-331-260	昃	tsïək	職	精	TSêK	199-18-124
矢（吳）	tzhiək	職	莊	1120-331-260	矢	tṣïək	職	莊	TSêK	197-18-123

藤堂明保擬有舌尖後塞擦音和擦音莊初崇生一組。

塞	sək	職	心	1124-333-261	塞	sək	職	心	SêK	185-17-120
簺	sək	職	心	1125-333-261						

息	siək	職	心	1126-334-261	息	siək	職	心	TSêG/TSêNG	160-15-114
瘜	siək	職	心	1127-334-261						

息	siək	職	心	1128-335-262	息	siək	職	心	TSêG/TSêNG	160-15-114
熄	siək	職	心	1129-335-262	熄	siək	職	心	SêK	183-17-120

備	buək	職	並	1148-340-265	備	bïəg	之	並	PêG/PêK/PêNG	300-27-153
菔	buək	職	並	1149-340-265	菔	bïəg	之	並	PêG/PêK/PêNG	299-27-153

伏	biuək	職	並	1155-342-266	伏	bïuək	職	並	PêG/PêK/PêNG	306-27-153
服	biuək	職	並	1156-342-266	服	bïuək	職	並	PêG/PêK/PêNG	303-27-153

菔	bək	職	並	429-131-151
蔔	bək	職	並	430-131-151

8.1.8　錫部同音

共計 9 組。按聲轉差異細分如下表：

影母	見母	來母	喻母	初母	清母	幫母	明母
1	2	1	1	1	1	1	1

比較《漢字語源辭典》如下：

扼（搹）	ek	錫	影	1160-344-267					
搤	ek	錫	影	1161-344-267	搤	ĕk	錫	影 EK	1810-136-504
軶（杚）	ek	錫	影	1162-344-267					
槅（鬲）	ek	錫	影	1163-344-267					

隔	kek	錫	見	1174-346-269	隔	kĕk	錫	見 KEG	1775-131-495
膈（鬲）	kek	錫	見	1175-346-269					

擊	kyek	錫	見	1176-347-270	擊	kek	錫	見 KEK/KENG	1798-134-500
繫	kyek	錫	見	1177-347-270	繫	keg	支	見 KEK/KENG	1799-134-500
觳	kyek	錫	見	1178-347-270					

歷	lyek	錫	來	1187-352-272	歷（歴）	lek	錫	來 LENG/LEK/LEG	1704-124-477
曆（厤）	lyek	錫	來	1188-352-272	曆（歴）	lek	錫	來 LENG/LEK	1722-125-480

易	jiek	錫	喻	1191-354-272	易	ḍiek	錫	澄 DEK/DEG/DENG	1637-119-458
敡	jiek	錫	喻	1192-354-272					
傷	jiek	錫	喻	1193-354-272					

冊（箅策筴）	tshek	錫	初	1198-357-274	冊	tsʻĕk	錫	清 TSEK/TSEG/TSENG	1740-127-486
柵	tshek	錫	初	1199-357-274	柵	tsʻĕk	錫	清 TSEK/TSEG/TSENG	1741-127-486

刺	tsiek	錫	清	1202-359-275	刺	ts'ieg	支	清	TSEK/TSEG/TSENG	1731-127-485
莿	tsiek	錫	清	1203-359-275						
朿	tsiek	錫	清	1204-359-275	朿	ts'ieg	支	清	TSEK/TSEG/TSENG	1730-127-485
諫	tsiek	錫	清	1205-359-275						

| 壁 | pyek | 錫 | 幫 | 1211-360-276 | 壁 | pek | 錫 | 幫 | PEK/PENG | 1863-139-517 |
| 廦 | pyek | 錫 | 幫 | 1212-360-276 | | | | | | |

冪（幎）	myek	錫	明	1213-361-276
羃	myek	錫	明	1214-361-276
幎	myek	錫	明	1215-361-276
幦（幦）	myek	錫	明	1216-361-276
鼏	myek	錫	明	1217-361-276

8.1.9　鐸部同音

共計 15 組。按聲轉差異細分如下表：

影母	見母	溪母	定母	來母	照母	喻母	禪母	清母	幫母	並母
1	3	1	1	2	1	1	2	1	1	1

比較《漢字語源辭典》如下：

| 惡 | ak | 鐸 | 影 | 1218-362-277 | 惡（惡） | ak | 鐸 | 影 | AG/AK/ANG | 1408-106-406 |
| 諤（諤） | ak | 鐸 | 影 | 1219-362-277 | | | | | | |

| 郭（𩫖） | kuak | 鐸 | 見 | 1053-311-249 | 郭 | kuak | 鐸 | 見 | KUAK/KUANG | 1426-107-409 |
| 槨（椁） | kuak | 鐸 | 見 | 1054-311-249 | 槨 | kuak | 鐸 | 見 | KUAK/KUANG | 1427-107-409 |

閣	kak	鐸	見	1220-363-278	閣	kak	鐸	見	KAG/KAK/KANG	1346-101-390
擱	kak	鐸	見	1221-363-278					

格	keak	鐸	見	1222-364-278	格	kăk	鐸	見	KAG/KAK/KANG	1344-101-390
挌（敄）	keak	鐸	見	1223-364-278					

擴	khuak	鐸	溪	1229-367-280	擴（拡）	kʻuak	鐸	溪	KUAK/KUANG	1437-107-410
彍（彉）	khuak	鐸	溪	1230-367-280					

度	dak	鐸	定	1244-372-282	度	dak	鐸	定	TAK/TAG	1128-84-335
渡	dak	鐸	定	1245-372-282	渡	dag	魚	定	TAK/TAG	1129-84-335

落	lak	鐸	來	1248-374-283	落	lak	鐸	來	LAG/LANG	1236-93-362
零	lak	鐸	來	1249-374-283					

略	liak	鐸	來	1252-376-284	略	lïak	鐸	來	LANG/LAK	1243-94-364
掠	liak	鐸	來	1253-376-284					

蔗	tjyak	鐸	照	1261-378-285
柘	tjyak	鐸	照	1262-378-285

腋（亦）	jyak	鐸	喻	1277-382-287	腋	diăk	鐸	定	TAK/TAG	1143-84-336
掖	jyak	鐸	喻	1278-382-287	掖	diăk	鐸	定	TAK/TAG	1142-84-336

石	zjyak	鐸	禪	1279-383-287	石	dhiăk	鐸	定	TAG/TAK	1115-82-330
祏	zjyak	鐸	禪	1280-383-287					

石	zjyak	鐸	禪	1281-384-288	石	dhiăk	鐸	定	TAG/TAK	1115-82-330
祏	zjyak	鐸	禪	1282-384-288					

措	tsak	鐸	清	1285-386-289	措	ts'ag	魚	清	TSAG/TSAK	1261-95-367
錯	tsak	鐸	清	1286-386-289	錯	ts'ag	魚	清	TSAG/TSAK	1257-95-367
厝	tsak	鐸	清	1287-386-289						

鵲（䧿）	tsiak	鐸	清	1288-387-289
舃	tsiak	鐸	清	1289-387-289

博	pak	鐸	幫	1295-389-291	博	pak	鐸	幫	PAK/PAG	1541-115-437
簙	pak	鐸	幫	1296-389-291						

薄	bak	鐸	並	1301-392-292	薄	bak	鐸	並	PAK/PAG	1537-115-436
襮	bak	鐸	並	1302-392-292						

8.1.10　屋部同音

共計 8 組。按聲轉差異細分如下表：

見母	定母	來母	照母	日母	喻母	滂母
1	2	1	1	1	1	1

比較《漢字語源辭典》如下：

暴	kiok	屋	見	1316-399-294
壘	kiok	屋	見	1317-399-294
縶	kiok	屋	見	1318-399-294
錁	kiok	屋	見	1319-399-294

匵	dok	屋	定	1322-401-295
櫝	dok	屋	定	1323-401-295

黷	dok	屋	定	1328-403-296	黷	duk	屋	定	TUG/TUK	906-70-285
瀆	dok	屋	定	1329-403-296	瀆	duk	屋	定	TUNG/TUK	938-71-292
嬻	dok	屋	定	1330-403-296						

錄	liok	屋	來	1337-407-297
籙	liok	屋	來	1338-407-297
簶	liok	屋	來	1339-407-297

屬	tjiok	屋	照	660-199-193	屬 (属)	tiuk	屋	端	TUG/TUK	902-70-285
矚	tjiok	屋	照	661-199-193						

蓐	njiok	屋	日	1340-408-298	蓐	niuk	屋	泥	NUG/NUK/ NUNG	950-72-295
褥	njiok	屋	日	1341-408-298						

欲	jiok	屋	喻	1342-409-298	欲	giuk	屋	群	KUG/KUK/ KUNG	990-74-305
慾	jiok	屋	喻	1343-409-298						

赴	phiok	屋	滂	1346-411-299
訃	phiok	屋	滂	1347-411-299

8.1.11　沃部同音

共計 6 組。按聲轉差異細分如下表：

溪母	疑母	照母	喻母	並母
1	1	2	1	1

比較《漢字語源辭典》如下：

確 (碻)	kheôk	沃	溪	1355-413-301	確	kɔ̆k	藥	溪	KôG/KôK	810-64-267
确	kheôk	沃	溪	1356-413-301	确	hûk	屋	匣	KUK	1039-76-312

虐	ngiôk	沃	疑	1357-414-301	虐	ŋïɔk	藥	疑	KôG/KôK	816-64-267
瘧	ngiôk	沃	疑	1358-414-301	瘧	ŋïɔk	藥	疑	KôG/KôK	817-64-267

勺 (杓)	tjiôk	沃	照	1368-418-303	勺	dhiɔk	藥	定	TôG/TôK	709-57-248
酌	tjiôk	沃	照	1369-418-303	酌	tiɔk	藥	端	TôG/TôK	711-57-248
妁	tjiôk	沃	照	1370-418-303						

灼	tjiôk	沃	照	1371-419-304	灼	tiak	鐸	端	TAG/TAK	1126-83-332
焯 (晫)	tjiôk	沃	照	1372-419-304						

籥	jiôK	沃	喻	1373-420-304						
鑰 (闟)	jiôK	沃	喻	1374-420-304						

暴	bôk	沃	並	1375-421-305	暴	bɔg	宵	並	PôG/PôK	863-68-277
瀑	bôk	沃	並	1376-421-305	瀑	bog	幽	並	PôG/PôK	864-68-278

8.1.12　覺部同音

共計 7 組。按聲轉差異細分如下表：

見母	曉母	匣母	端母
4	1	1	1

比較《漢字語源辭典》如下：

告	kuk	覺	見	1379-423-305	告	kok	沃	見	KOG	595-46-221
誥	kuk	覺	見	1380-423-305	誥	kôg	幽	見	KOG	603-47-224

匊	kiuk	覺	見	1381-424-305	匊	kïok	沃	見	KOG	591-46-221
鞠	kiuk	覺	見	1382-424-305						
掬	kiuk	覺	見	1383-424-305	掬	kïok	沃	見	KOG	592-46-221

掬	kiuk	覺	見	1383-424-305	掬	kïok	沃	見	KOG	592-46-221
臼	kiuk	覺	見	1384-424-305	臼	gïuəg	之	群	KUêK/KUêG	279-24-145

鞠	kiuk	覺	見	1385-425-306	鞠	kïok	沃	見	KOG	593-46-221
竆	kiuk	覺	見	1386-425-306						
簕	kiuk	覺	見	1387-425-306						
趜	kiuk	覺	見	1388-425-306						

蓄 (畜)	xiuk	覺	曉	1389-426-307	蓄	tʽïok	沃	透	TOG/TOK/TONG	396-33-178
稸	xiuk	覺	曉	1390-426-307						

礐	heuk	覺	匣	1391-427-307					
嚳	heuk	覺	匣	1392-427-307					

竹	tiuk	覺	端	1393-428-307	竹	tïok	沃	端	TOK/TOG/TONG	446-35-189
築	tiuk	覺	端	1394-428-307	築	tïok	沃	端	TOK/TOG/TONG	448-35-190

8.1.13　蒸部同音

共計 5 組。按聲轉差異細分如下表：

端母	日母	喻母	並母
1	1	1	2

比較《漢字語源辭典》如下：

登（鐙）	təng	蒸	端	1429-441-313	登	təŋ	蒸	端	TENG	81-10-95
鐙（燈）	təng	蒸	端	1430-441-313						

仍	njiəng	蒸	日	1442-445-315	仍	niəŋ	蒸	泥	NêG/NêNG	110-11-100
扔	njiəng	蒸	日	1443-445-315						

媵	jiəng	蒸	喻	1444-446-316
倂	jiəng	蒸	喻	1445-446-316

棚	beəng	蒸	並	1453-450-317	棚	bŏŋ	蒸	並	PêG/PêK/PêNG	316-27-155
輣	beəng	蒸	並	1454-450-317						

凭	biəng	蒸	並	1457-452-318						
馮（憑）	biəng	蒸	並	1458-452-318	馮	bïəŋ	蒸	並	PêK/PêG/PêNG	333-28-159

8.1.14　耕部同音

共計 15 組。按聲轉差異細分如下表：

影母	溪母	透母	定母	來母	莊母	山母	滂母	並母	明母
2	2	1	2	3	1	1	1	1	1

比較《漢字語源辭典》如下：

嬰 （罌）	eng	耕	影	1459-453-319
罃	eng	耕	影	1460-453-319

嬰 （賏）	ieng	耕	影	1463-454-319	嬰	i（u）eŋ	耕	影	KUEK/KUENG	1846-138-513
瓔	ieng	耕	影	1464-454-319						
纓	ieng	耕	影	1465-454-319	纓	i（u）eŋ	耕	影	KUEK/KUENG	1847-138-513

傾	khiueng	耕	溪	1481-458-322	傾	kʻiueŋ	耕	溪	KUEG/KUENG	1828-137-509
頃	khiueng	耕	溪	1482-458-322						
頃	khiueng	耕	溪	1483-458-322	頃	kʻiueŋ	耕	溪	KUEG/KUENG	1827-137-508

磬	khyeng	耕	溪	1484-459-322
窒	khyeng	耕	溪	1485-459-322

聽	thyeng	耕	透	1505-465-325
廳	thyeng	耕	透	1506-465-325

庭	dyeng	耕	定	1508-466-326	庭	deŋ	耕	定	DEK/DEG/DENG	1642-119-459
廷	dyeng	耕	定	1509-466-326	廷	deŋ	耕	定	DEK/DEG/DENG	1641-119-459

亭	dyeng	耕	定	1512-468-327	亭	deŋ	耕	定	TENG	1681-122-470
停	dyeng	耕	定	1513-468-327	停	deŋ	耕	定	TENG	1682-122-470
渟	dyeng	耕	定	1514-468-327						

領	lieng	耕	來	1528-472-329
嶺	lieng	耕	來	1529-472-329

| 零 | lyeng | 耕 | 來 | 1532-474-329 | 零 | leŋ | 耕 | 來 | LENG/LEK | 1707-125-479 |
| 靁 | lyeng | 耕 | 來 | 1533-474-329 | 靁 | leŋ | 耕 | 來 | LENG/LEK | 1708-125-479 |

霝（䨩）	lyeng	耕	來	1534-475-330	霝	leŋ	耕	來	LENG/LEK	1708-125-479
靈	lyeng	耕	來	1535-475-330	靈（霊）	leŋ	耕	來	LENG/LEK/LEG	1706-124-477
欞	lyeng	耕	來	1536-475-330	欞	leŋ	耕	來	LENG/LEK	1709-125-479
舲（䑩）	lyeng	耕	來	1537-475-330						
輪（轠）	lyeng	耕	來	1538-475-330						
笭	lyeng	耕	來	1539-475-330	笭	leŋ	耕	來	LENG/LEK	1710-125-479

| 錚 | tzheng | 耕 | 莊 | 1545-478-332 |
| 琤 | tzheng | 耕 | 莊 | 1546-478-332 |

省	sheng	耕	山	1551-481-332	省	sieŋ	耕	心	SENG/SEK/SEG	1724-126-482
渻	sheng	耕	山	1552-481-332						
婧	sheng	耕	山	1553-481-332	婧	siĕŋ	耕	心	SENG/SEK/SEG	1725-126-482
瘖	sheng	耕	山	1554-481-332						

靜	ʥieng	耕	從	1574-488-336	靜	ʥieŋ	耕	從	TSENG	1755-129-490
婧	ʥieng	耕	從	1575-488-336	婧	ʥieŋ	耕	從	TSENG	1756-129-490
靖	ʥieng	耕	從	1576-488-336	靖	ʥieŋ	耕	從	TSENG	1757-129-490

| 聘 | phieng | 耕 | 滂 | 1585-491-338 | | | | | | |
| 娉 | phieng | 耕 | 滂 | 1586-491-338 | 娉 | pʻieŋ | 耕 | 滂 | PEK/PENG | 1885-139-520 |

平	bieng	耕	並	1587-492-338	平	bĭeŋ	耕	並	PEK/PENG	1874-139-519
評	bieng	耕	並	1588-492-338						
枰	bieng	耕	並	1589-492-338						

冥	myeng	耕	明	1035-307-245	冥	meŋ	耕	明	MEK/MENG	1890-140-523
暝	myeng	耕	明	1036-307-245						

8.1.15　陽部同音

共計 24 組。按聲轉差異細分如下表：

見母	曉母	定母	來母	照母	日母	喻母	審母	禪母	精母	從母	心母	明母
1	3	3	1	1	3	2	1	2	1	1	1	4

比較《漢字語源辭典》如下：

梗	keang	陽	見	1620-497-344						
骾 （鯁）	keang	陽	見	1621-497-344	骾	kăŋ	陽	見	NGAG/NGANG	1367-102-394
哽	keang	陽	見	1622-497-344						

享 （言）	xiang	陽	曉	1646-504-349	享	dhiuən	文	定	TUÊR/TUÊT/TUÊN	2518-179-681
饗	xiang	陽	曉	1647-504-349	饗	hïaŋ	陽	曉	HANG	1405-105-403

曉匣擬音不同。

駷	xuang	陽	曉	1649-505-350
慌	xuang	陽	曉	1650-505-350

荒	xuang	陽	曉	1651-506-350	荒	m̥aŋ	陽	明	MAK/MANG	1605-117-448
穢 （穢）	xuang	陽	曉	1654-506-350						

曉匣擬音不同。

杖	diang	陽	定	1523-470-328	帳	tïaŋ	陽	端	TANG	1183-88-349
仗	diang	陽	定	1524-470-328						

蕩	dang	陽	定	1684-517-356	蕩	t'aŋ	陽	透	TANG	1175-87-347
愓（傷 婸）	dang	陽	定	1685-517-356						
憭	dang	陽	定	1686-517-356						

蕩	dang	陽	定	1687-518-356	蕩	tʻaŋ	陽	透 TANG	1175-87-347
簜	dang	陽	定	1688-518-356					
簜	dang	陽	定	1689-518-356					

涼	liang	陽	來	1703-524-358
輬	liang	陽	來	1704-524-358
飅(飆)	liang	陽	來	1705-524-358

障(鄣)	tjiang	陽	照	1717-527-362	障	tiaŋ	陽	端 TANG	1198-89-352
嶂	tjiang	陽	照	1718-527-362					

攘	njiang	陽	日	1722-529-363
纕	njiang	陽	日	1723-529-363

壤	njiang	陽	日	1726-531-363	壤(壤)	niaŋ	陽	泥 NAG/NAK/NANG	1219-91-358
瀼	njiang	陽	日	1727-531-363					

攘	njiang	陽	日	1728-532-363
禳	njiang	陽	日	1729-532-363

揚	jiang	陽	喻	1730-533-364	揚	ɖiaŋ	陽	澄 TANG	1168-86-344
颺	jiang	陽	喻	1731-533-364	颺	ɖiaŋ	陽	澄 TANG	1169-86-344

陽	jiang	陽	喻	1732-534-364	陽	ɖiaŋ	陽	澄 TANG	1172-87-346
暘	jiang	陽	喻	1733-534-364	暘	ɖiaŋ	陽	澄 TANG	1173-87-347

餉(餉)	sjiang	陽	審	1742-537-366
饟	sjiang	陽	審	1743-537-366

裳	zjiang	陽	禪	1744-538-366					
常	zjiang	陽	禪	1745-538-366	常	dhiaŋ	陽	定 TANG	1190-88-350

上	zjiaŋ	陽	禪	1746-539-367	上	dhiaŋ	陽	定	TANG	1163-86-343
尙	zjiaŋ	陽	禪	1747-539-367	尙	dhiaŋ	陽	定	TANG	1164-86-343

將	tziaŋ	陽	精	1754-542-368	將 (将)	tsiaŋ	陽	精	TSANG	1306-99-380
牫 (搿)	tziaŋ	陽	精	1755-542-368						

藏	dzaŋ	陽	從	1759-544-369	藏 (蔵)	dzaŋ	陽	從	TSANG	1298-98-377
臟 (藏)	dzaŋ	陽	從	1760-544-369	藏 (蔵)	dzaŋ	陽	從	TSANG	1298-98-377

箱	siaŋ	陽	心	1764-546-370	箱	siaŋ	陽	心	SAG/SAK/SANG	1277-96-371
廂	siaŋ	陽	心	1765-546-370						

氓	meaŋ	陽	明	1772-550-372	氓	măŋ	陽	明	MAK/MANG	1600-117-447
甿 (萌)	meaŋ	陽	明	1773-550-372	萌	măŋ	陽	明	MAK/MAG/MANG	1623-118-453

亡	miuaŋ	陽	明	1778-552-373	亡	mïaŋ	陽	明	MAK/MANG	1597-117-447
忘	miuaŋ	陽	明	1779-552-373	忘	mïaŋ	陽	明	MAK/MANG	1602-117-448

望	miuaŋ	陽	明	1784-554-374	望	mïaŋ	陽	明	MAK/MAG/MANG	1620-118-453
朢 (望)	miuaŋ	陽	明	1785-554-374	望	mïaŋ	陽	明	MAK/MAG/MANG	1620-118-453

望	miuaŋ	陽	明	1786-555-374	望	mïaŋ	陽	明	MAK/MAG/MANG	1620-118-453
誙	miuaŋ	陽	明	1787-555-374						

8.1.16　東部同音

共計 13 組。按聲轉差異細分如下表：

影母	見母	匣母	定母	照母	精母	從母	心母	明母
1	3	1	2	1	1	1	1	2

比較《漢字語源辭典》如下：

簽	ong	東	影	1790-557-375
蓊	ong	東	影	1791-557-375

工	kong	東	見	1799-559-376	工	kuŋ	東	見	KUG/KUK/KUNG	992-74-305
功（公）	kong	東	見	1800-559-376	功	kuŋ	東	見	KUG/KUK/KUNG	1004-74-306
攻	kong	東	見	1801-559-376	攻	kuŋ	東	見	KUG/KUK/KUNG	994-74-306

王力冬侵合併。

貢	kong	東	見	1802-560-377	貢	kuŋ	東	見	KUG/KUK/KUNG	1005-74-306
贛	kong	東	見	1803-560-377						

王力冬侵合併。

拱（共）	kiong	東	見	1804-561-377	拱	kïuŋ	東	見	KUK/KUG/KUNG	1033-75-311
摯	kiong	東	見	1805-561-377						

王力冬侵合併。

缸（瓨）	heong	東	匣	1817-564-379
瓨	heong	東	匣	1818-564-379

童	dong	東	定	1829-569-381	童	tuŋ	東	端	TUNG/TUK	919-71-289
僮	dong	東	定	1830-569-381						
瞳	dong	東	定	1831-569-381						

王力冬侵合併。

重	diong	東	定	1832-570-381	重	dïuŋ	東	定	TUNG/TUK	931-71-291
緟	diong	東	定	1833-570-381						
褈	diong	東	定	1834-570-381						

王力冬侵合併。

踵（韹）	tjiong	東	照	1847-573-383
偅	tjiong	東	照	1848-573-383

蹤（從縱蹤）	tziong	東	精	1859-578-386	縱（縱）	tsiuŋ	東	精	TSUG/TSUK/TSUNG	975-73-301
鬆	tziong	東	精	1860-578-386						

王力冬侵合併。

從	ʥiong	東	從	1861-579-386						
從	ʥiong	東	從	1862-579-386	從	ʥiuŋ	東	從	TSUG/TSUK/TSUNG	973-73-300

王力冬侵合併。

悚（竦慫）	siong	東	心	1865-581-387	竦	siuŋ	東	心	TSUG/TSUK/TSUNG	968-73-300
慫（聳）	siong	東	心	1866-581-387	慫	siuŋ	東	心	TSUG/TSUK/TSUNG	976-73-301

王力冬侵合併。

蒙（冡）	mong	東	明	1029-307-245	蒙	moŋ	中	明	MOG/MONG	676-53-239
濛	mong	東	明	1037-307-245	濛	moŋ	中	明	MOG/MONG	678-53-239
朦	mong	東	明	1038-307-245	朦	moŋ	中	明	MOG/MONG	677-53-239
矇	mong	東	明	1039-307-245						

尨（犺）	meong	東	明	1883-587-390
厖	meong	東	明	1884-587-390
牻	meong	東	明	1885-587-390
駹	meong	東	明	1886-587-390
哤	meong	東	明	1887-587-390

8.2 乙類同音

8.2.1 微部同音

共計 7 組。按聲轉差異細分如下表：

曉母	匣母	來母	從母	滂母	明母
2	1	1	1	1	1

比較《漢字語源辭典》如下：

希	xiəi	微	曉	1917-596-396
稀	xiəi	微	曉	1918-596-396

翬（翬）	xiuəi	微	曉	1925-598-398					
揮	xiuəi	微	曉	1926-598-398	揮	hïuər	微	曉	KUêT/KUêR/KUêN	2702-188-721
猥	xiuəi	微	曉	1927-598-398					
驊	xiuəi	微	曉	1928-598-398					

藤堂明保陰聲韻帶輔音韻尾。曉匣擬音不同。

懷	hoəi	微	匣	1939-601-400	懷	ĥuǎr	微	匣	KUêT/KUêR/KUêN	2688-188-720
褱	hoəi	微	匣	1940-601-400	褱	ĥuǎr	微	匣	KUêT/KUêR/KUêN	2687-188-720
裹	hoəi	微	匣	1941-601-400					

藤堂明保陰聲韻帶輔音韻尾。曉匣擬音不同。

雷（靁）	luəi	微	來	1966-607-403	雷	luər	微	來	LUêR/LUêT/LUêN	2541-181-688
櫑（櫑）	luəi	微	來	1967-607-403	櫑	lïuər	微	來	LUêR/LUêT/LUêN	2542-181-688

藤堂明保陰聲韻帶輔音韻尾。

罪	dzuəi	微	從	1984-612-406
辠	dzuəi	微	從	1985-612-406

崥	phuəi	微	滂	1997-616-408
崥	phuəi	微	滂	1998-616-408

| 微 | miuəi | 微 | 明 | 2009-619-410 | 微 | mïuer | 脂 | 明 | MUêR/MUêT/MUêN | 2767-192-736 |
| 溦 | miuəi | 微 | 明 | 2010-619-410 | | | | | | |

藤堂明保陰聲韻帶輔音韻尾。

8.2.2　脂部同音

共計 13 組。按聲轉差異細分如下表：

見母	匣母	端母	泥母	來母	照母	日母	審母	清母	滂母	明母
1	2	1	1	1	1	1	1	1	1	2

比較《漢字語源辭典》如下：

| 偕 | kei | 脂 | 見 | 2023-622-412 |
| 皆 | kei | 脂 | 見 | 2024-622-412 |

諧	hei	脂	匣	2032-625-413
䶥	hei	脂	匣	2033-625-413
䶒	hei	脂	匣	2034-625-413

| 奚 | hyei | 脂 | 匣 | 2037-626-414 |
| 嫇 | hyei | 脂 | 匣 | 2038-626-414 |

| 榯 | tiei | 脂 | 端 | 2041-628-415 |
| 襧 | tiei | 脂 | 端 | 2042-628-415 |

| 泥 | nyei | 脂 | 泥 | 2077-638-420 | 泥 | ner | 脂 | 泥 | NER/NET/NEN | 2896-198-761 |
| 呢 | nyei | 脂 | 泥 | 2078-638-420 | | | | | | |

藤堂明保陰聲韻帶輔音韻尾。

鑗	lyei	脂	來	2079-639-421
黎	lyei	脂	來	2080-639-421
犁	lyei	脂	來	2081-639-421

指	tjiei	脂	照	2083-640-421	指	tier	脂	端	TER	2864-195-753
恉（指旨）	tjiei	脂	照	2084-640-421	指	tier	脂	端	TER	2864-195-753

藤堂明保陰聲韻帶輔音韻尾。

二	njiei	脂	日	2085-641-422	二	nied	至	泥	NER/NET/NEN	2888-198-761
貳	njiei	脂	日	2086-641-422	貳	nied	至	泥	NER/NET/NEN	2889-198-761
樲	njiei	脂	日	2087-641-422						

藤堂明保陰聲韻帶輔音韻尾。藤堂明保乙類隊祭至帶-d尾。

豕	sjiei	脂	審	2092-643-423	豕	their		透	TER	2849-195-752
彖	sjiei	脂	審	2093-643-423						

藤堂明保陰聲韻帶輔音韻尾。

萋	tsyei	脂	清	2103-647-425	萋	ts'er	脂	清	TSER	2948-201-773
緀	tsyei	脂	清	2104-647-425						

藤堂明保陰聲韻帶輔音韻尾。

紕	phiei	脂	滂	2126-654-428						
恎（誰）	phiei	脂	滂	2127-654-428						

眉	miei	脂	明	2128-655-428	眉	mïuăr	微	明	MUêR/MUêT/MUêN	2777-192-736
楣	miei	脂	明	2129-655-428						
湄（堳麋）	miei	脂	明	2130-655-428						

藤堂明保陰聲韻帶輔音韻尾。

美	miei	脂	明	2133-656-429	美	mïuăr	微	明	MUêR/MUêT/MUêN	2779-192-737
媄	miei	脂	明	2134-656-429						

藤堂明保陰聲韻帶輔音韻尾。

8.2.3 歌部同音

共計12組。按聲轉差異細分如下表：

見母	溪母	曉母	定母	來母	穿母	禪母	初母	滂母	明母
1	1	1	1	1	3	1	1	1	1

比較《漢字語源辭典》如下：

奇	kiai	歌	見	2154-664-432	奇	giǎr	歌	群	KAR/KAT	2117-159-582
畸	kiai	歌	見	2155-664-432	畸	kǐǎr	歌	見	KAR/KAT	2122-159-582

藤堂明保陰聲韻帶輔音韻尾。

窠	khuai	歌	溪	2156-665-433	窠	kʻuar	歌	溪	KUAR/KUAN	2238-166-617
科	khuai	歌	溪	2157-665-433						

藤堂明保陰聲韻帶輔音韻尾。

匕	xuai	歌	曉	2167-669-434	匕	huǎr	歌	曉	HUAR/HUAN	2221-165-609
化	xuai	歌	曉	2168-669-434	化	huǎr	歌	曉	HUAR/HUAN	2222-165-609
傀	xuai	歌	曉	2169-669-434						

藤堂明保陰聲韻帶輔音韻尾。曉匣擬音不同。

佗	dai	歌	定	2178-673-436	佗駄	dar	歌	定	TAR/TAT/TAN	1918-142-531
駄	dai	歌	定	2179-673-436						
駝	dai	歌	定	2180-673-436						

藤堂明保陰聲韻帶輔音韻尾。

螺（贏）	luai	歌	來	2187-676-438
膈	luai	歌	來	2188-676-438

侈	thjiai	歌	穿	2189-677-438	侈	tʻiǎr	歌	透	TAT/TAR/TAN	1902-141-527
廖	thjiai	歌	穿	2190-677-438						
袳（移）	thjiai	歌	穿	2191-677-438	移	ḍiǎr	歌	澄	TAR/TAT/TAN	1914-142-531

藤堂明保陰聲韻帶輔音韻尾。

恀	thjiai	歌	穿	2192-678-439
垑	thjiai	歌	穿	2193-678-439

吹	thjiuai	歌	穿	2194-679-439
歊	thjiuai	歌	穿	2195-679-439

| 垂 | zjiuai | 歌 | 禪 | 2198-681-440 | 垂 | dhiuǎr | 歌 | 定 | TUAR/TUAN | 1960-145-543 |
| 陲 | zjiuai | 歌 | 禪 | 2199-681-440 | 陲 | dhiuǎr | 歌 | 定 | TUAR/TUAN | 1961-145-543 |

藤堂明保陰聲韻帶輔音韻尾。

差	tshiai	歌	初	2207-684-441	差	tsʻăr	歌	清	TSAR/TSAT/TSAN	2045-153-563
縒	tshiai	歌	初	2208-684-441	縒	tsïar	歌	精	TSAR/TSAT/TSAN	2049-153-563
嵯	tshiai	歌	初	2209-684-441	嵯	dzar	歌	從	TSAR/TSAT/TSAN	2048-153-563
齹	tshiai	歌	初	2210-684-441						

藤堂明保陰聲韻帶輔音韻尾。

| 披 | phiai | 歌 | 滂 | 2233-692-445 | 披 | pʻïar | 歌 | 滂 | PAR/PAD/PAN | 2440-174-660 |
| 旇 | phiai | 歌 | 滂 | 2234-692-445 | | | | | | |

藤堂明保陰聲韻帶輔音韻尾。

| 糜 | miai | 歌 | 明 | 2242-695-447 |
| 蘪 | miai | 歌 | 明 | 2243-695-447 |

8.2.4 物部同音

共計 12 組。按聲轉差異細分如下表：

影母	見母	溪母	群母	匣母	喻母	精母	從母	邪母	明母
1	1	1	1	1	1	1	1	2	2

比較《漢字語源辭典》如下：

| 愛 | ət | 物 | 影 | 2248-697-448 | 愛 | ər | 微 | 影 | KÊR/KÊT | 2628-185-706 |
| 㤅 | ət | 物 | 影 | 2249-697-448 | 㤅 | ər | 微 | 影 | KÊR/KÊT | 2627-185-706 |

| 溉 | kət | 物 | 見 | 2271-701-451 | 溉 | kər | 微 | 見 | KÊR/KÊT | 2624-185-705 |
| 摡 | kət | 物 | 見 | 2272-701-451 | | | | | | |

| 屈 | khiuət | 物 | 溪 | 2277-703-452 | 屈 | kʻïuət | 物 | 溪 | KUÊR/KUÊT | 2639-187-710 |
| 詘
(諨) | khiuət | 物 | 溪 | 2278-703-452 | | | | | | |

匱 （鐀）	giuət	物	群	2289-707-454	匱	gïuăd	隊	群	KUêT/KUêR/KUêN	2679-188-719
櫃	giuət	物	群	2290-707-454						

藤堂明保乙類隊祭至帶-d尾。

潰	huət	物	匣	2297-710-456	潰	ĥuər	微	匣	KUêR/KUêT	2643-187-710
殨	huət	物	匣	2298-710-456						

曉匣擬音不同。

聿 （欥）	jiuət	物	喻	2325-720-461
遹	jiuət	物	喻	2326-720-461

卒	tziuət	物	精	2337-722-463	卒	tsuət	物	精	TSUêN/TSUêT	2575-182-694
殨	tziuət	物	精	2338-722-463						

瘁	dʑiuət	物	從	2339-723-463
頦	dʑiuət	物	從	2340-723-463
悴	dʑiuət	物	從	2341-723-463

燧 （遂）	ziuət	物	邪	2342-724-464	遂	ḍiuər	微	澄	TUêT/TUêR/TUêN	2534-180-685
鐩 （墜）	ziuət	物	邪	2343-724-464						

藤堂明保無邪母。

穗 （采）	ziuət	物	邪	2344-725-464
穟 （蓫）	ziuət	物	邪	2345-725-464

沒	muət	物	明	2346-726-465	沒 （沒）	muət	物	明	MUêR/MUêT/MUêN	2781-192-737
圂 （殁）	muət	物	明	2347-726-465						

沒	muət	物	明	2346-726-465	沒（沒）	muət	物	明	MUêR/MUêT/MUêN	2781-192-737
歿（歾）	muət	物	明	2348-726-465	歿	muət	物	明	MUêR/MUêT/MUêN	2782-192-737

8.2.5 質部同音

共計 11 組。按聲轉差異細分如下表：

影母	群母	端母	透母	喻母	精母	心母	幫母	明母
1	1	1	1	3	1	1	1	1

比較《漢字語源辭典》如下：

噎	yet	質	影	2359-730-467
壹	yet	質	影	2360-730-467
堅	yet	質	影	2361-730-467
翳	yet	質	影	2362-730-467

悸	giet	質	群	2365-732-468
瘁	giet	質	群	2366-732-468

窒	tiet	質	端	2367-733-468				
躓	tiet	質	端	2368-733-468	躓	ṭïed	至	知	TER/TET/TEN	2837-194-748

藤堂明保乙類隊祭至帶-d尾。

鐵	thyet	質	透	2373-734-469
驖	thyet	質	透	2374-734-469

佚	jiet	質	喻	2387-739-472	佚	ḍiet	質	澄	TEN/TET	2879-196-757
逸	jiet	質	喻	2388-739-472	逸	ḍiet	質	澄	TEN/TET	2881-196-757

舌音差別。

逸	jiet	質	喻	2389-740-473	逸	ḍiet	質	澄	TEN/TET	2881-196-757
駃	jiet	質	喻	2390-740-473					
軼	jiet	質	喻	2391-740-473					

舌音差別。

汩	jiet	質	喻	2392-741-473
悬	jiet	質	喻	2393-741-473

節	tzyet	質	精	2394-742-474	節	tset	質	精	TSET/TSER/TSEN	2976-202-779
啝	tzyet	質	精	2395-742-474						

四	siet	質	心	2404-745-475	四	sier	微	心	SER/SEN	2905-199-764
駟	siet	質	心	2405-745-475	駟	sier	微	心	SER/SEN	2907-199-764
牭	siet	質	心	2406-745-475						

八	pet	質	幫	2407-746-476	八	păt	月	幫	PAT/PAD/PAN	2380-172-650
叭	pet	質	幫	2408-746-476						

宓（密）	miet	質	明	2411-748-476	宓	mïet	質	明	PER/PET/PEN	2927-200-769
謐	miet	質	明	2412-748-476						

8.2.6　月部同音

共計 19 組。按聲轉差異細分如下表：

影母	見母	疑母	匣母	端母	定母	來母	照母	穿母	審母	初母	心母	滂母	並母
2	1	1	1	1	1	3	1	1	1	1	1	1	3

比較《漢字語源辭典》如下：

抉	iuat	月	影	2429-750-480	抉	kuät	月	見	KUAT	2325-168-635
觖	iuat	月	影	2430-750-480						
突	iuat	月	影	2431-750-480						
阹	iuat	月	影	2432-750-480						

藹（藹）	at	月	影	2433-751-480
靄（藹薆）	at	月	影	2434-751-480

| 介 | keat | 月 | 見 | 2441-753-481 | 介 | kăd | 祭 | 見 | KAT/KAD/KAN | 2206-164-605 |
| 夰 | keat | 月 | 見 | 2442-753-481 | | | | | | |

藤堂明保乙類隊祭至帶-d尾。

| 乂（刈） | ngiat | 月 | 疑 | 2464-761-486 | 乂刈 | ŋïăd | 祭 | 疑 | | 2178-162-596 |
| 艾 | ngiat | 月 | 疑 | 2465-761-486 | 艾 | ŋad | 祭 | 疑 | | 2179-162-596 |

藤堂明保乙類隊祭至帶-d尾。

越	hiuat	月	匣	2472-764-487	越	ĥïuăt	月	匣	KUAT	2338-168-637
逑	hiuat	月	匣	2473-764-487						
跋	hiuat	月	匣	2474-764-487						

曉匣擬音不同。

綴	tiuat	月	端	2475-765-488
叕	tiuat	月	端	2476-765-488
醊（餟胶）	tiuat	月	端	2477-765-488

| 徹 | diat | 月 | 定 | 2492-770-491 | 徹 | t'iat | 月 | 透 | TUÊT/TUÊD | 2489-178-675 |
| 澈 | diat | 月 | 定 | 2493-770-491 | | | | | | |

| 列 | liat | 月 | 來 | 2496-772-491 | 列 | liat | 月 | 來 | LAT/LAD | 2003-148-551 |
| 栵 | liat | 月 | 來 | 2497-772-491 | | | | | | |

| 厲 | liat | 月 | 來 | 2498-773-492 | 厲 | liad | 祭 | 來 | LAT/LAD | 2009-148-551 |
| 砅（濿） | liat | 月 | 來 | 2499-773-492 | | | | | | |

藤堂明保乙類隊祭至帶-d尾。

| 烈 | liat | 月 | 來 | 2500-774-492 | 烈 | liat | 月 | 來 | LAT/LAD | 2005-148-551 |
| 颲 | liat | 月 | 來 | 2501-774-492 | | | | | | |

| 制（痸） | tjiat | 月 | 照 | 2506-776-493 |
| 制 | tjiat | 月 | 照 | 2507-776-493 |

啜	thjiuat	月	穿	2508-777-493
歠	thjiuat	月	穿	2509-777-493

帨 （帨）	sjiuat	月	審	2512-779-494	帥	sïuət	物	心	TSUÊN/TSUÊT	2574-182-694
毳	sjiuat	月	審	2513-779-494						

察	tsheat	月	初	2516-781-495	察	ts'ăt	月	清	TSAR/TSAT/T SAN	2052-153-564
詧	tsheat	月	初	2517-781-495						

媟	siat	月	心	2528-784-497
褻 （褻）	siat	月	心	2529-784-497

沛	phat	月	滂	2537-787-499	沛	p'ad	祭	滂	PAR/PAD/PAN	2452-174-662
霈	phat	月	滂	2538-787-499						

藤堂明保乙類隊祭至帶-d 尾。

敝	biat	月	並	2540-788-500	敝	biad	祭	並	PAT/PAD/PAN	2397-172-652
㡃	biat	月	並	2541-788-500	㡃	biad	祭	並	PAT/PAD/PAN	2396-172-652

藤堂明保乙類隊祭至帶-d 尾。

犮 （拔）	buat	月	並	2542-789-500	拔 （拔）	băt	月	並	PAT/PAD/PAN	2388-172-651
跋	buat	月	並	2543-789-500	跋	buat	月	並	PAT/PAD/PAN	2391-172-651

筏 （筏）	biuat	月	並	2552-791-501
橃 （艐）	biuat	月	並	2553-791-501

8.2.7　文部同音

共計 26 組。按聲轉差異細分如下表：

影母	見母	群母	曉母	匣母	端母	定母	照母	穿母	神母	審母	禪母	精母	清母	心母	幫母	明母
1	1	2	3	1	1	1	2	1	1	1	3	1	1	1	2	3

比較《漢字語源辭典》如下：

溫	uən	文	影	2558-793-502	溫	uən	文	影	KUêR/KUêT	2656-187-711
輼	uən	文	影	2559-793-502						

根	kən	文	見	7-3-82	根	kən	文	見	KêN	2633-186-707
跟	kən	文	見	8-3-82	跟	kən	文	見	KêN	2636-186-707

廑	giən	文	群	2575-798-505						
僅（堇）	giən	文	群	2576-798-505	僅	giən	文	群	KêR/KêN	2594-183-698

羣	giuən	文	群	2577-799-506						
宭	giuən	文	群	2578-799-506						
攟	giuən	文	群	2579-799-506						
麋（麕）	giuən	文	群	2580-799-506						

昏	xuən	文	曉	2587-802-507	昏	m̥uən	文	明	MUêR/MUêT/MUêN	2795-192-739
惛	xuən	文	曉	2588-802-507	惛	m̥uən	文	明	MUêR/MUêT/MUêN	2796-192-739
怋	xuən	文	曉	2589-802-507						
涽（惛）	xuən	文	曉	2590-802-507						
睧	xuən	文	曉	2591-802-507						

昏	xuən	文	曉	2587-802-507	昏	m̥uən	文	明	MUêR/MUêT/MUêN	2795-192-739
婚（昏）	xuən	文	曉	2592-802-507	婚	m̥uən	文	明	MUêR/MUêT/MUêN	2797-192-739

暉	xiuən	文	曉	2593-803-508						
煇（輝）	xiuən	文	曉	2594-803-508	輝	hïuər	微	曉	KUêT/KUêR/KUêN	2701-188-721

曉匣擬音不同。

隕（磒霣）	hiuən	文	匣	2608-808-511
殞	hiuən	文	匣	2609-808-511

敦	tuən	文	端	2610-809-512	敦	tuən	文	端	TUêR/TUêT/TUêN	2520-179-681
惇	tuən	文	端	2611-809-512	惇	tuən	文	端	TUêR/TUêT/TUêN	2521-179-681

潡	dyən	文	定	2616-812-513	潡	t（u）ən	文	端	TUêR/TUêT/TUêN	2527-179-682
驣	dyən	文	定	2617-812-513						

振	tjiən	文	照	2630-816-515
震	tjiən	文	照	2631-816-515
娠	tjiən	文	照	2632-816-515

諄	tjiuən	文	照	2633-817-516	諄	tiuən	文	端	TUêR/TUêT/TUêN	2522-179-681
啍	tjiuən	文	照	2634-817-516						
肫	tjiuən	文	照	2635-817-516						
訰	tjiuən	文	照	2636-817-516						
忳（純）	tjiuən	文	照	2637-817-516	純	dhiuən	文	定	TUêR/TUêT/TUêN	2504-179-680

蠢	thjiuən	文	穿	2638-818-516	蠢	tʼiuən	文	透	TUêR/TUêT/TUêN	2501-179-679
惷	thjiuən	文	穿	2639-818-516						

盾	djiuən	文	神	2644-820-517	盾	duən	文	定	TUêR/TUêT/TUêN	2524-179-682
楯	djiuən	文	神	2645-820-517						

哂	sjiən	文	審	2650-823-518
弞（吲）	sjiən	文	審	2651-823-518

宸	zjiən	文	禪	2642-819-517					
辰	zjiən	文	禪	2643-819-517					

純	zjiuən	文	禪	2652-824-518	純	dhiuən	文	定	TUÊR/TUÊT/TUÊN	2504-179-680
淳	zjiuən	文	禪	2654-824-518						
醇	zjiuən	文	禪	2655-824-518	醇	dhiuən	文	定	TUÊR/TUÊT/TUÊN	2523-179-681

蜃	zjiən	文	禪	2656-825-519					
脤（祳）	zjiən	文	禪	2657-825-519					

峻	tziuən	文	精	2658-826-520						
駿	tziuən	文	精	2659-826-520	駿	tsiuən	文	精	TSUÊN/TSUÊT	2567-182-693
俊（寯）	tziuən	文	精	2660-826-520	俊	tsiuən	文	精	TSUÊN/TSUÊT	2566-182-693

茜（蒨）	tsyən	文	清	2661-827-520					
綪	tsyən	文	清	2662-827-520					

洗	syən	文	心	2663-828-521	洗灑	ser	脂	心	SER/SEN	2916-199-765
灑	syən	文	心	2664-828-521	洗灑	ser	脂	心	SER/SEN	2916-199-765

班	peən	文	幫	2665-829-521						
頒（攽）	peən	文	幫	2666-829-521	頒	puăn	文	幫	PUÊR/PUÊT/PUÊN	2750-190-729

斑（辬班頒般）	peən	文	幫	2667-830-521	斑	puăn	元	幫	PAN	2436-173-658
煸	peən	文	幫	2668-830-521					
彪	peən	文	幫	2669-830-521					

閔 (憫)	miən	文	明	2693-835-526	閔	mïə̌n	文	明	MUêN	2805-193-741
愍	miən	文	明	2694-835-526	愍	mïə̌n	文	明	MUêN	2807-193-741

門	muən	文	明	2695-836-526	門	muən	文	明	MUêR/MUêT/MUêN	2786-192-738
亹	muən	文	明	2696-836-526						

文	miuən	文	明	2697-837-527	文	mïuən	文	明	MUêR/MUêT/MUêN	2787-192-738
紋	miuən	文	明	2698-837-527						
彣	miuən	文	明	2699-837-527						
馼	miuən	文	明	2700-837-527						
雯	miuən	文	明	2701-837-527						

8.2.8 眞部同音

共計 12 組。按聲轉差異細分如下表：

影母	匣母	定母	來母	照母	穿母	日母	喻母	審母	清母	滂母
1	2	1	1	1	1	1	1	1	1	1

比較《漢字語源辭典》如下：

因	ien	眞	影	2704-839-528
捆	ien	眞	影	2705-839-528

弦	hyen	眞	匣	2706-840-528	弦	ĥ(u)en	眞	匣	HUAR/HUAN	2233-165-611
慈	hyen	眞	匣	2707-840-528						

炫	hyuen	眞	匣	2708-841-528						
眩	hyuen	眞	匣	2709-841-528	眩	ĥuen	眞	匣	HUAR/HUAN	2232-165-611
旬(徇恂)	hyuen	眞	匣	2710-841-528	恂	giuən	文	群	KUêT/KUêR/KUêN	2710-188-722
袨	hyuen	眞	匣	2711-841-528						

曉匣擬音不同。

田	dyen	眞	定	2724-845-531	田	den	眞	定	TEN	2883-197-758
畋	dyen	眞	定	2725-845-531	畋	den	眞	定	TEN	2884-197-758
佃	dyen	眞	定	2726-845-531						

麟	lien	眞	來	2730-847-533
麐	lien	眞	來	2731-847-533

稹	tjien	眞	照	2732-848-534						
縝	tjien	眞	照	2733-848-534						
槙	tjien	眞	照	2734-848-534						
鬒（参）	tjien	眞	照	2735-848-534	参	tien	眞	端	TER/TET/TEN	2820-194-746

瞋	thjien	眞	穿	2736-849-534	瞋	tʻien	眞	透	TER/TET/TEN	2817-194-746
嗔（謓）	thjien	眞	穿	2737-849-534						

人	njien	眞	日	2740-851-535	人	nien	眞	泥	NER/NET/NEN	2897-198-762
仁	njien	眞	日	2741-851-535	仁	nien	眞	泥	NER/NET/NEN	2898-198-762

引（弘）	jien	眞	喻	2742-852-535	引	ḑien	眞	澄	TEN/TET	2875-196-756
靷	jien	眞	喻	2748-852-535						

身	sjien	眞	審	2753-853-538	身	thien	眞	透	TER/TET/TEN	2825-194-746
娠	sjien	眞	審	2754-853-538						
倀	sjien	眞	審	2755-853-538						

千	tsyen	眞	清	2767-856-540
仟	tsyen	眞	清	2768-856-540

翩（鷐）	phyen	眞	滂	2781-860-542	翩	pʻian	元	滂	PAN	2458-175-663
媥	phyen	眞	滂	2782-860-542						

8.2.9 元部同音

共計 44 組。按聲轉差異細分如下表：

影母	見母	曉母	溪母	疑母	匣母	端母	透母	定母	泥母	來母	照母	日母	審母	從母	心母	邪母	幫母	並母	明母
2	6	3	2	1	3	3	1	2	1	3	1	1	1	2	2	1	1	3	5

比較《漢字語源辭典》如下：

盌（椀）	uan	元	影	2793-864-544	盌碗	uan	元	影	KUAR/KUAN	2271-166-621
鋺	uan	元	影	2794-864-544						

彎	oan	元	影	2797-866-545
灣	oan	元	影	2800-866-545

干	kan	元	見	2803-868-546	干	kan	元	見	KAT/KAN	2195-163-600
奸	kan	元	見	2804-868-546	奸	kan	元	見	KAT/KAN	2200-163-601

簡	kean	元	見	2818-871-548	簡	kǎn	元	見	KAT/KAD/KAN	2209-164-605
柬	kean	元	見	2819-871-548	柬	kǎn	元	見	KAT/KAD/KAN	2210-164-605

豣（肩 狷）	kyan	元	見	2825-873-550
麕（麖）	kyan	元	見	2826-873-550

管（笡）	kuan	元	見	2832-876-551	管	kuan	元	見	KUAR/KUAN	2292-166-623
琯	kuan	元	見	2833-876-551						
輨	kuan	元	見	2834-876-551						

灌	kuan	元	見	2837-877-552
祼（灌 果）	kuan	元	見	2838-877-552	祼	kuan	元	見	KUAT/KUAN	2349-169-640

狷	kyuan	元	見	2854-881-555
獧	kyuan	元	見	2855-881-555
懁	kyuan	元	見	2856-881-555

翾	xiuan	元	曉	2857-881-555
儇	xiuan	元	曉	2858-881-555
嬛	xiuan	元	曉	2859-881-555
趜	xiuan	元	曉	2860-881-555

歡	xuan	元	曉	2882-889-559	歡	huan	元	曉	KUAT/KUAN	2371-171-646
懽（讙驩）	xuan	元	曉	2883-889-559	讙	huan	元	曉	KUAT/KUAN	2370-171-646

曉匣擬音不同。

煖	xiuan	元	曉	2887-891-560
暄	xiuan	元	曉	2888-891-560
晅（烜晅）	xiuan	元	曉	2889-891-560

骸	khean	元	溪	2861-882-555
顑	khean	元	溪	2862-882-555

褰	khian	元	溪	2865-884-556
攘	khian	元	溪	2866-884-556

玩	nguan	元	疑	2879-888-558	玩	ŋuan	元	疑	KUAR/KUAN	2254-166-619
翫	nguan	元	疑	2880-888-558						
忨	nguan	元	疑	2881-888-558						

悍	han	元	匣	2890-892-560
駻（駻）	han	元	匣	2891-892-560

桓	huan	元	匣	2892-893-561	桓	ĥuan	元	匣	KUAR/KUAN	2266-166-620
狟	huan	元	匣	2893-893-561						

曉匣擬音不同。

援	hiuan	元	匣	2894-894-561	援	ĥïuǎn	元	匣	KUAR/KUAN/KUAT	2316-167-630
猿（蝯猨）	hiuan	元	匣	2895-894-561						

曉匣擬音不同。

單	tan	元	端	2898-896-562	單（单）	tan	元	端	TAN	1942-144-537
襌	tan	元	端	2899-896-562	襌	tan	元	端	TAN	1943-144-537

簞	tan	元	端	2900-897-562	簞	tan	元	端	TAN	1944-144-537
匰	tan	元	端	2901-897-562						

端	tuan	元	端	2906-900-563	端	tuan	元	端	TUAR/TUAN	1973-145-544
褍	tuan	元	端	2907-900-563						

歎	than	元	透	2911-902-564
歎	than	元	透	2912-902-564

袒	dean	元	定	2913-903-565	袒綻	dǎn	元	定	TAN	1938-143-535
組	dean	元	定	2914-903-565						
綻	dean	元	定	2915-903-565	袒綻	dǎn	元	定	TAN	1938-143-535

團（專）	duan	元	定	2920-906-566	團（团）	duan	元	定	TUAR/TUAN	1981-145-545
摶	duan	元	定	2921-906-566						

煖（暖煗暵）	nuan	元	泥	2931-908-568	暖	nuau		泥	NUAN	2039-152-560
澳	nuan	元	泥	2933-908-568						

闌（欄蘭）	lan	元	來	2936-910-568	闌	lan	元	來	LAT/LAD/LAN	2020-149-554
攔	lan	元	來	2937-910-568						

聯	lian	元	來	2938-911-569	聯	lian	元	來	LAT/LAD/LAN	2017-149-554
連	lian	元	來	2939-911-569	連	lian	元	來	LAT/LAD/LAN	2015-149-554
鏈	lian	元	來	2940-911-569						

練	lian	元	來	2941-912-569	練	län	元	來	LAT/LAD/LAN	2018-149-554
湅	lian	元	來	2942-912-569						
鍊（煉）	lian	元	來	2943-912-569						

| 鏟（剷） | tjian | 元 | 照 | 2948-914-570 |
| 劖 | tjian | 元 | 照 | 2949-914-570 |

軟（輭）	njiuan	元	日	2951-915-571	軟	niuan	元	泥	NUAN	2038-152-560
愞	njiuan	元	日	2952-915-571						
奭	njiuan	元	日	2953-915-571	奭	niuan	元	泥	NUAN	2037-152-560
反（戾）	njiuan	元	日	2954-915-571						

| 埏 | sjian | 元 | 審 | 2963-917-572 |
| 挻 | sjian | 元 | 審 | 2964-917-572 |

| 殘 | dzan | 元 | 從 | 2989-925-577 | 殘（殘） | dzan | 元 | 從 | SAR/SAT/SAN | 2069-154-568 |
| 歼（腁） | dzan | 元 | 從 | 2990-925-577 | | | | | | |

| 全 | dziuan | 元 | 從 | 2995-927-578 | 全 | dziuan | 元 | 從 | TSUAN | 2095-157-575 |
| 牷 | dziuan | 元 | 從 | 2996-927-578 | | | | | | |

| 鮮 | sian | 元 | 心 | 3000-929-579 | 鮮 | sian | 元 | 心 | SAR/SAT/SAN | 2066-154-568 |
| 尟（尠） | sian | 元 | 心 | 3001-929-579 | | | | | | |

算	suan	元	心	3002-930-579	算	suan	元	心	TSUAN	2090-157-575
筭（笇）	suan	元	心	3003-930-579	筭	suan	元	心	TSUAN	2089-157-575

旋	ziuan	元	邪	3006-932-580
鏇	ziuan	元	邪	3007-932-580
漩（淀）	ziuan	元	邪	3008-932-580

反	piuan	元	幫	3009-933-581	反	pïuǎn	元	幫	PAT/PAD/PAN	2404-172-653
返	piuan	元	幫	3010-933-581	返	pïuǎn	元	幫	PAT/PAD/PAN	2405-172-653

般	buan	元	並	3018-936-582	般	puan	元	幫	PAN	2416-173-656
鞶	buan	元	並	3019-936-582						
幋	buan	元	並	3020-936-582						
磐（盤）	buan	元	並	3021-936-582	槃盤	buan	元	並	PAN	2417-173-656

蟠	buan	元	並	3023-937-583						
盤	buan	元	並	3024-937-583						
槃	buan	元	並	3025-937-583	槃盤	buan	元	並	PAN	2417-173-656
鬔	buan	元	並	3026-937-583						
瞥	buan	元	並	3027-937-583						

燔	biuan	元	並	2691-834-525	燔	bïuǎn	元	並	PAN	2425-173-657
膰（膰）	biuan	元	並	2692-834-525						

緜（綿）	mian	元	明	3035-940-584	緜綿	mian	元	明	MAN	2474-176-667
棉	mian	元	明	3036-940-584						

免	mian	元	明	3041-942-585	免	mïǎn	文	明	MUÊN	2808-193-741
㟢（娩）	mian	元	明	3042-942-585	娩	mïǎn	文	明	MUÊN	2809-193-741

蚵	mian	元	明	3046-944-586
蜒	mian	元	明	3047-944-586

謾	muan	元	明	3048-945-586	謾	mian	元	明	MAN	2466-176-666
瞞	muan	元	明	3049-945-586	瞞	muan	元	明	MAN	2470-176-666

挽	miuan	元	明	3050-946-587
輓	miuan	元	明	3051-946-587

8.3 丙類同音

8.3.1 緝部同音

共計 4 組。按聲轉差異細分如下表：

匣母	來母	禪母	從母
1	1	1	1

比較《漢字語源辭典》如下：

合	həp	緝	匣	3059-949-589	合	ɦəp	緝	匣	KÊP/KÊM	3113-211-820
詥	həp	緝	匣	3061-949-589					
盒	həp	緝	匣	3062-949-589					

曉匣擬音不同。

拉（拹擸）	ləp	緝	來	3073-950-591	拉	ləp	緝	來	LÊP/LÊM	3068-208-806
粒	ləp	緝	來	3074-950-591					

十	zjiəp	緝	禪	3090-955-593	十	dhiəp	緝	定	TÊP/TÊM	3044-206-799
什	zjiəp	緝	禪	3091-955-593	什	dhiəp	緝	定	TÊP/TÊM	3045-206-799

集（雧）	dziəp	緝	從	3099-958-594	集	dziəp	緝	從	TSÊP/TSÊM	3091-210-813
計	dziəp	緝	從	3103-958-594					

8.3.2　盍部同音

共計 4 組。按聲轉差異細分如下表：

影母	匣母	初母	精母
1	1	1	1

比較《漢字語源辭典》如下：

厭	iap	盍	影	3112-961-597	厭	iam	談	影	KAP/KAM	3284-219-859
魘	iap	盍	影	3113-961-597						

狹	heap	盍	匣	3128-965-599	狹（狹）	ĥăp	葉	匣	KAP/KAM	3301-220-862
陝（陿峽）	heap	盍	匣	3129-965-599	陝峽	ĥăp	葉	匣	KAP/KAM	3300-220-862
庲	heap	盍	匣	3130-965-599						

曉匣擬音不同。

插	tsheap	盍	初	3144-970-601						
臿（鍤）	tsheap	盍	初	3145-970-601	臿	tsʼăp	葉	清	TSAP/TSAM	3234-218-851
鍵	tsheap	盍	初	3146-970-601						
鍤	tsheap	盍	初	3147-970-601						

接	tziap	盍	精	3148-971-602	接	tsiap	葉	精	TSÊP/TSÊM	3100-210-814
椄	tziap	盍	精	3149-971-602	椄	tsiap	葉	精	TSAP/TSAM	3240-218-851

8.3.3　侵部同音

共計 12 組。按聲轉差異細分如下表：

群母	端母	透母	來母	照母	喻母	清母	邪母	滂母	並母
1	2	1	1	1	1	1	2	1	1

比較《漢字語源辭典》如下：

禽	giəm	侵	群	3165-975-605	禽	giəm	侵	群	KÊP/KÊM	3131-211-822
擒（禽捦）	giəm	侵	群	3166-975-605	擒	giəm	侵	群	KÊP/KÊM	3132-211-822

抌 （揕）	tiəm	侵	端	3178-979-607
投	tiəm	侵	端	3179-979-607
戡	tiəm	侵	端	3180-979-607

墊	tyəm	侵	端	3181-980-607
埳	tyəm	侵	端	3182-980-607

闖	thiəm	侵	透	3306-1018-626
覘	thiəm	侵	透	3307-1018-626

婪	ləm	侵	來	3209-988-610	婪	ləm	侵	來	LêP/LêM	3072-208-807
惏	ləm	侵	來	3210-988-610						

箴	tjiəm	侵	照	3211-989-611	箴	tiəm	侵	端	TêP/TêM	3037-205-795
鍼 （針）	tjiəm	侵	照	3212-989-611	鍼 針	tiəm	侵	端	TêP/TêM	3036-205-795

淫	jiəm	侵	喻	3217-992-612	淫	ḍiəm	侵	澄	TêP/TêM	3033-205-795
霪 （淫）	jiəm	侵	喻	3218-992-612	淫	ḍiəm	侵	澄	TêP/TêM	3033-205-795
婬	jiəm	侵	喻	3219-992-612						

憯	tsəm	侵	清	3251-1000-616	憯	ts'əm	侵	清	TSêM/SêP	3085-209-810
慘	tsəm	侵	清	3252-1000-616	慘 （憯）	ts'əm	侵	清	TSêM/SêP	3088-209-811

寖	tsiəm	侵	清	3256-1002-617	寖 （寝）	ts'iəm	侵	清	TSêM/SêP	3079-209-810
𡪢	tsiəm	侵	清	3257-1002-617						

燂	ziəm	侵	邪	3265-1004-619
燅（燖 尋爓）	ziəm	侵	邪	3266-1004-619

豐	phiuəm	侵	滂	3270-1006-621	豐 （豐）	pʻïoŋ	東	滂	TENG	1086-80-323
豐	phiuəm	侵	滂	3271-1006-621						

王力冬侵合併。

汎	biuəm	侵	並	3272-1007-621	汎	pʻïăm	談	滂	PAP/PAM	3331-223-871
泛	biuəm	侵	並	3273-1007-621	泛	bïam	談	並	PAP/PAM	3328-223-871
氾	biuəm	侵	並	3274-1007-621	氾	pʻïuăm	談	滂	PAP/PAM	3332-223-871

8.3.4 談部同音

共計 14 組。按聲轉差異細分如下表：

影母	見母	溪母	群母	匣母	端母	透母	來母	日母	心母
2	2	1	1	1	1	1	3	1	1

比較《漢字語源辭典》如下：

奄	iam	談	影	3275-1008-622	奄	am	談	影	KAP/KAM	3277-219-858
弇	iam	談	影	3276-1008-622	弇	ïam	談	影	KAP/KAM	3275-219-858
掩	iam	談	影	3277-1008-622	掩	am	談	影	KAP/KAM	3278-219-858
揜	iam	談	影	3278-1008-622	揜	am	談	影	KAP/KAM	3276-219-858

淹	iam	談	影	3279-1009-623	淹	ïam	談	影	KAP/KAM	3279-219-858
醃 （醃）	iam	談	影	3280-1009-623						

甘	kam	談	見	3281-1010-623	甘	kam	談	見	KAP/KAM	3269-219-858
柑	kam	談	見	3282-1010-623						

兼	kyam	談	見	3284-1011-623	兼	kläm	談	見	LAP/LAM/KL AM	3217-216-845
縑	kyam	談	見	3285-1011-623						
鶼	kyam	談	見	3286-1011-623						
鰜	kyam	談	見	3287-1011-623						

歉	khyam	談	溪	3288-1012-624	歉	kʻläm	談	溪	KAP/KAM	3316-221-866
嗛	khyam	談	溪	3289-1012-624						
慊	khyam	談	溪	3290-1012-624						

拑（柑鉆）	giam	談	群	3291-1013-625	拑	gïam	談	群	KAP/KAM	3303-220-863
鉗	giam	談	群	3292-1013-625	鉗	gïam	談	群	KAP/KAM	3305-220-863
箝	giam	談	群	3293-1013-625	箝	gïam	談	群	KAP/KAM	3304-220-863

嫌	hyam	談	匣	3296-1015-626	嫌	ĥläm	談	匣	KAP/KAM	3317-221-866
慊	hyam	談	匣	3297-1015-626						

曉匣擬音不同。

點	tyam	談	端	3298-1016-626	點（点）	täm	談	端	TAM/TAP	3188-214-838
玷（刮）	tyam	談	端	3299-1016-626						
者	tyam	談	端	3300-1016-626						

菼	tham	談	透	3301-1017-626
緂	tham	談	透	3302-1017-626
毯	tham	談	透	3303-1017-626

濫	lam	談	來	3308-1019-627
鑑	lam	談	來	3309-1019-627
醝	lam	談	來	3310-1019-627

嫌	liam	談	來	3311-1020-627						
簾	liam	談	來	3312-1020-627	簾	glïam	談	群	LAP/LAM/KLAM	3219-216-845

斂	liam	談	來	3313-1021-628	斂	glïam	談	群	LAP/LAM/KLAM	3220-216-846
殮	liam	談	來	3314-1021-628	殮	glïam	談	群	LAP/LAM/KLAM	3221-216-846

| 染 | njiam | 談 | 日 | 3317-1023-628 | 染 | niam | 談 | 泥 | NAM | 3209-215-841 |
| 霑 | njiam | 談 | 日 | 3318-1023-628 | | | | | | |

| 纖（籤） | siam | 談 | 心 | 3328-1026-630 | 籤 | siam | 談 | 心 | TSAP/TSAM | 3245-218-852 |
| 孅 | siam | 談 | 心 | 3329-1026-630 | 孅 | siam | 談 | 心 | TSAP/TSAM | 3250-218-852 |

附表 《漢字語源辭典》其它同源詞表

齒	tʻiəg	之	透	TEG/TEK	5-1-71
臺（台）	dəg	之	定	TEG/TEK	6-1-71
祉	tʻiəg	之	透	TEG/TEK	7-1-71
峙	diəg	之	定	TEG/TEK	8-1-71
侍	dhiəg	之	定	TEG/TEK	10-1-71
塒	dhiəg	之	定	TEG/TEK	11-1-71
得	tək	職	端	TEG/TEK	13-1-71
之	tiəg	之	端	TêG	15-2-73
寺	ḍiəg	之	澄	TêG	17-2-73
侍	diəg	之	定	TêG	18-2-74
詩	thiəg	之	透	TêG	19-2-74
已以	ḍiəg	之	澄	TêG	21-3-77
似	ḍiəg	之	澄	TêG	23-3-77
台	tʻəg	之	透	TêG	24-3-77
治	ḍiəg	之	定	TêG	25-3-77
詒	dəg	之	定	TêG	26-3-77
辭（辞）	ḍiəg	之	澄	TêG	27-3-77
辤	ḍiəg	之	澄	TêG	28-3-78
詞	ḍiəg	之	澄	TêG	29-3-78
怡	ḍiəg	之	澄	TêG	30-3-78

怠	dəg	之	定	TêG	31-3-78
飴	dəg	之	定	TêG	32-3-78
殆	dəg	之	定	TêG	33-3-78
始	thiəg	之	透	TêG	34-3-78
態	t'əg	之	透	TêG	35-3-79
杙	ḏiək	職	澄	TêG	39-3-79
式	thiək	職	透	TêG	41-3-79
試	thiəg	之	透	TêG	42-3-80
弒	thiəg	之	透	TêG	43-3-80
拭	thiək	職	透	TêG	44-3-80
飾	thiək	職	透	TêG	45-3-80
已	ḏiəg	之	澄	TêG	46-4-81
胎	t'əg	之	透	TêG	47-4-81
始	thiəg	之	透	TêG	48-4-81
戠	tiək	職	端	TêK	52-6-84
櫼	tiək	職	端	TêK	53-6-84
幟	thjəg	之	透	TêK	55-6-84
職	tiək	職	端	TêK	56-6-85
織	tiək	職	端	TêK	57-6-85
誌	tiəg	之	端	TêK	58-6-85
異	ḏiəg	之	澄	DêK/DêNG	59-7-87
翼	ḏiək	職	澄	DêK/DêNG	60-7-87
翌翊	ḏiək	職	澄	DêK/DêNG	61-7-87
昱	ḏiək	職	澄	DêK/DêNG	62-7-88
意	tək	職	端	TEK	66-8-90
德	tək	職	端	TEK	67-8-90
勑敕	t'iək	職	透	TEK	69-8-90
飭	t'iək	職	透	TEK	70-8-90
崔	ḏiək	職	澄	TêK/TêG/TêNG	72-9-92
忒	t'ək	職	透	TêK/TêG/TêNG	74-9-92
縢	dəŋ	蒸	定	TêK/TêG/TêNG	76-9-92
藤	dəŋ	蒸	定	TêK/TêG/TêNG	77-9-92
繩	diəŋ	蒸	定	TêK/TêG/TêNG	78-9-92
蠅	ḏiəŋ	蒸	澄	TêK/TêG/TêNG	79-9-93

澂澄	dïəŋ	蒸	定	TENG	85-10-95
朕	dïəm	侵	定	TENG	86-10-96
滕	dəŋ	蒸	定	TENG	88-10-96
勝	thiəŋ	蒸	透	TENG	89-10-96
剩（剰）	diəŋ	蒸	定	TENG	93-10-96
騬	t'iəŋ	蒸	透	TENG	94-10-97
稱（称）	diəŋ	蒸	定	TENG	95-10-97
倜	diəŋ	蒸	定	TENG	96-10-97
丞	dhiəŋ	蒸	定	TENG	97-10-97
拯	tiəŋ	蒸	端	TENG	98-10-97
承	dhiəŋ	蒸	定	TENG	99-10-97
烝	tiəŋ	蒸	端	TENG	100-10-97
蒸	tiəŋ	蒸	端	TENG	101-10-97
餌	niəg	之	泥	NêG/NêNG	103-11-99
恥	t'iəg	之	透	NêG/NêNG	104-11-99
胹	niəg	之	泥	NêG/NêNG	106-11-99
匿	nïək	職	泥	NêG/NêNG	108-11-99
裏	liəg	之	來	LêK/LêNG	113-12-102
鯉	liəg	之	來	LêK/LêNG	114-12-102
犁	liəg	之	來	LêK/LêNG	116-12-102
釐	liəg	之	來	LêK/LêNG	118-12-103
力	liək	職	來	LêK/LêNG	119-12-103
肋	lək	職	來	LêK/LêNG	121-12-103
勒	lək	職	來	LêK/LêNG	122-12-103
夌	liəŋ	蒸	來	LêK/LêNG	123-12-103
綾	liəŋ	蒸	來	LêK/LêNG	125-12-103
淩	liəŋ	蒸	來	LêK/LêNG	126-12-103
司	siəg	之	心	SêG	133-13-107
弐	dzəg	之	從	TSEG	137-14-109
載	tsəg	之	精	TSEG	142-14-110
菑	tsïəg	之	精	TSEG	145-14-110
輜	tsïəg	之	精	TSEG	146-14-110
宰	tsəg	之	精	TSEG	147-14-110
滓	tsəg	之	精	TSEG	148-14-110

緇	tsïəg	之	精	TSEG	149-14-111
採	ts'əg	之	清	TSEG	150-14-111
荣	ts'əg	之	清	TSEG	151-14-111
孜	tsïəg	之	精	TSêG/TSêNG	153-15-113
茲	tsïəg	之	精	TSêG/TSêNG	155-15-113
慈	dzïəg	之	從	TSêG/TSêNG	157-15-113
再	tsəg	之	精	TSêG/TSêNG	159-15-114
贈	dzəŋ	蒸	從	TSêG/TSêNG	164-15-114
憎	tsəŋ	蒸	精	TSêG/TSêNG	166-15-115
僧	səŋ	蒸	心	TSêG/TSêNG	167-15-115
子	tsïəg	之	精	TSêG	168-16-116
芋	tsïəg	之	精	TSêG	169-16-116
巳				TSêG	170-16-116
嗣				TSêG	171-16-116
絲（系）	sïəg	之	心	TSêG	172-16-117
思	sïəg	之	心	TSêG	173-16-117
思	sïəg	之	心	SêK	174-17-119
鰓	səg	之	心	SêK	175-17-119
偲	sïəg	之	心	SêK	176-17-119
司	sïəg	之	心	SêK	177-17-119
伺	sïəg	之	心	SêK	178-17-119
覗	sïəg	之	心	SêK	179-17-119
笥	sïəg	之	心	SêK	181-17-119
塞	sək	職	心	SêK	184-17-120
色	sïək	職	心	SêK	186-17-120
嗇	sïək	職	心	SêK	187-17-120
穡	sïək	職	心	SêK	188-17-120
濇澀	sïək	職	心	SêK	189-17-121
彩	ts'əg	之	清	SêK	190-17-121
則	tsək	職	精	TSêK	191-18-123
厠	ts'ïəg	之	清	TSêK	193-18-123
測	ts'ïək	職	清	TSêK	194-18-123
即	tsïək	職	精	TSêK	196-18-123
其	gïəg	之	群	KêG	200-19-125

箕	kïəg	之	見	KêG	201-19-126
萁	gïəg	之	群	KêG	202-19-126
期	gïəg	之	群	KêG	204-19-126
兀	gïəg	之	群	KêG	208-19-127
己	kïəg	之	見	KêG	209-20-128
紀	kïəg	之	見	KêG	211-20-128
記	kïəg	之	見	KêG	212-20-128
殛	kïək	職	見	KêK/KêNG	219-21-132
亟	kïək	職	見	KêK/KêNG	222-21-132
茍	kïək	職	見	KêK/KêNG	223-21-132
亥	ħəg	之	匣	KêK/KêNG	224-21-132
骸	ħăg	之	匣	KêK/KêNG	225-21-132
痎	kăg	之	見	KêK/KêNG	227-21-132
駭	ħăg	之	匣	KêK/KêNG	228-21-133
該	kəg	之	見	KêK/KêNG	229-21-133
劾	ħəg	之	匣	KêK/KêNG	230-21-133
孩	ħəg	之	匣	KêK/KêNG	231-21-133
欬	kʻəg	之	溪	KêK/KêNG	232-21-133
械	ħăg	之	匣	KêK/KêNG	235-21-133
亙	kəŋ	蒸	見	KêK/KêNG	237-21-133
恆（恒）	ħəŋ	蒸	匣	KêK/KêNG	238-21-133
饎	hïəg	之	曉	HêG	240-22-135
矣	ħïəg	之	匣	êG/êK	244-23-137
埃	əg	之	影	êG/êK	245-23-137
唉	əg	之	影	êG/êK	246-23-137
疑	ŋïəg	之	疑	êG/êK	248-23-137
凝	ŋïəŋ	蒸	疑	êG/êK	249-23-138
擬	ŋïəg	之	疑	êG/êK	251-23-138
憶	ïək	職	影	êG/êK	254-23-138
醫（医）	ïəg	之	影	êG/êK	256-23-138
頤	ïəg	之	影	êG/êK	257-23-139
姬	kïəg	之	見	êG/êK	258-23-139
有	ħïuəg	之	匣	KUêK/KUêG	264-24-143
賄	ħuəg	之	匣	KUêK/KUêG	265-24-143

宥	ɦuəg	之	匣	KUêK/KUêG	266-24-143
友	ɦïuəg	之	匣	KUêK/KUêG	267-24-143
囿	ɦïuəu		匣	KUêK/KUêG	268-24-143
惑	ɦuək	職	匣	KUêK/KUêG	271-24-143
摑	kuəg	之	見	KUêK/KUêG	273-24-144
亀	kïuǎg	之	見	KUêK/KUêG	275-24-144
柩	gïuəg	之	群	KUêK/KUêG	277-24-144
灾疢	kïuəg	之	見	KUêK/KUêG	278-24-144
舅	gïuəg	之	群	KUêK/KUêG	281-24-145
軌	kïuǎg	之	見	KUêK/KUêG	282-24-145
宄	kïuǎg	之	見	KUêK/KUêG	283-24-145
簋	kïuəg	之	見	KUêK/KUêG	284-24-145
廏	kïuəg	之	見	KUêK/KUêG	285-24-145
郵	ɦïuəg	之	匣	KUêK/KUêG	286-24-145
有	ɦïuəg	之	匣	HUêG	287-25-147
尤	ɦïuəg	之	匣	HUêG	288-25-147
肬	ɦïuəg	之	匣	HUêG	289-25-147
蛕蚘	ɦuəg	之	匣	HUêG	290-25-147
厷	kuəŋ	蒸	見	KUêNG	291-26-149
肱	kuəŋ	蒸	見	KUêNG	292-26-149
紭	ɦuǎŋ	蒸	匣	KUêNG	294-26-149
雄	ɦïuəŋ	蒸	匣	KUêNG	296-26-149
弓	kïuəŋ	蒸	見	KUêNG	297-26-149
穹	kïuəŋ	蒸	見	KUêNG	298-26-149
婦	bïuəg	之	並	PêG/PêK/PêNG	301-27-153
及	bïuək	職	並	PêG/PêK/PêNG	302-27-153
箙	bïuək	職	並	PêG/PêK/PêNG	304-27-153
犕	bïuək	職	並	PêG/PêK/PêNG	305-27-153
紱	bïuək	職	並	PêG/PêK/PêNG	307-27-154
匐	bïuək	職	並	PêG/PêK/PêNG	308-27-154
幅	pïuək	職	幫	PêG/PêK/PêNG	309-27-154
福	pïuək	職	幫	PêG/PêK/PêNG	310-27-154
蝠	pïuək	職	幫	PêG/PêK/PêNG	311-27-154
佩	buəg	之	並	PêG/PêK/PêNG	313-27-154

繃	pə̌ŋ	蒸	幫	PêG/PêK/PêNG	317-27-155
音	p'iuə̌g	之	滂	PêK/PêG/PêNG	323-28-158
部	buəg	之	並	PêK/PêG/PêNG	326-28-158
佣	bəŋ	蒸	並	PêK/PêG/PêNG	329-28-159
崩	bəŋ	蒸	並	PêK/PêG/PêNG	330-28-159
仌	piəŋ	蒸	幫	PêK/PêG/PêNG	331-28-159
冰	piəŋ	蒸	幫	PêK/PêG/PêNG	332-28-159
不	puïəg	之	幫	PêG	332-29-161
壞	p'uəg	之	滂	PêG	336-29-161
音	puïəg	之	幫	PêG	337-29-162
杯盃	puəg	之	幫	PêG	338-29-162
瓿	buəg	之	並	PêG	339-29-162
瓿	buəg	之	並	PêG	340-29-162
畐	p'uïək	職	滂	PêG	342-29-162
啚	piə̌g	之	幫	PêG	345-29-162
鄙	piə̌g	之	幫	PêG	346-29-163
丕	p'iə̌g	之	滂	PêG	347-29-163
默	mək	職	明	MêK/MêG/MêNG	350-30-165
灰	mṷəg	之	明	MêK/MêG/MêNG	351-30-165
恢	mṷəg	之	明	MêK/MêG/MêNG	352-30-165
晦	mṷəg	之	明	MêK/MêG/MêNG	353-30-165
海	məg	之	明	MêK/MêG/MêNG	355-30-165
誨	mṷəg	之	明	MêK/MêG/MêNG	356-30-165
某	muə̌g	之	明	MêK/MêG/MêNG	358-30-165
薧	mṷəŋ	蒸	明	MêK/MêG/MêNG	362-30-166
拇	muə̌g	之	明	MêG/MêK	364-31-168
每	muəg	之	明	MêG/MêK	366-31-168
畝	muə̌g	之	明	MêG/MêK	367-31-168
梅	muəg	之	明	MêG/MêK	368-31-168
某	muə̌g	之	明	MêG/MêK	369-31-168
媒	muəg	之	明	MêG/MêK	371-31-168
牧	mïuək	職	明	MêG/MêK	373-31-168
贅	ml̥əg	之	明	MLêG	375-32-170
貍狸	ml̥iəg	之	明	MLêG	377-32-170

菌埋	mĭəg	之	明	MLêG	378-32-171
霾	mĭəg	之	明	MLêG	379-32-171
舟	tiog	幽	端	TOG/TOK/TONG	380-33-176
丑	t'ĭog	幽	透	TOG/TOK/TONG	385-33-176
肘	tïog	幽	端	TOG/TOK/TONG	386-33-177
紂	dïəg	之	定	TOG/TOK/TONG	387-33-177
守	thiog	幽	透	TOG/TOK/TONG	388-33-177
收	thiog	幽	透	TOG/TOK/TONG	390-33-177
嘼	hiog	幽	曉	TOG/TOK/TONG	393-33-177
逐	dïok	沃	定	TOG/TOK/TONG	397-33-178
討	t'ôg	幽	透	TOG/TOK/TONG	398-33-178
囚	ḍiog	幽	澄	TOG/TOK/TONG	399-33-178
衆	tioŋ	中	端	TOG/TOK/TONG	400-33-178
充	t'ioŋ	中	透	TOG/TOK/TONG	403-33-179
忠	tïoŋ	中	端	TOG/TOK/TONG	404-33-179
舀	ḍiog	幽	澄	TOK/TOG/TONG	405-34-182
蹈	dôg	幽	定	TOK/TOG/TONG	406-34-182
稻	dôg	幽	定	TOK/TOG/TONG	407-34-182
擣搗	tôg	幽	端	TOK/TOG/TONG	411-34-183
鑄（铸）	tĭŏg	幽	端	TOK/TOG/TONG	412-34-183
酬	dhiog	幽	定	TOK/TOG/TONG	413-34-183
周	tiog	幽	端	TOK/TOG/TONG	414-34-183
綢	t'ôg	幽	透	TOK/TOG/TONG	417-34-183
調	dŏg	幽	定	TOK/TOG/TONG	419-34-183
毒	dok	沃	定	TOK/TOG/TONG	421-34-184
熟	dhiok	沃	定	TOK/TOG/TONG	423-34-184
塾	dhiok	沃	定	TOK/TOG/TONG	424-34-184
篤	tok	沃	端	TOK/TOG/TONG	425-34-184
討	t'ôg	幽	透	TOK/TOG/TONG	426-34-184
籌	dïog	幽	定	TOK/TOG/TONG	427-34-184
忠	tïoŋ	中	端	TOK/TOG/TONG	430-34-185
溶	ḍiuŋ	中	澄	TOK/TOG/TONG	432-34-185
酋	ḍiog	幽	澄	TOK/TOG/TONG	433-35-188
由	ḍiog	幽	澄	TOK/TOG/TONG	434-35-188

抽	t'ïog	幽	透	TOK/TOG/TONG	435-35-188
冑	dïog	幽	定	TOK/TOG/TONG	436-35-188
冑	dïog	幽	定	TOK/TOG/TONG	437-35-188
軸	dïok	沃	定	TOK/TOG/TONG	438-35-188
紬	dïog	幽	定	TOK/TOG/TONG	439-35-188
油	dịog	幽	澄	TOK/TOG/TONG	440-35-189
舳	dïok	沃	定	TOK/TOG/TONG	441-35-189
迪	dȯk	沃	定	TOK/TOG/TONG	442-35-189
竺	tïok	沃	端	TOK/TOG/TONG	447-35-190
笛	dȯk	沃	定	TOK/TOG/TONG	449-35-190
猶	dịog	幽	澄	TOK/TOG/TONG	450-35-190
壽（寿）	dhiog	幽	定	TOK/TOG/TONG	454-36-193
禱	tôg	幽	端	TOK/TOG/TONG	455-36-193
收	dịog	幽	澄	TOK/TOG/TONG	459-36-193
筱篠	dȫg	幽	定	TOK/TOG/TONG	461-36-193
條（条）	dȫg	幽	定	TOK/TOG/TONG	462-36-194
脩	dịog	幽	澄	TOK/TOG/TONG	463-36-193
修	dịog	幽	澄	TOK/TOG/TONG	464-36-193
䚻謠（谣）	dịȫg	幽	澄	TOK/TOG/TONG	465-36-193
繇	dịȫg	幽	澄	TOK/TOG/TONG	467-36-193
充	t'ioŋ	中	透	TOK/TOG/TONG	469-36-193
蟲（虫）	dïoŋ	中	定	TOK/TOG/TONG	471-36-193
游	dịog	幽	澄	TOG	472-37-196
遊	dịog	幽	澄	TOG	473-37-196
悠	dịog	幽	澄	TOG	474-37-196
謠（谣）	dịȫg	幽	澄	TOG	475-37-196
慆	t'ôg	幽	透	TOG	477-37-197
濤	t'ôg	幽	透	TOG	478-37-197
鳥	tȫg	幽	端	TOK/TOG	479-38-198
蔦	tȫg	幽	端	TOK/TOG	480-38-198
褭	tȫg	幽	端	TOK/TOG	481-38-198
盄	tȫg	幽	端	TOK/TOG	484-38-199
朸	thiok	沃	透	TOK/TOG	485-38-199
腬	niog	幽	泥	NOG/NOK/NONG	491-39-201

胅	nïog	幽	泥	NOG/NOK/NONG	493-39-201
衄	nïok	沃	泥	NOG/NOK/NONG	494-39-201
紐	nïog	幽	泥	NOG/NOK/NONG	495-39-201
狃	nïog	幽	泥	NOG/NOK/NONG	496-39-201
夒	nôg	幽	泥	NOG/NOK/NONG	497-39-201
鬧	nŏg	幽	泥	NOG/NOK/NONG	499-39-202
弄	noŋ	中	泥	NOG/NOK/NONG	500-39-202
茸	niuŋ	東	泥	NOG/NOK/NONG	505-39-202
梳	lïog	幽	來	LOG	507-40-204
旒	lïog	幽	來	LOG	508-40-204
柳	lïog	幽	來	LOG	509-40-204
瀏	lïog	幽	來	LOG	510-40-204
瑠	lïog	幽	來	LOG	511-40-204
劉鎦	lïog	幽	來	LOG	512-40-204
廖	lïog	幽	來	LOG	513-40-204
戮	lïok	沃	來	LOG	514-40-204
勠	lïok	沃	來	LOG	515-40-204
寥	lŏg	幽	來	LOG	516-40-204
瘳	lïog	幽	來	LOG	517-40-204
牢	lôg	幽	來	LOG	518-41-206
留	lïog	幽	來	LOG	519-41-206
瘤	lïog	幽	來	LOG	520-41-206
秋龝	tsʻiog	幽	清	TSOG/TSOK	524-42-209
揪	tsŏg	幽	精	TSOG/TSOK	525-42-209
酋	ʥiog	幽	從	TSOG/TSOK	527-42-209
酒	tsiog	幽	精	TSOG/TSOK	528-42-210
揂	tsiog	幽	精	TSOG/TSOK	529-42-210
緧	tsʻiog	幽	清	TSOG/TSOK	530-42-210
鰌	ʥiog	幽	從	TSOG/TSOK	531-42-210
茜	sïok	沃	心	TSOG/TSOK	532-42-210
脩	siog	幽	心	TSOG/TSOK	534-42-210
修	siog	幽	心	TSOG/TSOK	535-42-210
羞	siog	幽	心	TSOG/TSOK	536-42-210
慼	tsʻŏk	沃	清	TSOG/TSOK	538-42-211

戚	tsʻŏk	沃	清	TSOG/TSOK	539-42-211
麛	tsiok	沃	精	TSOG/TSOK	540-42-211
寂	dzok	沃	從	TSOG/TSOK	541-42-211
宿	siok	沃	心	TSOG/TSOK	542-42-211
蕭	siok	沃	心	TSOG/TSOK	546-42-211
啾	tsŏg	幽	精	TSOG/TSOK	549-42-212
秀	siog	幽	心	TSOG/TSOK	550-42-212
溲	sïog	幽	心	TSOG/TSOK	552-42-212
瘦	sïog	幽	心	TSOG/TSOK	553-42-212
艘	sŏg	幽	心	TSOG/TSOK	554-42-212
叉	tsŏg	幽	精	TSOG	557-43-214
蚤	tsôg	幽	精	TSOG	558-43-214
棗	tsôg	幽	精	TSOG	561-43-214
蒐	sïog	幽	心	TSOG	564-43-215
皁	dzôg	幽	從	TSOG	566-44-216
艸	tsʻôg	幽	清	TSOG/SONG	567-45-217
草	tsʻôg	幽	清	TSOG/SONG	568-45-218
蓮	tsʻïog	幽	清	TSOG/SONG	570-45-218
曹	dzôg	幽	從	TSOG/SONG	571-45-218
遭	tsôg	幽	精	TSOG/SONG	572-45-218
糟	tsôg	幽	精	TSOG/SONG	573-45-218
糙	tsʻôg	幽	清	TSOG/SONG	574-45-218
慥	tsʻôg	幽	清	TSOG/SONG	575-45-218
槽	tsôg	幽	精	TSOG/SONG	576-45-218
宋	soŋ	中	心	TSOG/SONG	577-45-218
求	gïog	幽	群	KOG	578-46-220
救	kïog	幽	見	KOG	580-46-220
絿	gïog	幽	群	KOG	581-46-220
球	gïog	幽	群	KOG	582-46-220
丩	kïog	幽	見	KOG	585-46-221
糾	kïog	幽	見	KOG	586-46-221
勼	kïog	幽	見	KOG	589-46-221
鳩	kïog	幽	見	KOG	590-46-221
菊	kïok	沃	見	KOG	591-46-221

菊	kïok	沃	見	KOG	594-46-221
梏	kok	沃	見	KOG	596-46-222
酷	k'ok	沃	溪	KOG	597-46-222
丂	k'ôg	幽	溪	KOG	598-47-224
号	ĥôg	幽	匣	KOG	600-47-224
巧	k'ŏg	幽	溪	KOG	605-47-224
朽	hïog	幽	曉	KOG	606-47-225
九	kïog	幽	見	KOG	607-47-225
究	kïog	幽	見	KOG	608-47-225
鳩	gïog	幽	群	KOG	609-47-225
臭	k'ïog	幽	溪	KOG	611-47-225
尻	k'ôg	幽	溪	KOG	612-47-225
軌	kïuǎg	之	見	KOG	613-47-225
宮	kïoŋ	中	見	KOG	615-47-225
躬躳	kïoŋ	中	見	KOG	617-47-226
畜	hïok	沃	曉	HOG/HOK	620-48-227
孝	hŏg	幽	曉	HOG/HOK	621-48-227
幺	ïog	幽	影	OG/OK	623-49-229
優	ïog	幽	影	OG/OK	628-49-229
夭	ïŏg	幽	影	OG/OK	629-49-229
妖	ïŏg	幽	影	OG/OK	630-49-229
沃	ok	沃	影	OG/OK	631-49-230
澳	ïok	沃	影	OG/OK	633-49-230
夅	ĥŏŋ	中	匣	HOG/HONG	635-50-231
浩	ĥôg	幽	匣	HOG/HONG	639-50-231
誥	kôg	幽	見	HOG/HONG	640-50-231
腹	bïok	沃	並	POG/POK	641-51-233
蝮	p'ïok	沃	滂	POG/POK	642-51-233
鍑	pïok	沃	幫	POG/POK	643-51-233
覆	p'ïok	沃	滂	POG/POK	644-51-234
缶	pïog	幽	幫	POG/POK	645-51-234
雹	bŏk	沃	並	POG/POK	649-51-234
泡	p'ŏg	幽	滂	POG/POK	650-51-234
袍	bôg	幽	並	POG/POK	651-51-234

襃	pôg	幽	幫	POG/POK	656-51-234
阜	bïog	幽	並	POG/POK	657-51-235
寶（宝）	pôg	幽	幫	POG/POK	658-51-235
浮	bïog	幽	並	POG/POK	660-51-235
俘	p'ïŏg	幽	滂	POG/POK	662-51-235
脬	p'ŏg	幽	滂	POG/POK	663-51-235
莩	p'ïŏg	幽	滂	POG/POK	664-51-235
襃	pôg	幽	幫	POG/POK	666-52-237
冃	môg	幽	明	MOG/MONG	669-53-238
茂	mog	幽	明	MOG/MONG	672-53-238
茅	mŏg	幽	明	MOG/MONG	673-53-238
穆	mïok	沃	明	MOG/MONG	679-53-239
矛	mïog	幽	明	MOG/MOK	680-54-241
戊	mog	幽	明	MOG/MOK	681-54-241
卯	mŏg	幽	明	MOG/MOK	682-54-241
敄	mïŏg	幽	明	MOG/MOK	684-54-241
務	mïŏg	幽	明	MOG/MOK	685-54-241
牡	mog	幽	明	MOG/MOK	686-54-241
桃	dɔg	宵	定	TôG	692-55-244
逃	dɔg	宵	定	TôG	695-55-244
眺	t'ɔg	宵	透	TôG	696-55-244
肇	dïɔg	宵	定	TôG	697-55-245
到	tɔg	宵	端	TôG	701-56-246
招	dhïɔg	宵	定	TôG	702-56-246
沼	tïɔg	宵	端	TôG	703-56-246
弨	t'ïɔg	宵	透	TôG	706-56-246
燒	thïɔg	宵	透	TôG	708-56-246
的旳	tŏk	藥	端	TôG/TôK	712-57-248
釣	tŏg	宵	端	TôG/TôK	713-57-248
翟	dŏk	藥	定	TôG/TôK	717-57-248
擢	dŏk	藥	定	TôG/TôK	719-57-249
櫂	dŏg	宵	定	TôG/TôK	721-57-249
𡿺腦（脑）	nɔg	宵	泥	NôG/NôK	722-58-250
嫋	nŏg	宵	泥	NôG/NôK	725-58-250

溺	nôk	藥	泥	NôG/NôK	726-58-250
尿	nôk	藥	泥	NôG/NôK	727-58-250
搦	nŏk	藥	泥	NôG/NôK	728-58-250
撓	nŏg	宵	泥	NôG/NôK	729-58-251
繞	niɔg	宵	泥	NôG/NôK	730-58-251
遶	niɔg	宵	泥	NôG/NôK	731-58-251
饒	niɔg	宵	泥	NôG/NôK	732-58-251
嘮				LôG	735-59-253
寮	liɔg	宵	來	LôG	736-59-253
燎	liɔg	宵	來	LôG	737-59-253
瞭	liɔg	宵	來	LôG	738-59-253
寮	lŏg	宵	來	LôG	739-59-253
膫	lŏg	宵	來	LôG	741-59-254
櫟	lŏk	藥	來	LôG	747-59-254
礫	lŏk	藥	來	LôG	748-59-254
轢	lŏk	藥	來	LôG	749-59-254
肖	siɔg	宵	心	SôG/SôK	753-60-256
哨	siɔg	宵	心	SôG/SôK	755-60-257
綃	siɔg	宵	心	SôG/SôK	756-60-257
宵	siɔg	宵	心	SôG/SôK	757-60-257
蛸	sŏg	宵	心	SôG/SôK	758-60-257
梢	sŏg	宵	心	SôG/SôK	759-60-257
削	siɔk	藥	心	SôG/SôK	761-60-257
笑咲	siɔg	宵	心	SôG/SôK	762-60-257
莝	dzŏk	藥	從	SôG/SôK	763-60-257
鑿	dzɔk	藥	從	SôG/SôK	764-60-257
繫	tsɔk	藥	精	SôG/SôK	765-60-257
雀	tsiɔk	藥	精	SôG/SôK	766-60-257
爵	tsiɔk	藥	精	SôG/SôK	767-60-257
燥	sɔg	宵	心	TSôG	772-62-260
澡	tsɔg	宵	精	TSôG	773-62-260
藻	tsɔg	宵	精	TSôG	774-62-260
繰	tsɔg	宵	精	TSôG	775-62-260
操	ts'ɔg	宵	清	TSôG	776-62-260

剿	tsiɔg	宵	精	TSôG	778-62-260
鈔	tsʼɔ̆g	宵	清	TSôG	780-62-261
訬	tsʼɔ̆g	宵	清	TSôG	781-62-261
捎	siɔg	宵	心	TSôG	782-62-261
高	kɔg	宵	見	KOG	783-63-262
蒿	hɔg	宵	曉	KOG	784-63-262
稿	kɔg	宵	見	KOG	785-63-262
僑	gïɔg	宵	群	KOG	787-63-263
橋	gïɔg	宵	群	KOG	788-63-263
嶢	ŋŏg	宵	疑	KOG	793-63-263
梟	kŏg	宵	見	KOG	794-63-263
臭	kŏg	宵	見	KOG	795-63-264
傲	ŋɔg	宵	疑	KOG	796-63-264
隺	ɦɔk	藥	匣	KOG	797-63-264
豪	ɦɔg	宵	匣	KOG	798-63-264
薨	hɔg	宵	曉	KôG/KôK	801-64-266
膏	hɔg	宵	曉	KôG/KôK	802-64-266
曉（曉）	hŏg	宵	曉	KôG/KôK	805-64-266
杲	kɔg	宵	見	KôG/KôK	806-64-266
敫	giɔk	藥	群	KôG/KôK	811-64-267
激	kŏk	藥	見	KôG/KôK	813-64-267
檄	ɦŏk	藥	匣	KôG/KôK	815-64-267
熬	ŋɔg	宵	疑	KôG/KôK	818-64-267
齩咬	ŋŏg	宵	疑	KôG/KôK	820-65-269
狡	kŏg	宵	見	KôG/KôK	825-65-270
郊	kŏg	宵	見	KôG/KôK	826-65-270
爻	ɦŏg	宵	匣	KôG/KôK	827-65-270
肴	ɦŏg	宵	匣	KôG/KôK	828-65-270
殽	ɦŏg	宵	匣	KôG/KôK	829-65-270
効	ɦŏg	宵	匣	KôG/KôK	833-65-270
傲	kŏg	宵	見	KôG/KôK	834-65-270
覺（觉）	kŏk	藥	見	KôG/KôK	836-65-271
攪	kŏk	藥	見	KôG/KôK	838-65-271
要	iɔg	宵	影	ôG/ôK	839-66-272

腰	iɔg	宵	影	ôG/ôK	840-66-272
約	ïɔk	藥	影	ôG/ôK	841-66-272
邀	iɔg	宵	影	ôG/ôK	842-66-272
竅	kʻɔg	宵	溪	ôG/ôK	843-66-273
繳	kɔ̆g	宵	見	ôG/ôK	844-66-273
号	ɦɔg	宵	匣	NGôG	845-67-274
號	ɦɔg	宵	匣	NGôG	846-67-274
嗷	ŋɔg	宵	疑	NGôG	848-67-274
謔	hïɔk	藥	曉	NGôG	850-67-275
樂	ŋlɔ̆k	藥	疑	NGôG	851-67-275
樂	ŋlɔk	藥	疑	NGôG	852-67-275
瞟	pʻïɔg	宵	滂	PôG/PôK	856-68-277
表	pïɔg	宵	幫	PôG/PôK	860-68-277
豹	pɔ̆g	宵	幫	PôG/PôK	861-68-277
麃	pʻïɔg	宵	滂	PôG/PôK	862-68-277
駮	pɔ̆k	沃	幫	PôG/PôK	866-68-278
苗	miɔg	宵	明	MôG/MôK	874-69-280
覛	mɔg	宵	明	MôG/MôK	875-69-280
貓	mɔg	宵	明	MôG/MôK	876-69-280
皃	mɔ̆g	宵	明	MôG/MôK	877-69-280
邈	mɔ̆k	藥	明	MôG/MôK	879-69-280
廟	mïɔg	宵	明	MôG/MôK	880-69-280
耗	mɔ̜g	宵	明	MôG/MôK	882-69-280
脰	dug	侯	定	TUG/TUK	885-70-283
豎	dhiŭg	侯	定	TUG/TUK	887-70-283
丶	tïŭg	侯	端	TUG/TUK	888-70-283
主	tiug	侯	端	TUG/TUK	889-70-283
宔	tiug	侯	端	TUG/TUK	890-70-284
柱	tïŭg	侯	端	TUG/TUK	891-70-284
壴	tïŭg	侯	端	TUG/TUK	895-70-284
尌	dhiŭg	侯	定	TUG/TUK	896-70-284
勹	dhiŭg	侯	定	TUG/TUK	898-70-284
蜀	dhiuk	屋	定	TUG/TUK	901-70-285
囑	tiuk	屋	端	TUG/TUK	903-70-285

觸（触）	tiuk	屋	端	TUG/TUK	904-70-285
續（続）	diuk	屋	定	TUG/TUK	907-70-285
豖	tʼiuk	屋	透	TUG/TUK	908-70-285
東	tuŋ	東	端	TUNG/TUK	911-71-289
棟	tuŋ	東	端	TUNG/TUK	912-71-289
凍	tuŋ	東	端	TUNG/TUK	913-71-289
同	duŋ	東	定	TUNG/TUK	914-71-289
衕	duŋ	東	定	TUNG/TUK	915-71-289
筒	duŋ	東	定	TUNG/TUK	916-71-289
桐	duŋ	東	定	TUNG/TUK	917-71-289
洞	duŋ	東	定	TUNG/TUK	918-71-289
用	ȡiuŋ	東	澄	TUNG/TUK	923-71-290
通	tʼuŋ	東	透	TUNG/TUK	924-71-290
甬	ȡiuŋ	東	澄	TUNG/TUK	925-71-290
踴	ȡiuŋ	東	澄	TUNG/TUK	926-71-290
涌湧	ȡioŋ	中	澄	TUNG/TUK	927-71-290
勇	ȡioŋ	中	澄	TUNG/TUK	928-71-290
傭	ȡiuŋ	東	澄	TUNG/TUK	930-71-291
種	tiuŋ	東	端	TUNG/TUK	934-71-291
穜	dïuŋ	東	定	TUNG/TUK	935-71-291
賣	ȡiuk	屋	澄	TUNG/TUK	937-71-291
贖	diuk	屋	定	TUNG/TUK	939-71-292
頭	ȵiuɐ		娘	NUG/NUK/NUNG	942-72-294
臑	niug	侯	泥	NUG/NUK/NUNG	944-72-294
孺	niŭg	侯	泥	NUG/NUK/NUNG	946-72-295
濡	niŭg	侯	泥	NUG/NUK/NUNG	947-72-295
辱	niuk	屋	泥	NUG/NUK/NUNG	948-72-295
耨	nug	侯	泥	NUG/NUK/NUNG	949-72-295
冗	niuŋ	東	泥	NUG/NUK/NUNG	951-72-295
茸	niuŋ	東	泥	NUG/NUK/NUNG	952-72-295
足	tsiuk	屋	精	TSUG/TSUK/TSUNG	953-73-298
捉	tsuk	屋	精	TSUG/TSUK/TSUNG	955-73-299
驟	dʑiu		從	TSUG/TSUK/TSUNG	958-73-299
芻	tsʼiŭg	侯	清	TSUG/TSUK/TSUNG	961-73-299

束	sïuk	屋	心	TSUG/TSUK/TSUNG	964-73-299
欶嗽	sug	侯	心	TSUG/TSUK/TSUNG	966-73-299
諫	tsiuk	屋	精	TSUG/TSUK/TSUNG	967-73-300
嗾	tsug	侯	精	TSUG/TSUK/TSUNG	971-73-300
從	dʑiuŋ	東	從	TSUG/TSUK/TSUNG	974-73-300
嵏	tsuŋ	東	精	TSUG/TSUK/TSUNG	977-73-301
奏	tsug	侯	精	TSUG/TSUK/TSUNG	978-73-301
送	suŋ	東	心	TSUG/TSUK/TSUNG	980-73-301
宗	tsoŋ	東	精	TSUG/TSUK/TSUNG	981-73-301
口	kʻug	侯	溪	KUG/KUK/KUNG	982-74-304
釦	kʻug	侯	溪	KUG/KUK/KUNG	983-74-304
后	ɦug	侯	匣	KUG/KUK/KUNG	984-74-305
後	ɦug	侯	匣	KUG/KUK/KUNG	985-74-305
奚侯	ɦug	侯	匣	KUG/KUK/KUNG	986-74-305
喉	ɦug	侯	匣	KUG/KUK/KUNG	987-74-305
候	ɦug	侯	匣	KUG/KUK/KUNG	988-74-305
容	giuŋ	東	群	KUG/KUK/KUNG	991-74-305
扛	kŭŋ	東	見	KUG/KUK/KUNG	993-74-305
江	kŭŋ	東	見	KUG/KUK/KUNG	997-74-306
杠	kŭŋ	東	見	KUG/KUK/KUNG	998-74-306
虹	ɦuŋ	東	匣	KUG/KUK/KUNG	1000-74-306
鞏	kiuŋ	東	見	KUG/KUK/KUNG	1001-74-306
蛩	kʻiuŋ	東	溪	KUG/KUK/KUNG	1003-74-306
訟	giuŋ	東	群	KUG/KUK/KUNG	1007-74-307
頌	giuŋ	東	群	KUG/KUK/KUNG	1008-74-307
匈胸	hiuŋ	東	曉	KUG/KUK/KUNG	1010-74-307
孔	kʻuŋ	東	溪	KUG/KUK/KUNG	1011-74-307
肛	ɦŭŋ	東	匣	KUG/KUK/KUNG	1012-74-307
巷	ɦŭŋ	東	匣	KUG/KUK/KUNG	1013-74-307
港	ɦuŋ	東	匣	KUG/KUK/KUNG	1014-74-307
傴	ïŭg	侯	影	KUK/KUG/KUNG	1026-75-310
驅（駆）	kʻiŭg	侯	溪	KUK/KUG/KUNG	1027-75-310
摳	kʻug	侯	溪	KUK/KUG/KUNG	1029-75-310
軀	kʻiŭg	侯	溪	KUK/KUG/KUNG	1030-75-310

樞（枢）	k'iŭg	侯	溪	KUK/KUG/KUNG	1031-75-310
供	kïuŋ	東	見	KUK/KUG/KUNG	1034-75-311
恭	kïuŋ	東	見	KUK/KUG/KUNG	1035-75-311
斛	ĥuk	屋	匣	KUK	1038-76-312
㱡	k'uk	屋	溪	KUK	1040-76-312
殼	k'ŭk	屋	溪	KUK	1041-76-312
穀	kuk	屋	見	KUK	1042-76-313
轂	kuk	屋	見	KUK	1043-76-313
愨	k'ŭk	屋	溪	KUK	1044-76-313
玉	ŋïuk	屋	疑	NGUK	1045-77-314
頊	ŋïuk	屋	疑	NGUK	1046-77-314
獄	ŋïuk	屋	疑	NGUK	1047-77-314
嶽（岳）	ŋŭk	屋	疑	NGUK	1048-77-314
禺	ŋïŭg	侯	疑	NGUK	1049-77-315
愚	ŋïŭg	侯	疑	NGUK	1050-77-315
㫃	ĥug	侯	匣	HUG/HUNG	1051-78-316
厚	ĥug	侯	匣	HUG/HUNG	1052-78-316
垢	kug	侯	見	HUG/HUNG	1053-78-316
吼	ĥug	侯	匣	HUG/HUNG	1054-78-316
哄	ĥuŋ	東	匣	HUG/HUNG	1057-78-316
卜	puk	屋	幫	PUK	1059-79-318
攴扑	p'uk	屋	滂	PUK	1060-79-318
朴	p'ŭk	屋	滂	PUK	1062-79-318
樸	p'ŭk	屋	滂	PUK	1063-79-319
撲	p'uk	屋	滂	PUK	1064-79-319
僕	buk	屋	並	PUK	1065-79-319
付	pïŭg	侯	幫	PUG/PUNG	1066-80-322
符	bïŭg	侯	並	PUG/PUNG	1067-80-322
腐	bïg		並	PUG/PUNG	1070-80-322
峰	p'ïuŋ	東	滂	PUG/PUNG	1074-80-322
鋒	p'ïuŋ	東	滂	PUG/PUNG	1075-80-322
縫	bïuŋ	東	並	PUG/PUNG	1077-80-323
蜂	p'ïuŋ	東	滂	PUG/PUNG	1078-80-323
蚌	bŭŋ	東	並	PUG/PUNG	1079-80-323

蓬	buŋ	東	並	PUG/PUNG	1080-80-323
烽	pʻïuŋ	東	滂	PUG/PUNG	1081-80-323
棒	bŭŋ	東	並	PUG/PUNG	1085-80-323
木	muk	屋	明	MUK	1087-81-324
沐	muk	屋	明	MUK	1088-81-324
霂	muk	屋	明	MUK	1089-81-324
肚	tag	魚	端	TAG/TAK	1092-82-327
者	tiăg	魚	端	TAG/TAK	1095-82-327
都	tag	魚	端	TAG/TAK	1096-82-328
諸	tiag	魚	端	TAG/TAK	1097-82-328
睹	tag	魚	端	TAG/TAK	1098-82-328
堵	tag	魚	端	TAG/TAK	1099-82-328
豬猪	tïag	魚	端	TAG/TAK	1101-82-328
書	thiag	魚	透	TAG/TAK	1103-82-329
庶	thiag	魚	透	TAG/TAK	1106-82-329
宁	dïag	魚	定	TAG/TAK	1107-82-329
貯	tïag	魚	端	TAG/TAK	1108-82-329
佇竚	dïag	魚	定	TAG/TAK	1109-82-329
圖	dag	魚	定	TAG/TAK	1111-82-330
乇	tăk	鐸	端	TAG/TAK	1112-82-330
拓	tiak	鐸	端	TAG/TAK	1116-82-330
碩	dhiăk	鐸	定	TAG/TAK	1117-82-330
妬	tag	魚	端	TAG/TAK	1118-82-330
庶	thiag	魚	透	TAG/TAK	1119-83-331
煮	tiag	魚	端	TAG/TAK	1120-83-332
暑	thiag	魚	透	TAG/TAK	1121-83-332
螫	thiăk	鐸	透	TAG/TAK	1124-83-332
尺	tʻiăk	鐸	透	TAK/TAG	1127-84-335
翟	ḍiăk	鐸	澄	TAK/TAG	1130-84-335
擇（択）	dăk	鐸	定	TAK/TAG	1131-84-335
驛（駅）	ḍiăk	鐸	澄	TAK/TAG	1132-84-335
繹	ḍiăk	鐸	澄	TAK/TAG	1133-84-335
譯（訳）	ḍiăk	鐸	澄	TAK/TAG	1134-84-335
澤（沢）	dăk	鐸	定	TAK/TAG	1135-84-336

弈	diăk	鐸	定	TAK/TAG	1140-84-336
液	diăk	鐸	定	TAK/TAG	1141-84-336
射	ďiăg	魚	定	TAG	1145-85-338
謝	diăg	魚	定	TAG	1146-85-339
野	diăg	魚	定	TAG	1162-85-340
商	thiaŋ	陽	透	TANG	1165-86-343
堂	daŋ	陽	定	TANG	1166-86-343
敞	ťiaŋ	陽	透	TANG	1167-86-344
場	dïaŋ	陽	定	TANG	1170-86-344
昌	ťiaŋ	陽	透	TANG	1177-87-347
宕	daŋ	陽	定	TANG	1181-87-348
萇	dïaŋ	陽	定	TANG	1186-88-349
丈	dïaŋ	陽	定	TANG	1187-88-349
腸	dïaŋ	陽	定	TANG	1189-88-350
賞	thiaŋ	陽	透	TANG	1196-89-352
償	dhiaŋ	陽	定	TAK/TANG	1197-89-352
斥	ťiăk	鐸	透	TAK/TANG	1199-90-354
坼	tăk	鐸	端	TAK/TANG	1200-90-354
柝	tak	鐸	端	TAK/TANG	1201-90-354
拓	ťak	鐸	透	TAK/TANG	1202-90-354
悵	ťïaŋ	陽	透	TAK/TANG	1206-90-354
女	nïag	魚	泥	NAG/NAK/NANG	1207-91-357
奴	nag	魚	泥	NAG/NAK/NANG	1210-91-357
叒	niak	鐸	泥	NAG/NAK/NANG	1214-91-357
桑	ņaŋ	陽	娘	NAG/NAK/NANG	1215-91-358
箬	niak	鐸	泥	NAG/NAK/NANG	1216-91-358
諾	nak	鐸	泥	NAG/NAK/NANG	1217-91-358
娘孃（孃）	nïaŋ	陽	泥	NAG/NAK/NANG	1218-91-358
努	nag	魚	泥	NAG/NAK/NANG	1221-91-358
拏	nag	魚	泥	NAG/NAK/NANG	1223-91-358
囊	naŋ	陽	泥	NANG	1226-92-360
攘	niaŋ	陽	泥	NANG	1227-92-360
鑲	ņiaŋ	陽	娘	NANG	1229-92-360
良	lïaŋ	陽	來	LAG/LANG	1230-93-361

郎	laŋ	陽	來	LAG/LANG	1231-93-361
浪	laŋ	陽	來	LAG/LANG	1233-93-361
鷺	lag	魚	來	LAG/LANG	1237-93-362
量	lïaŋ	陽	來	LANG/LAK	1241-94-363
梁	lïaŋ	陽	來	LANG/LAK	1242-94-363
絡	lak	鐸	來	LANG/LAK	1244-94-364
路	lag	魚	來	LANG/LAK	1245-94-364
助	dʑiag	魚	從	TSAG/TSAK	1247-95-366
俎	tsïag	魚	精	TSAG/TSAK	1248-95-366
疽	tsiag	魚	精	TSAG/TSAK	1249-95-366
岨	tsiag	魚	精	TSAG/TSAK	1250-95-366
祖	tsag	魚	精	TSAG/TSAK	1252-95-366
組	tsag	魚	精	TSAG/TSAK	1253-95-367
昨	dʑak	鐸	從	TSAG/TSAK	1256-95-367
遣	tsʻak	鐸	清	TSAG/TSAK	1258-95-367
借	tsiăk	鐸	精	TSAG/TSAK	1260-95-367
蜡	tsʻiag	魚	清	TSAG/TSAK	1262-95-367
耤	dʑiăk	鐸	從	TSAG/TSAK	1263-95-367
籍	dʑiăk	鐸	從	TSAG/TSAK	1264-95-368
疋	sïag	魚	心	SAG/SAK/SANG	1266-96-370
楚	tsʻïag	魚	清	SAG/SAK/SANG	1270-96-371
素	sag	魚	心	SAG/SAK/SANG	1274-96-371
想	siaŋ	陽	心	SAG/SAK/SANG	1278-96-372
霜	sïaŋ	陽	心	SAG/SAK/SANG	1279-96-372
喪	saŋ	陽	心	SAG/SAK/SANG	1280-96-372
爽	sïaŋ	陽	心	SAG/SAK/SANG	1281-96-372
雙（双）	sŭŋ	陽	心	SAG/SAK/SANG	1282-96-372
乍	dʑăg	魚	從	TSAK/TSAG/TSANG	1283-97-374
詐	tsăg	魚	精	TSAK/TSAG/TSANG	1285-97-374
作	dʑak	鐸	從	TSAK/TSAG/TSANG	1286-97-374
鉏	dʑïag	魚	從	TSAK/TSAG/TSANG	1289-97-374
朔	săk	鐸	心	TSAK/TSAG/TSANG	1291-97-375
泝	sag	魚	心	TSAK/TSAG/TSANG	1292-97-375
訴	sag	魚	心	TSAK/TSAG/TSANG	1293-97-375

將（将）	tsiaŋ	陽	精	TSAK/TSAG/TSANG	1296-97-376
匠	dziaŋ	陽	從	TSAK/TSAG/TSANG	1297-97-376
爿	tsʻiaŋ	陽	精	TSANG	1302-99-379
牀（床）	dziaŋ	陽	從	TSANG	1303-99-379
壯（壮）	tsïaŋ	陽	精	TSANG	1304-99-380
狀（状）	dzïaŋ	陽	從	TSANG	1307-99-380
莊（荘）	tsïaŋ	陽	精	TSANG	1311-99-380
下	ĥăg	魚	匣	KAG	1313-100-383
稼	kăg	魚	見	KAG	1315-100-383
叚	kăg	魚	見	KAG	1317-100-383
嘏	kăg	魚	見	KAG	1319-100-384
湖	ĥag	魚	匣	KAG	1322-100-384
瑕	ĥăg	魚	匣	KAG	1323-100-384
庫	kag	魚	見	KAG	1327-100-384
裾	kïag	魚	見	KAG	1329-100-385
車	kïag	魚	見	KAG	1332-100-385
辜	kag	魚	見	KAG/KAK/KANG	1336-101-389
姑	kag	魚	見	KAG/KAK/KANG	1341-101-390
各	kak	鐸	見	KAG/KAK/KANG	1343-101-390
客	kʻăk	鐸	溪	KAG/KAK/KANG	1345-101-390
愙	kʻak	鐸	溪	KAG/KAK/KANG	1347-101-390
骼	kăk	鐸	見	KAG/KAK/KANG	1348-101-391
胳	kăk	鐸	見	KAG/KAK/KANG	1349-101-391
戶	ĥag	魚	匣	KAG/KAK/KANG	1351-101-391
枑	ĥag	魚	匣	KAG/KAK/KANG	1352-101-391
行	ĥăŋ	陽	匣	KAG/KAK/KANG	1353-101-391
忼	kʻaŋ	陽	溪	KAG/KAK/KANG	1359-101-391
岡	kaŋ	陽	見	KAG/KAK/KANG	1360-101-391
綱	kaŋ	陽	見	KAG/KAK/KANG	1362-101-391
硬	ŋăŋ	陽	疑	NGAG/NGANG	1369-102-394
庚	kăŋ	陽	見	NGAG/NGANG	1370-102-394
康穅	kʻaŋ	陽	溪	NGAG/NGANG	1371-102-394
僵	kïaŋ	陽	見	KANG	1373-103-396
彊	kïaŋ	陽	見	KANG	1374-103-396

映	iăŋ	陽	影	KANG	1382-103-397
谷	giak	鐸	群	KAG/KAK/KANG	1385-104-400
卻卻	k'ĭak	鐸	溪	KAG/KAK/KANG	1386-104-400
卻腳	kĭak	鐸	見	KAG/KAK/KANG	1387-104-400
厶	k'ĭag	魚	溪	KAG/KAK/KANG	1388-104-400
笶	k'ĭag	魚	溪	KAG/KAK/KANG	1389-104-400
歔	hak	鐸	曉	KAG/KAK/KANG	1394-104-400
巨	gĭag	魚	群	KAG/KAK/KANG	1396-104-401
距	gĭag	魚	群	KAG/KAK/KANG	1397-104-401
拒	gĭag	魚	群	KAG/KAK/KANG	1398-104-401
渠	gĭag	魚	群	KAG/KAK/KANG	1399-104-401
向	hĭaŋ	陽	曉	HANG	1400-105-403
響	hĭaŋ	陽	曉	HANG	1401-105-403
亨	hĭaŋ	陽	曉	HANG	1403-105-403
鄉	hĭaŋ	陽	曉	HANG	1404-105-403
卿	gĭaŋ	陽	群	HANG	1406-105-404
亞（亜）	ăg	魚	影	AG/AK/ANG	1407-106-406
啞	ăg	魚	影	AG/AK/ANG	1409-106-406
堊	ak	鐸	影	AG/AK/ANG	1410-106-406
嗚	ag	魚	影	AG/AK/ANG	1416-106-406
歈	ag	魚	影	AG/AK/ANG	1417-106-406
隖	ag	魚	影	AG/AK/ANG	1418-106-407
央	iaŋ	陽	影	AG/AK/ANG	1419-106-407
英	iăŋ	陽	影	AG/AK/ANG	1420-106-407
快	ĭaŋ	陽	影	AG/AK/ANG	1421-106-407
泱	aŋ	陽	影	AG/AK/ANG	1423-106-407
殃	ĭaŋ	陽	影	AG/AK/ANG	1424-106-407
秧	ĭaŋ	陽	影	AG/AK/ANG	1425-106-407
廓	k'uak	鐸	溪	KUAK/KUANG	1428-107-409
攫	kĭuak	鐸	見	KUAK/KUANG	1430-107-410
護	ɦuag	魚	匣	KUAK/KUANG	1432-107-410
桄	kuaŋ	陽	見	KUAK/KUANG	1435-107-410
櫎	ɦuaŋ	陽	匣	KUAK/KUANG	1436-107-410
黃	ɦuaŋ	陽	匣	KUANG	1439-108-412

囧	kïuăŋ	陽	見	HUANG	1443-108-413
王	ɦïuaŋ	陽	匣	HUANG	1444-109-415
篁	ɦuaŋ	陽	匣	HUANG	1446-109-415
崖	gïuaŋ	陽	群	HUANG	1447-109-415
狂	gïuaŋ	陽	群	HUANG	1448-109-415
汪	uaŋ	陽	影	HUANG	1450-109-415
枉	ïuaŋ	陽	影	HUANG	1451-109-416
誆	kïuaŋ	陽	見	HUANG	1452-109-416
惶	ɦuaŋ	陽	匣	HUANG	1453-109-416
兄	hïuaŋ	陽	曉	HUANG	1455-109-416
廣（広）	kuaŋ	陽	見	HUANG	1458-109-416
壙	kʻuaŋ	陽	溪	HUANG	1459-109-417
衢	kïuag	魚	見	HUANG	1463-109-417
盂	ɦïuag	魚	匣	HUAG/HUANG	1469-110-420
污	ɦïuag	魚	匣	HUAG/HUANG	1470-110-420
股	kuag	魚	見	HUAG/HUANG	1477-110-420
瓠	ɦuag	魚	匣	HUAG/HUANG	1480-110-421
壺	ɦuag	魚	匣	HUAG/HUANG	1481-110-421
瓜	kuăg	魚	見	HUAG/HUANG	1482-110-421
尫	uaŋ	陽	影	HUAG/HUANG	1483-110-421
枉	ïuaŋ	陽	影	HUAG/HUANG	1484-110-421
汪	uaŋ	陽	影	HUAG/HUANG	1485-110-421
羽	ɦïuag	魚	匣	HUAG	1487-111-422
雩	ɦïuag	魚	匣	HUAG	1488-111-422
枒	ŋăg	魚	疑	NGAG/NGAK/NGANG	1491-112-426
衙	ŋăg	魚	疑	NGAG/NGAK/NGANG	1494-112-426
齬	ŋag	魚	疑	NGAG/NGAK/NGANG	1495-112-427
午	ŋag	魚	疑	NGAG/NGAK/NGANG	1500-112-427
杵	kʻïag	魚	溪	NGAG/NGAK/NGANG	1501-112-427
互筶	ɦag	魚	匣	NGAG/NGAK/NGANG	1504-112-428
罞	ɦag	魚	匣	NGAG/NGAK/NGANG	1505-112-428
与	gïag	魚	群	NGAG/NGAK/NGANG	1506-112-428
舉（挙）	kïag	魚	見	NGAG/NGAK/NGANG	1510-112-428
譽（誉）	gïag	魚	群	NGAG/NGAK/NGANG	1511-112-428

咢	ŋak	鐸	疑	NGAG/NGAK/NGANG	1514-112-429
顎	ŋak	鐸	疑	NGAG/NGAK/NGANG	1515-112-429
吳	ŋuag	魚	疑	NGAG/NGAK/NGANG	1520-112-429
誤	ŋuag	魚	疑	NGAG/NGAK/NGANG	1521-112-430
娛	ŋuag	魚	疑	NGAG/NGAK/NGANG	1522-112-430
虞	ŋïuag	魚	疑	NGAG/NGAK/NGANG	1523-112-430
柏	păk	鐸	幫	PAK	1526-113-431
魄	pʻăk	鐸	滂	PAK	1528-113-432
妑	pʻăg	魚	滂	PAK	1529-113-432
肪	bïaŋ	陽	並	PAK	1530-113-432
夫	p□ïag	魚	幫	PAK/PAG	1532-114-434
甫	p□ïag	魚	幫	PAK/PAG	1534-114-434
甫	p□ïag	魚	幫	PAK/PAG	1535-115-436
專	pʷïag	魚	幫	PAK/PAG	1536-115-436
普	pʻag	魚	滂	PAK/PAG	1542-115-437
補	pʻag	魚	滂	PAK/PAG	1543-115-437
拍	pʻăk	鐸	滂	PAK/PAG	1547-115-437
匍	bag	魚	並	PAK/PAG	1550-115-437
蒲	bag	魚	並	PAK/PAG	1552-115-438
縛	bïak	鐸	並	PAK/PAG	1554-115-438
巴	păg	魚	幫	PAK/PAG	1555-115-438
杷	băg	魚	並	PAK/PAG	1556-115-438
匚	pïaŋ	陽	幫	PAK/PAG	1559-115-439
放	pïaŋ	陽	幫	PAK/PAG	1560-115-439
芳	pʻïaŋ	陽	滂	PAK/PAG	1561-115-439
膀	baŋ	陽	並	PANG/PAK	1567-116-443
榜	băŋ	陽	並	PANG/PAK	1568-116-443
妨	pʻïaŋ	陽	滂	PANG/PAK	1569-116-443
防	bïaŋ	陽	並	PANG/PAK	1570-116-443
芳	pʻïaŋ	陽	滂	PANG/PAK	1571-116-443
放	pïaŋ	陽	幫	PANG/PAK	1572-116-443
訪	pʻïaŋ	陽	滂	PANG/PAK	1573-116-443
丙	pïăŋ	陽	幫	PANG/PAK	1575-116-444
病	bïăŋ	陽	並	PANG/PAK	1577-116-444

炳	pïăŋ	陽	幫	PANG/PAK	1578-116-444
彭	băŋ	陽	並	PANG/PAK	1579-116-444
膨	băŋ	陽	並	PANG/PAK	1580-116-444
肪	bïăŋ	陽	並	PANG/PAK	1581-116-444
漠	mak	鐸	明	MAK/MANG	1586-117-446
墓	mag	魚	明	MAK/MANG	1590-117-447
無	muïag	魚	明	MAK/MANG	1592-117-447
幠	mṵag	魚	明	MAK/MANG	1593-117-447
蟒	maŋ	陽	明	MAK/MANG	1595-117-447
莽	maŋ	陽	明	MAK/MANG	1596-117-447
肓	mṵaŋ	陽	明	MAK/MANG	1601-117-448
妄	mïaŋ	陽	明	MAK/MANG	1603-117-448
亡	mṵaŋ	陽	明	MAK/MANG	1604-117-448
网	mïaŋ	陽	明	MAK/MANG	1606-117-448
誣	muïag	魚	明	MAK/MAG/MANG	1610-118-452
武	muïag	魚	明	MAK/MAG/MANG	1611-118-452
馬	măg	魚	明	MAK/MAG/MANG	1612-118-452
驀	măk	鐸	明	MAK/MAG/MANG	1613-118-452
罵	măg	魚	明	MAK/MAG/MANG	1614-118-453
賦	puïag	魚	幫	MAK/MAG/MANG	1615-118-453
慕	mag	魚	明	MAK/MAG/MANG	1617-118-453
募	mag	魚	明	MAK/MAG/MANG	1618-118-453
明	mïăŋ	陽	明	MAK/MAG/MANG	1621-118-453
盟	mïăŋ	陽	明	MAK/MAG/MANG	1622-118-453
皿	mïăŋ	陽	明	MAK/MAG/MANG	1624-118-454
孟	măŋ	陽	明	MAK/MAG/MANG	1625-118-454
猛	măŋ	陽	明	MAK/MAG/MANG	1626-118-454
地	dieg	支	定	DEK/DEG/DENG	1627-119-457
匜	ḍieg	支	澄	DEK/DEG/DENG	1628-119-457
弛	thieg	支	透	DEK/DEG/DENG	1629-119-457
氏	dhieg	支	定	DEK/DEG/DENG	1630-119-457
紙	tieg	支	端	DEK/DEG/DENG	1631-119-458
舓	dieg	支	定	DEK/DEG/DENG	1632-119-458
抵	tieg	支	端	DEK/DEG/DENG	1633-119-458

坻	tieg	支	端	DEK/DEG/DENG	1634-119-458
碣舐	dieg	支	定	DEK/DEG/DENG	1638-119-459
錫	ḍiek	錫	澄	DEK/DEG/DENG	1639-119-459
呈	dïeŋ	耕	定	DEK/DEG/DENG	1640-119-459
蜓	deŋ	耕	定	DEK/DEG/DENG	1643-119-459
匙	dhieg	支	定	DEK/DEG/DENG	1645-119-460
隄堤	deg	支	定	DEK/DEG/DENG	1646-119-460
匙	dhieg	支	定	TEK/TEG/TENG	1649-120-463
嫡	tek	錫	端	TEK/TEG/TENG	1653-120-463
敵	dek	錫	定	TEK/TEG/TENG	1654-120-463
只	tieg	支	端	TEK/TEG/TENG	1656-120-464
咫	tieg	支	端	TEK/TEG/TENG	1658-120-464
征	tieŋ	耕	端	TEK/TEG/TENG	1662-120-464
壬	tʻeŋ	耕	透	TEK/TEG/TENG	1665-120-465
逞	tʻïeŋ	耕	透	TEK/TEG/TENG	1668-120-465
聖	thieŋ	耕	透	TEG/TENG	1670-121-467
聽	tʻeŋ	耕	透	TEG/TENG	1671-121-467
禎	tïeŋ	耕	端	TEG/TENG	1673-121-468
釘	teŋ	耕	端	TENG	1675-122-469
朾	tĕŋ	耕	端	TENG	1676-122-469
靪	teŋ	耕	端	TENG	1677-122-469
打	tĕŋ	耕	端	TENG	1678-122-469
町	deŋ	耕	定	TENG	1679-122-470
帝	deg	支	定	TEG/TENG	1684-123-472
締	deg	支	定	TEG/TENG	1685-123-473
諦	teg	支	端	TEG/TENG	1686-123-473
啻	thieg	支	透	TEG/TENG	1687-123-473
禘	deg	支	定	TEG/TENG	1688-123-473
滴	tek	錫	端	TEG/TENG	1690-123-473
摘	tʻɔk	職	透	TEG/TENG	1691-123-473
成	dhieŋ	耕	定	TEG/TENG	1693-123-474
盛	dhieŋ	耕	定	TEG/TENG	1694-123-474
誠	dhieŋ	耕	定	TEG/TENG	1695-123-474
城	dhieŋ	耕	定	TEG/TENG	1696-123-474

整	tieŋ	耕	端	TEG/TENG	1697-123-474
訂	t'eŋ	耕	透	TEG/TENG	1698-123-474
玲	leŋ	耕	來	LENG/LEK/LEG	1700-124-477
鈴	leŋ	耕	來	LENG/LEK/LEG	1702-124-477
囹	leŋ	耕	來	LENG/LEK	1711-125-479
蛉	leŋ	耕	來	LENG/LEK	1712-125-479
齡	leŋ	耕	來	LENG/LEK	1713-125-479
粦	lien	眞	來	LENG/LEK	1714-125-480
隣	lien	眞	來	LENG/LEK	1715-125-480
憐	len	眞	來	LENG/LEK	1716-125-480
丽	leg	支	來	LENG/LEK	1717-125-480
秝	lek	錫	來	LENG/LEK	1720-125-480
澌	sieg	支	心	SENG/SEK/SEG	1727-126-483
癬	seg	支	心	SENG/SEK/SEG	1728-126-483
顣	ts'ĕk	錫	清	TSEK/TSEG/TSENG	1735-127-486
積	tsiek	錫	精	TSEK/TSEG/TSENG	1736-127-486
漬	ʥieg	支	從	TSEK/TSEG/TSENG	1737-127-486
磧	ts'iek	錫	清	TSEK/TSEG/TSENG	1739-127-486
脊	tsiek	錫	精	TSEK/TSEG/TSENG	1742-127-486
綪	tsĕŋ	耕	精	TSENG	1746-128-488
精	tsieŋ	耕	精	TSENG	1752-129-490
靚	ʥieŋ	耕	從	TSENG	1753-129-490
請	ts'ieŋ	耕	清	TSENG	1754-129-490
情	ʥieŋ	耕	從	TSENG	1758-129-490
旌	tsieŋ	耕	精	TSENG	1764-129-491
牲	sĕŋ	耕	心	SENG	1766-130-492
情	ʥieŋ	耕	從	SENG	1771-130-493
蟹	ɦĕg	支	匣	KEG	1774-131-494
歧岐	gieg	支	群	KEG	1778-131-495
跂	gieg	支	群	KEG	1779-131-495
檠	giĕŋ	耕	群	KENG/KEG	1785-132-497
企	k'ieg	支	溪	KENG/KEG	1786-132-497
跂	k'ieg	支	溪	KENG/KEG	1787-132-497
巠	keŋ	耕	見	KENG	1788-133-498

徑	keŋ	耕	見	KENG	1790-133-499
輕	kʻieŋ	耕	溪	KENG	1797-133-499
磬	kʻeŋ	耕	溪	KEK/KENG	1800-134-501
謦	kʻeŋ	耕	溪	KEK/KENG	1801-134-501
刑	ɦeŋ	耕	匣	HENG	1802-135-503
型	ɦeŋ	耕	匣	HENG	1803-135-503
耕	kĕŋ	耕	見	HENG	1804-135-503
形	ɦeŋ	耕	匣	HENG	1805-135-503
幸	ɦĕŋ	耕	匣	HENG	1806-135-503
益	iĕk	錫	影	EK	1807-136-504
縊	ieg	支	影	EK	1809-136-504
挂掛	kuĕg	支	見	KUEG/KUENG	1816-137-507
卦	kuĕg	支	見	KUEG/KUENG	1817-137-507
畫	kʻueg	支	溪	KUEG/KUENG	1818-137-508
佳	k（u）eg	支	見	KUEG/KUENG	1819-137-508
鞋	ɦ（u）ĕg	支	匣	KUEG/KUENG	1820-137-508
攜携	ɦueg	支	匣	KUEG/KUENG	1821-137-508
觿	hiueg	支	曉	KUEG/KUENG	1822-137-508
危	ŋiueg	支	疑	KUEG/KUENG	1825-137-508
堁	kiueg	支	見	KUEG/KUENG	1826-137-508
規	kiueg	支	見	KUEK/KUENG	1829-138-511
刲	kʻueg	支	溪	KUEK/KUENG	1833-138-512
畦	ɦueg	支	匣	KUEK/KUENG	1834-138-512
街	k（u）ĕg	支	見	KUEK/KUENG	1835-138-512
扃	kueŋ	耕	見	KUEK/KUENG	1837-138-512
榮	ɦïuĕŋ	耕	匣	KUEK/KUENG	1841-138-512
營	ɦiueŋ	耕	匣	KUEK/KUENG	1842-138-513
縈	iueŋ	耕	影	KUEK/KUENG	1843-138-513
鶯	（u）ĕŋ	耕	影	KUEK/KUENG	1844-138-513
椑	pieg	支	幫	PEK/PENG	1849-139-516
鞞	pieg	支	幫	PEK/PENG	1850-139-516
髀	pieg	支	幫	PEK/PENG	1851-139-516
脾	bieg	支	並	PEK/PENG	1852-139-516
稗	bʻĕg	支	並	PEK/PENG	1853-139-516

碑	pïeg	支	幫	PEK/PENG	1855-139-516
裨	pieg	支	幫	PEK/PENG	1858-139-517
璧	piek	錫	幫	PEK/PENG	1861-139-517
嬖	peg	支	幫	PEK/PENG	1864-139-518
避	bieg	支	並	PEK/PENG	1865-139-518
僻	pʻek	錫	滂	PEK/PENG	1866-139-518
臂	pieg	支	幫	PEK/PENG	1867-139-518
譬	pʻieg	支	滂	PEK/PENG	1868-139-518
襞	piek	錫	幫	PEK/PENG	1871-139-518
癖	pʻek	錫	滂	PEK/PENG	1872-139-518
萍	beŋ	耕	並	PEK/PENG	1876-139-519
餅	pieŋ	耕	幫	PEK/PENG	1882-139-519
名	mieŋ	耕	明	MEK/MENG	1886-140-522
鳴	mïěŋ	耕	明	MEK/MENG	1888-140-523
㇆	mek	錫	明	MEK/MENG	1889-140-523
系	mek	錫	明	MEK/MENG	1892-140-523
覛	měk	錫	明	MEK/MENG	1894-140-523
丏	men	眞	明	MEK/MENG	1898-140-524
眄	men	眞	明	MEK/MENG	1899-140-524
多	tar	歌	端	TAT/TAR/TAN	1900-141-526
哆	tïar	歌	端	TAT/TAR/TAN	1901-141-527
汰	tʻad	祭	透	TAT/TAR/TAN	1905-141-527
牽	tʻat	月	透	TAT/TAR/TAN	1906-141-527
達	tʻat	月	透	TAT/TAR/TAN	1907-141-527
舌	diat	月	定	TAT/TAR/TAN	1908-141-527
亶	tan	元	端	TAT/TAR/TAN	1909-141-527
擅	dhian	元	定	TAT/TAR/TAN	1910-141-527
迻	ḍïǎr	歌	澄	TAR/TAT/TAN	1915-142-531
沱	dar	歌	定	TAR/TAT/TAN	1920-142-532
池	dïǎr	歌	定	TAR/TAT/TAN	1921-142-532
滯	dïad	祭	定	TAR/TAT/TAN	1923-142-532
蠆	täd	祭	端	TAR/TAT/TAN	1924-142-532
筵	ḍian	元	澄	TAR/TAT/TAN	1926-142-532
次	ḍian	元	澄	TAR/TAT/TAN	1928-142-532

世	thiad	祭	透	TAR/TAT/TAN	1932-142-533
泄	ḍiad	祭	澄	TAR/TAT/TAN	1933-142-533
旦	tan	元	端	TAN	1936-143-535
襢	dhian	元	定	TAN	1945-144-537
蟬	dhian	元	定	TAN	1946-144-538
彈	dan	元	定	TAN	1947-144-538
壇	dan	元	定	TAN	1949-144-538
氈	tian	元	端	TAN	1950-144-538
擅	dhian	元	定	TAN	1951-144-538
殫	tan	元	端	TAN	1954-144-539
坦	tʻan	元	透	TAN	1955-144-539
丞	dhiuǎr	歌	定	TUAR/TUAN	1959-145-543
睡	dhiuǎr	歌	定	TUAR/TUAN	1963-145-543
錘	dïuǎr	歌	定	TUAR/TUAN	1964-145-543
埵	tuar	歌	端	TUAR/TUAN	1965-145-543
惰	duar	歌	定	TUAR/TUAN	1969-145-544
楕	tʻuar	歌	透	TUAR/TUAN	1970-145-544
隨（随）	ḍiuǎr	歌	澄	TUAR/TUAN	1971-145-544
耑	tuan	元	端	TUAR/TUAN	1972-145-544
端	tuan	元	端	TUAR/TUAN	1973-145-544
稅	tuan	元	端	TUAR/TUAN	1974-145-544
瑞	dhiuǎr	歌	定	TUAR/TUAN	1975-145-544
碫	tuan	元	端	TUAR/TUAN	1977-145-545
鍛	tuan	元	端	TUAR/TUAN	1978-145-545
褖	dhiuan	元	定	TUAR/TUAN	1979-145-545
緣	ḍiuan	元	澄	TUAR/TUAN	1985-145-546
篆	dïuan	元	定	TUAR/TUAN	1986-145-546
椽	dïuan	元	定	TUAR/TUAN	1987-145-546
朵	tuar	歌	端	TUAR/TUAN	1989-145-546
妥	tʻuar	歌	透	TUAR/TUAN	1990-145-546
短	tuan	元	端	TUAN	1991-146-548
端	tuan	元	端	TUAN	1992-146-548
兌	duad	祭	定	TUAT/TUAD	1995-147-549
銳	ḍiuad	祭	澄	TUAT/TUAD	1999-147-549

裂	liat	月	來	LAT/LAD	2004-148-551
剌	lat	月	來	LAT/LAD	2006-148-551
瀨	lad	祭	來	LAT/LAD	2008-148-551
例	liad	祭	來	LAT/LAD/LAN	2014-149-553
輦	lian	元	來	LAT/LAD/LAN	2016-149-554
爛	lan	元	來	LAT/LAD/LAN	2019-149-554
瀾	lan	元	來	LAT/LAD/LAN	2021-149-554
賴	lad	祭	來	LAT/LAD/LAN	2022-149-554
将	luat	月	來	LUAT/LUAN	2024-150-556
劣	liuat	月	來	LUAT/LUAN	2025-150-556
亂（乱）	luan	元	來	LUAT/LUAN	2026-150-556
孿	liuan	元	來	LUAT/LUAN	2027-150-556
攣	liuan	元	來	LUAT/LUAN	2028-150-557
戀（恋）	liuan	元	來	LUAT/LUAN	2029-150-557
卵	luan	元	來	LUAT/LUAN	2030-150-557
撚	nän	元	泥	NAN/NAT	2033-151-558
難	nan	元	泥	NAN/NAT	2034-151-558
赧	năn	元	泥	NAN/NAT	2035-151-559
熱	niat	月	泥	NAN/NAT	2036-151-559
槎	ȡăr	歌	從	TSAR/TSAT/TSAN	2047-153-563
際	tsʻiad	祭	清	TSAR/TSAT/TSAN	2051-153-564
擦	tsʻat	月	清	TSAR/TSAT/TSAN	2053-153-564
沙	săr	歌	心	SAR/SAT/SAN	2055-154-566
娑	sar	歌	心	SAR/SAT/SAN	2056-154-567
緵	sat	月	心	SAR/SAT/SAN	2058-154-567
橵	san	元	心	SAR/SAT/SAN	2059-154-567
饊	san	元	心	SAR/SAT/SAN	2061-154-567
霰	sän	元	心	SAR/SAT/SAN	2062-154-567
潸	săn	元	心	SAR/SAT/SAN	2063-154-567
灑	siăr	歌	心	SAR/SAT/SAN	2064-154-567
癬	sian	元	心	SAR/SAT/SAN	2067-154-568
戔	ȡan	元	從	SAR/SAT/SAN	2068-154-568
賤	ȡian	元	從	SAR/SAT/SAN	2070-154-568
綫線	sian	元	心	SAR/SAT/SAN	2072-154-569

錢	ʤian	元	從	SAR/SAT/SAN	2073-154-569
戔	ʤăn	元	從	TSAN	2074-155-571
揃	tsian	元	精	TSAN	2078-155-571
煎	tsian	元	精	TSAN	2079-155-572
餞	ʤian	元	從	TSAN	2082-155-572
贊	tsan	元	精	TSAN	2083-155-572
祘	suan	元	心	TSUAN	2088-157-575
巽	suən	文	心	TSUAN	2092-157-575
選	siuan	元	心	TSUAN	2094-157-575
詮	tsʻiuan	元	清	TSUAN	2096-157-575
鬠	tsuăr	歌	精	TSUAR/TSUAN	2100-158-577
銼	tsʻuar	歌	清	TSUAR/TSUAN	2102-158-577
竄	tsʻuan	元	清	TSUAR/TSUAN	2103-158-577
鑽	tsuan	元	精	TSUAR/TSUAN	2104-158-577
鑴	tsiuan	元	精	TSUAR/TSUAN	2105-158-577
篹	tsʻuăn	元	清	TSUAR/TSUAN	2106-158-577
泉	ʤiuan	元	從	TSUAR/TSUAN	2107-158-577
匚				KAR/KAT	2108-159-580
河	ɦar	歌	匣	KAR/KAT	2110-159-581
阿	ar	歌	影	KAR/KAT	2111-159-581
柯	kar	歌	見	KAR/KAT	2112-159-581
訶呵	har	歌	曉	KAR/KAT	2114-159-581
苛	ɦar	歌	匣	KAR/KAT	2115-159-581
歌	kar	歌	見	KAR/KAT	2116-159-581
踦	kʻiăr	歌	溪	KAR/KAT	2118-159-582
寄	kiăr	歌	見	KAR/KAT	2119-159-582
匄	kad	祭	見	KAR/KAT	2123-159-582
喝	at	月	影	KAR/KAT	2126-159-583
嘉	kiar	歌	見	KAR/KAT/KAN	2133-160-586
賀	ɦar	歌	匣	KAR/KAT/KAN	2134-160-586
荷	ɦar	歌	匣	KAR/KAT/KAN	2136-160-586
碣	giat	月	群	KAR/KAT/KAN	2139-160-587
蠍	hïat	月	曉	KAR/KAT/KAN	2140-160-587
傑	gïat	月	群	KAR/KAT/KAN	2142-160-587

扻	iăn	元	影	KAR/KAT/KAN	2143-160-587
靬	kan	元	見	KAR/KAT/KAN	2144-160-587
翰	ħan	元	匣	KAR/KAT/KAN	2146-160-587
汗	ħan	元	匣	KAR/KAT/KAN	2151-160-588
建	kiăn	元	見	KAR/KAT/KAN	2152-160-588
餓	ŋar	歌	疑	NGAR/NGAN	2156-161-591
娥	ŋar	歌	疑	NGAR/NGAN	2158-161-591
蛾	ŋar	歌	疑	NGAR/NGAN	2159-161-591
俄	ŋar	歌	疑	NGAR/NGAN	2160-161-592
儀	ŋïăr	歌	疑	NGAR/NGAN	2162-161-592
議	ŋïăr	歌	疑	NGAR/NGAN	2163-161-592
犧	hïar	歌	曉	NGAR/NGAN	2164-161-592
羲	ŋïăr	歌	疑	NGAR/NGAN	2165-161-592
誼	ŋïăr	歌	疑	NGAR/NGAN	2167-161-593
彥	ŋïan	元	疑	NGAR/NGAN	2171-161-593
贗	ŋăn	元	疑	NGAR/NGAN	2174-161-594
埶	ŋiad	祭	疑	NGAT	2177-162-596
歺	ŋat	月	疑	NGAT	2180-162-596
峼	ŋïat	月	疑	NGAT	2181-162-596
辥	ŋat	月	疑	NGAT	2182-162-596
辥	ŋät	月	疑	NGAT	2183-162-596
孽	ŋïat	月	疑	NGAT	2184-162-597
臬	ŋät	月	疑	NGAT	2185-162-597
劓	ŋïad	祭	疑	NGAT	2186-162-597
轄	ħăt	月	匣	KAT/KAN	2188-163-599
匃	kad	祭	見	KAT/KAN	2190-163-600
謁	iăt	月	影	KAT/KAN	2192-163-600
憲	hïăn	元	曉	KAT/KAN	2193-163-600
閒	ħăn	元	匣	KAT/KAN	2194-163-600
閑	ħan	元	匣	KAT/KAN	2197-163-601
諫	kăn	元	見	KAT/KAN	2198-163-601
訐	kïăt	月	見	KAT/KAN	2199-163-601
姦	kăn	元	見	KAT/KAN	2201-163-601
丰	kăd	祭	見	KAT/KAD/KAN	2203-164-605

諫	kăn	元	見	KAT/KAD/KAN	2211-164-605
开	kian	元	見	KAT/KAD/KAN	2212-164-606
刊	k‘an	元	溪	KAT/KAD/KAN	2215-164-606
瞯	ɦăn	元	匣	KAT/KAD/KAN	2216-164-606
俔	k‘ăn	元	溪	KAT/KAD/KAN	2217-164-606
遣	k‘ian	元	溪	KAT/KAD/KAN	2220-164-606
貨	huar	歌	曉	HUAR/HUAN	2223-165-610
訛吪	ŋuar	歌	疑	HUAR/HUAN	2224-165-610
囮	ŋuar	歌	疑	HUAR/HUAN	2225-165-610
譌	ŋuar	歌	疑	HUAR/HUAN	2228-165-610
縣（県）	ɦuăn	元	匣	HUAR/HUAN	2229-165-610
幻	ɦuăn	元	匣	HUAR/HUAN	2230-165-611
玄	ɦuen	眞	匣	HUAR/HUAN	2231-165-611
牽	k‘（u）en	眞	溪	HUAR/HUAN	2234-165-611
踝	ɦuăr	歌	匣	KUAR/KUAN	2236-166-617
裹	kuar	歌	見	KUAR/KUAN	2237-166-617
課	k‘uar	歌	溪	KUAR/KUAN	2239-166-617
顆	k‘uar	歌	溪	KUAR/KUAN	2240-166-617
渦	uar	歌	影	KUAR/KUAN	2241-166-617
蝸	kuăr	歌	見	KUAR/KUAN	2242-166-617
禾	ɦuar	歌	匣	KUAR/KUAN	2243-166-617
痿	ïuăr	歌	影	KUAR/KUAN	2247-166-618
倭	uar	歌	影	KUAR/KUAN	2248-166-618
臥	ŋuar	歌	疑	KUAR/KUAN	2249-166-618
瓦	ŋuar	歌	疑	KUAR/KUAN	2250-166-618
卮	ŋuar	歌	疑	KUAR/KUAN	2251-166-618
元	ŋïuăn	元	疑	KUAR/KUAN	2253-166-619
刓	ŋuan	元	疑	KUAR/KUAN	2255-166-619
頑	ŋuăn	元	疑	KUAR/KUAN	2256-166-619
冠	kuan	元	見	KUAR/KUAN	2257-166-619
脘	kuan	元	見	KUAR/KUAN	2260-166-619
原	ŋïuăn	元	疑	KUAR/KUAN	2261-166-619
愿	ŋïuăn	元	疑	KUAR/KUAN	2262-166-619
願	ŋiuăn	元	疑	KUAR/KUAN	2263-166-620

亙	hiuan	元	曉	KUAR/KUAN	2264-166-620
宣	hiuan	元	曉	KUAR/KUAN	2267-166-620
惋	uan	元	影	KUAR/KUAN	2273-166-621
媛	ɦïuan	元	匣	KUAR/KUAN	2276-166-621
園	ɦïuăn	元	匣	KUAR/KUAN	2279-166-621
豢	ɦuăn	元	匣	KUAR/KUAN	2282-166-622
券	kʻïuan	元	溪	KUAR/KUAN	2286-166-622
眷	kïuan	元	見	KUAR/KUAN	2287-166-622
宦	ɦuăn	元	匣	KUAR/KUAN	2288-166-622
官	kuan	元	見	KUAR/KUAN	2289-166-622
館	kuan	元	見	KUAR/KUAN	2290-166-622
棺	kuan	元	見	KUAR/KUAN	2291-166-623
菅	kuăn	元	見	KUAR/KUAN	2293-166-623
肙	uan̈	元	影	KUAR/KUAN	2296-166-623
蜎	gïuan	元	群	KUAR/KUAN	2297-166-623
絹	kiuan	元	見	KUAR/KUAN	2298-166-623
蕨	kïuăt	月	見	KUAR/KUAN	2300-166-624
[illegible]	kuăr	歌	見	KUAR/KUAN/KUAT	2302-167-628
冎	kʻuăd	祭	溪	KUAR/KUAN/KUAT	2303-167-628
禍	ɦuar	歌	匣	KUAR/KUAN/KUAT	2304-167-628
過	kuar	歌	見	KUAR/KUAN/KUAT	2305-167-628
拐	kʻuăd	祭	溪	KUAR/KUAN/KUAT	2306-167-628
氒	kïuăt	月	見	KUAR/KUAN/KUAT	2307-167-629
昏舌	ɦuăt	月	匣	KUAR/KUAN/KUAT	2308-167-629
括	kuat	月	見	KUAR/KUAN/KUAT	2309-167-629
䯏	kuat	月	見	KUAR/KUAN/KUAT	2310-167-629
刮	kuăt	月	見	KUAR/KUAN/KUAT	2311-167-629
活	ɦuat	月	匣	KUAR/KUAN/KUAT	2313-167-629
寬	kʻuan	元	溪	KUAR/KUAN/KUAT	2314-167-629
緩	ɦuan	元	匣	KUAR/KUAN/KUAT	2317-167-630
奐	huan	元	曉	KUAR/KUAN/KUAT	2318-167-630
換	ɦuan	元	匣	KUAR/KUAN/KUAT	2319-167-630
袁	ɦïuăn	元	匣	KUAR/KUAN/KUAT	2320-167-630
遠	ɦïuăn	元	匣	KUAR/KUAN/KUAT	2321-167-631

快	kʻuǎi		溪	KUAR/KUAN/KUAT	2322-167-631
乑	kïuǎt	祭	見	KUAT	2323-168-635
夬	kuǎd	祭	見	KUAT	2324-168-635
訣	kuǎt	月	見	KUAT	2329-168-636
狄	kïuǎt	月	見	KUAT	2330-168-636
癥	kïuǎt	月	見	KUAT	2331-168-636
厥	kïuǎt	月	見	KUAT	2333-168-636
蹶	kïuǎt	月	見	KUAT	2334-168-637
丿	gïuǎt	月	群	KUAT	2335-168-637
㇄	kïuǎt	月	見	KUAT	2336-168-637
戉	ɦïuǎt	月	匣	KUAT	2337-168-637
戈	kuar	歌	見	KUAT	2339-168-637
歲	ɦïuad	祭	匣	KUAT	2340-168-637
月	ŋïuǎt	月	疑	KUAT	2341-168-638
外	ŋuad	祭	疑	KUAT	2343-168-638
捐	ɦïuan	元	匣	KUAT	2344-168-638
乚	än	元	影	KUAT	2345-168-638
穵	uǎt	月	影	KUAT	2346-168-638
活	ɦuat	月	匣	KUAT/KUAN	2347-169-639
摜慣	kuǎn	元	見	KUAN	2353-170-642
穿	tʻiuan	元	透	KUAN	2355-170-642
卝				KUAN	2356-170-643
〢	kuən	文	見	KUAN	2359-170-643
川	kʻiuən	文	溪	KUAN	2360-170-643
膾	kuad	祭	見	KUAT/KUAN	2364-171-646
話	ɦuǎt	月	匣	KUAT/KUAN	2367-171-646
聒	kuat	月	見	KUAT/KUAN	2368-171-646
吅	hïuǎn	元	曉	KUAT/KUAN	2369-171-646
咺	hïuǎn	元	曉	KUAT/KUAN	2373-171-646
權	gïuan	元	群	KUAT/KUAN	2374-171-647
勸	kʻïuǎn	元	溪	KUAT/KUAN	2375-171-647
顴	gïuǎn	元	群	KUAT/KUAN	2376-171-647
喚	huan	元	曉	KUAT/KUAN	2377-171-647
譀	huad	祭	曉	KUAT/KUAN	2378-171-647

肺	p'ïăd	祭	滂	PAT/PAD/PAN	2381-172-651
發	buat	月	並	PAT/PAD/PAN	2383-172-651
發	p'ïuăt	月	幫	PAT/PAD/PAN	2384-172-651
撥	puat	月	幫	PAT/PAD/PAN	2385-172-651
廢	pïuăd	祭	幫	PAT/PAD/PAN	2386-172-651
犮	buat	月	並	PAT/PAD/PAN	2387-172-651
袚	pïuad	祭	幫	PAT/PAD/PAN	2389-172-651
髮（髮）	pïuăt	月	幫	PAT/PAD/PAN	2390-172-651
貝	pad	祭	幫	PAT/PAD/PAN	2392-172-652
跟	pad	祭	幫	PAT/PAD/PAN	2393-172-652
伐	bïuăt	月	並	PAT/PAD/PAN	2395-172-652
拜（拜）	păd	祭	幫	PAT/PAD/PAN	2398-172-652
叛	p'uan	元	滂	PAT/PAD/PAN	2401-172-652
伴	buan	元	並	PAT/PAD/PAN	2402-172-652
畔	buan	元	並	PAT/PAD/PAN	2403-172-653
版	păn	元	幫	PAT/PAD/PAN	2406-172-653
攀	p'ăn	元	滂	PAT/PAD/PAN	2410-172-653
版板	puăn	元	幫	PAN	2413-173-656
販	pïuăn	元	幫	PAN	2414-173-656
飯	bïuăn	元	並	PAN	2415-173-656
瘢	buan	元	並	PAN	2418-173-656
釆	băn	元	並	PAN	2419-173-656
蕃	bïuăn	元	並	PAN	2421-173-656
繙	bïuăn	元	並	PAN	2426-173-657
徧	pian	元	幫	PAN	2429-173-657
篇	p'ian	元	滂	PAN	2430-173-657
編	pian	元	幫	PAN	2431-173-657
蝙	păn	元	幫	PAN	2432-173-657
伴	buan	元	並	PAN	2433-173-658
繁	bïuăn	元	並	PAN	2434-173-658
瓣	băn	元	並	PAN	2435-173-658
鉢	puat	月	幫	PAN	2437-173-658
疲	bïar	歌	並	PAR/PAD/PAN	2446-174-661
罷	pïuar	歌	幫	PAR/PAD/PAN	2447-174-661

罰	bïuăt	月	並	PAR/PAD/PAN	2449-174-661
髮（髪）	pïuăt	月	幫	PAR/PAD/PAN	2454-174-662
撇	pʻiat	月	滂	PAR/PAD/PAN	2456-174-662
變（变）	pïan	元	幫	PAN	2459-175-663
宀	mian	元	明	MAN	2461-176-665
㒼	muan	元	明	MAN	2467-176-666
滿	muan	元	明	MAN	2468-176-666
湎	mian	元	明	MAN	2472-176-667
緬	mian	元	明	MAN	2473-176-667
萬（万）	mïuăn	元	明	MAN	2475-176-667
邁	muăd	祭	明	MAN	2476-176-667
抹	muat	月	明	MAT/MAN	2478-177-670
眛	muat	月	明	MAT/MAN	2479-177-670
沫	muat	月	明	MAT/MAN	2480-177-670
昩	muat	月	明	MAT/MAN	2481-177-670
蠻（蛮）	muăn	元	明	MAT/MAN	2485-177-671
去	tʻuət	物	透	TUêT/TUêD	2486-178-675
突	duət	物	定	TUêT/TUêD	2487-178-675
屮	tʻïat	月	透	TUêT/TUêD	2488-178-675
出	tʻiuət	物	透	TUêT/TUêD	2490-178-675
咄	tuət	物	端	TUêT/TUêD	2491-178-675
夂	tï（u）ər	微	端	TUêT/TUêD	2493-178-675
黜	tʻïuət	物	透	TUêT/TUêD	2494-178-675
拙	tiuět	質	端	TUêT/TUêD	2496-178-676
鈍	duən	文	定	TUêT/TUêD	2497-178-676
退	tʻuəd	隊	透	TUêT/TUêD	2498-178-676
春萅	tʻiuən	文	透	TUêR/TUêT/TUêN	2500-179-679
庉	duən	文	定	TUêR/TUêT/TUêN	2502-179-680
縋	dïuěr	微	定	TUêR/TUêT/TUêN	2508-179-680
碓	tuər	微	端	TUêR/TUêT/TUêN	2509-179-680
隹	tiuər	微	端	TUêR/TUêT/TUêN	2510-179-680
推	tʻuər	微	透	TUêR/TUêT/TUêN	2511-179-680
豖	ḍiuər	微	澄	TUêR/TUêT/TUêN	2517-179-681
準	tʻiuən	文	透	TUêR/TUêT/TUêN	2528-179-682

邃	ḍiuər	微	澄	TUêT/TUêR/TUêN	2536-180-685
梂	diuət	物	定	TUêT/TUêR/TUêN	2537-180-686
怵	tʻiuət	物	透	TUêT/TUêR/TUêN	2540-180-686
磊	luər	微	來	LUêR/LUêT/LUêN	2545-181-688
耒	luər	微	來	LUêR/LUêT/LUêN	2546-181-688
誄	luər	微	來	LUêR/LUêT/LUêN	2547-181-688
侖	lïuən	文	來	LUêR/LUêT/LUêN	2551-181-689
論	lïuən	文	來	LUêR/LUêT/LUêN	2553-181-689
掄	lïuən	文	來	LUêR/LUêT/LUêN	2554-181-689
輪	lïuən	文	來	LUêR/LUêT/LUêN	2555-181-689
律	lïuət	物	來	LUêR/LUêT/LUêN	2556-181-689
寸	tsʻuən	文	清	TSUêN/TSUêT	2557-182-692
忖	tsʻuən	文	清	TSUêN/TSUêT	2558-182-692
尊	tsuən	文	精	TSUêN/TSUêT	2560-182-692
蹲	ḍuən	文	從	TSUêN/TSUêT	2561-182-692
夋	tsʻiuən	文	清	TSUêN/TSUêT	2563-182-693
竣	tsʻiuən	文	清	TSUêN/TSUêT	2564-182-693
逡	tsʻiuən	文	清	TSUêN/TSUêT	2565-182-693
畯	tsiuən	文	精	TSUêN/TSUêT	2568-182-693
酸	suən	文	心	TSUêN/TSUêT	2569-182-693
孫	suən	文	心	TSUêN/TSUêT	2570-182-693
翠	tsʻiuəd	隊	清	TSUêN/TSUêT	2577-182-694
醉	tsiuəd	隊	精	TSUêN/TSUêT	2578-182-694
焠	tsʻuəd	隊	清	TSUêN/TSUêT	2579-182-695
損	suən	文	心	TSUêN/TSUêT	2581-182-695
機	kïər	微	見	KêR/KêN	2583-183-697
畿	gïər	微	群	KêR/KêN	2584-183-697
譏	kïər	微	見	KêR/KêN	2585-183-697
斤	kïən	文	見	KêR/KêN	2587-183-698
近	gïən	文	群	KêR/KêN	2589-183-698
祈	gïər	微	群	KêR/KêN	2590-183-698
肌	kïə̆r	微	見	KêR/KêN	2592-183-698
謹	kïən	文	見	KêR/KêN	2597-183-698
剴	kər	微	見	KêR/KêN	2600-183-699

磑	kər	微	見	KêR/KêN	2601-183-699
衣	ïər	微	影	êR/êN	2602-184-700
㫃	ïən	文	影	êR/êN	2604-184-701
穩（稳）	（u）ən	文	影	êR/êN	2606-184-701
乚	ïən	文	影	êR/êN	2607-184-701
殷	ïən	文	影	êR/êN	2608-184-701
慇	ïən	文	影	êR/êN	2609-184-701
煙煙	ən	文	影	êR/êN	2612-184-702
乙	ïət	物	影	KêR/KêT	2613-185-704
軋	ət	物	影	KêR/KêT	2614-185-704
吃	kʻïət	物	溪	KêR/KêT	2617-185-705
刉	kïər	微	見	KêR/KêT	2618-185-705
乞	kʻïət	物	溪	KêR/KêT	2619-185-705
旡	kïər	微	見	KêR/KêT	2622-185-705
概	kər	微	見	KêR/KêT	2629-185-706
哀	ər	微	影	KêR/KêT	2630-185-706
艮	kən	文	見	KêN	2631-186-707
眼	ŋən	文	疑	KêN	2632-186-707
痕	ɦən	文	匣	KêN	2634-186-707
很	ɦən	文	匣	KêN	2637-186-707
窟	kʻuət	物	溪	KUêR/KUêT	2640-187-710
穴	ɦuēt	質	匣	KUêR/KUêT	2642-187-710
遺	giuər	微	群	KUêR/KUêT	2644-187-710
毀	hïuər	微	曉	KUêR/KUêT	2646-187-710
隈	uəi		影	KUêR/KUêT	2649-187-711
猥	uəi		影	KUêR/KUêT	2650-187-711
尉	ïuər	微	影	KUêR/KUêT	2652-187-711
慰	ïuər	微	影	KUêR/KUêT	2653-187-711
昷	uən	文	影	KUêR/KUêT	2654-187-711
緼	ïuən	文	影	KUêR/KUêT	2657-187-711
愧	kïuər	微	見	KUêR/KUêT	2659-187-712
骨	kuət	物	見	KUêT/KUêR/KUêN	2660-188-717
滑	ɦuət	物	匣	KUêT/KUêR/KUêN	2661-188-717
血	huēt	物	曉	KUêT/KUêR/KUêN	2662-188-717

諱	hïuər	微	曉	KUêT/KUêR/KUêN	2668-188-718
緯	ɦïuər	微	匣	KUêT/KUêR/KUêN	2671-188-718
鬼	kïuər	微	見	KUêT/KUêR/KUêN	2673-188-718
頠	kʻuər	微	溪	KUêT/KUêR/KUêN	2674-188-718
魁	kʻuər	微	溪	KUêT/KUêR/KUêN	2675-188-719
怪	kʻuər	微	溪	KUêT/KUêR/KUêN	2677-188-719
貴	kïuəd	隊	見	KUêT/KUêR/KUêN	2678-188-719
塊凸	kʻuər	微	溪	KUêT/KUêR/KUêN	2680-188-719
胃	ɦïuər	微	匣	KUêT/KUêR/KUêN	2681-188-719
彙蝟	ɦïuər	微	匣	KUêT/KUêR/KUêN	2682-188-719
虫	hïuər	微	曉	KUêT/KUêR/KUêN	2683-188-719
滙	ɦuər	微	匣	KUêT/KUêR/KUêN	2685-188-719
位	ɦïuǎr	微	匣	KUêT/KUêR/KUêN	2686-188-720
伊	ïǎr	微	影	KUêT/KUêR/KUêN	2689-188-720
君	kïuən	文	見	KUêT/KUêR/KUêN	2690-188-720
群	gïuən	文	群	KUêT/KUêR/KUêN	2691-188-720
郡	gïuən	文	群	KUêT/KUêR/KUêN	2692-188-720
裙	gïuən	文	群	KUêT/KUêR/KUêN	2693-188-721
窘	gïuǎn	文	群	KUêT/KUêR/KUêN	2694-188-721
困	kʻïuǎn	文	溪	KUêT/KUêR/KUêN	2697-188-721
軍	kïuən	文	見	KUêT/KUêR/KUêN	2698-188-721
匀	giuen	眞	群	KUêT/KUêR/KUêN	2706-188-722
均	kiuen	眞	見	KUêT/KUêR/KUêN	2707-188-722
旬	giuen	眞	群	KUêT/KUêR/KUêN	2708-188-722
筍	gïuən	文	群	KUêT/KUêR/KUêN	2709-188-722
癸	kiuer	脂	見	KUêT/KUêR/KUêN	2711-188-722
葵	giuer	脂	群	KUêT/KUêR/KUêN	2712-188-723
揆	giuer	脂	群	KUêT/KUêR/KUêN	2713-188-723
惠（惠）	ɦuêd	至	匣	KUêT/KUêR/KUêN	2716-188-723
回	ɦuər	物	匣	HUêR/HUêN	2717-189-725
云	ɦïuən	文	匣	HUêR/HUêN	2718-189-725
芸耘	ɦïuən	文	匣	HUêR/HUêN	2719-189-725
魂	ɦuən	文	匣	HUêR/HUêN	2720-189-725
賴耘	ɦïuən	文	匣	HUêR/HUêN	2721-189-725

熏	hïuən	文	曉	HUêR/HUêN	2722-189-725
薰	hïuən	文	曉	HUêR/HUêN	2723-189-725
堇	hïuən	文	曉	HUêR/HUêN	2724-189-725
醺	hïuən	文	曉	HUêR/HUêN	2725-189-725
勛	hïuən	文	曉	HUêR/HUêN	2726-189-725
聵	ŋuăd	隊	疑	HUêR/HUêN	2727-189-725
諢	ŋuən	文	疑	HUêR/HUêN	2728-189-726
扉	pïuər	微	幫	PUêR/PUêT/PUêN	2731-190-728
斐	pʼïuər	微	滂	PUêR/PUêT/PUêN	2733-190-728
排	bŏr	微	並	PUêR/PUêT/PUêN	2734-190-728
悲	pïuŏr	微	幫	PUêR/PUêT/PUêN	2735-190-728
輩	puər	微	幫	PUêR/PUêT/PUêN	2736-190-728
拂	pʼïuət	物	滂	PUêR/PUêT/PUêN	2741-190-729
艴	buət	物	並	PUêR/PUêT/PUêN	2742-190-729
沸	pʼïuət	物	滂	PUêR/PUêT/PUêN	2743-190-729
盼	pʼ̆ən	文	滂	PUêR/PUêT/PUêN	2745-190-729
貧	bïən	文	並	PUêR/PUêT/PUêN	2746-190-729
費	pïuəd	隊	幫	PUêR/PUêT/PUêN	2747-190-729
芬	pʼïuən	文	滂	PUêR/PUêT/PUêN	2748-190-729
粉	pïuən	文	幫	PUêR/PUêT/PUêN	2751-190-730
飛	pïuər	微	幫	PUêR/PUêT/PUêN	2754-190-730
奔	puən	文	幫	PUêR/PUêT/PUêN	2755-190-730
噴	pʼuən	文	滂	PUêR/PUêT/PUêN	2756-190-730
勃	buət	物	並	PUêR/PUêT/PUêN	2758-190-730
誖悖	buəd	隊	並	PUêR/PUêT/PUêN	2759-190-730
本	puən	文	幫	PUêR/PUêN	2761-191-731
笨	buən	文	並	PUêR/PUêN	2762-191-731
肥	bïuər	微	並	PUêR/PUêN	2763-191-732
盆	buən	文	並	PUêR/PUêN	2765-191-732
散	mïuer	脂	明	MUêR/MUêT/MUêN	2766-192-736
徽	mjïuər	微	明	MUêR/MUêT/MUêN	2769-192-736
尾	mïuər	微	明	MUêR/MUêT/MUêN	2770-192-736
味	mïuəd	隊	明	MUêR/MUêT/MUêN	2772-192-736
妹	muəd	隊	明	MUêR/MUêT/MUêN	2776-192-736

媚	mïuăr	微	明	MUÊR/MUÊT/MUÊN	2778-192-737
魅	mïuăr	微	明	MUÊR/MUÊT/MUÊN	2780-192-737
物	mïuət	物	明	MUÊR/MUÊT/MUÊN	2784-192-737
炦	mïuər	微	明	MUÊR/MUÊT/MUÊN	2789-192-738
燬	mǐuər	微	明	MUÊR/MUÊT/MUÊN	2790-192-738
罠	mïăn	文	明	MUÊR/MUÊT/MUÊN	2794-192-738
泯	mïăn	文	明	MUÊR/MUÊT/MUÊN	2798-192-739
問	mïuən	文	明	MUÊN	2801-193-740
聞	mïuən	文	明	MUÊN	2803-193-740
敏	mïăn	文	明	MUÊN	2811-193-741
眞（真）	tien	眞	端	TER/TET/TEN	2812-194-745
塡	den	眞	定	TER/TET/TEN	2813-194-745
愼（慎）	dhien	眞	定	TER/TET/TEN	2818-194-746
鎭（镇）	tïen	眞	端	TER/TET/TEN	2819-194-746
診	tien	眞	端	TER/TET/TEN	2822-194-746
畛	tien	眞	端	TER/TET/TEN	2823-194-746
旨	tier	脂	端	TER/TET/TEN	2826-194-747
脂	tier	脂	端	TER/TET/TEN	2827-194-747
室	thiet	質	透	TER/TET/TEN	2830-194-747
窒	tïet	質	端	TER/TET/TEN	2831-194-747
桎	tiet	質	端	TER/TET/TEN	2832-194-748
耋	det	質	定	TER/TET/TEN	2833-194-748
嚏	ted	至	端	TER/TET/TEN	2834-194-748
秩	tïet	質	端	TER/TET/TEN	2839-194-748
逮	ded	至	定	TER/TET/TEN	2840-194-748
塵	dïen	眞	定	TER/TET/TEN	2842-194-749
矢	their		透	TER	2843-195-751
雉	dïer	脂	定	TER	2844-195-751
屎	their		透	TER	2848-195-752
痍	dïer	脂	澄	TER	2857-195-752
姨	dïer	脂	澄	TER	2858-195-752
第	der	脂	定	TER	2862-195-753
呻	thien	眞	透	TEN/TET	2868-196-756
紳	thien	眞	透	TEN/TET	2871-196-756

寅	ḍien	眞	澄	TEN/TET	2873-196-756
蚓	ḍien	眞	澄	TEN/TET	2876-196-756
失	thiet	質	透	TEN/TET	2877-196-756
膩	nïed	至	泥	NER/NET/NEN	2890-198-761
璽	ŋier	脂	娘	NER/NET/NEN	2893-198-761
佞	neŋ	耕	泥	NER/NET/NEN	2900-198-762
日	niet	質	泥	NER/NET/NEN	2901-198-762
魼	nïet	質	泥	NER/NET/NEN	2902-198-762
涅	net	質	泥	NER/NET/NEN	2903-198-762
捏	net	質	泥	NER/NET/NEN	2904-198-762
哂	hïer	微	曉	SER/SEN	2906-199-764
西	ser	微	心	SER/SEN	2909-199-764
遷	tsʻiĕn	眞	清	SER/SEN	2910-199-765
仙	tsʻiĕn	眞	清	SER/SEN	2911-199-765
囟	sien	眞	心	SER/SEN	2912-199-765
厶	sier	脂	心	SER/SEN	2914-199-765
私	sier	脂	心	SER/SEN	2915-199-765
庇	pier	脂	幫	PER/PET/PEN	2920-200-768
牝	bien	眞	並	PER/PET/PEN	2921-200-768
陛	ber	脂	並	PER/PET/PEN	2922-200-768
必	piet	質	幫	PER/PET/PEN	2923-200-768
祕	piet	質	幫	PER/PET/PEN	2924-200-768
泌	piet	質	幫	PER/PET/PEN	2925-200-769
祕	pïed	至	幫	PER/PET/PEN	2926-200-769
畢	piet	質	幫	PER/PET/PEN	2929-200-769
弼	bïet	質	並	PER/PET/PEN	2931-200-769
鼻	bied	至	並	PER/PET/PEN	2932-200-769
嬪	bien	眞	並	PER/PET/PEN	2934-200-769
儕	ʥěr	脂	從	TSER	2940-201-773
臍	ʥer	脂	從	TSER	2943-201-773
齋	tsěr	脂	精	TSER	2944-201-773
濟	tser	脂	精	TSER	2945-201-773
齏	tsiěr	脂	精	TSER	2946-201-773
妻	tsʻer	脂	清	TSER	2947-201-773

淒	tsʻer	脂	清	TSER	2949-201-773
自	dzĭĕr	脂	從	TSER	2950-201-774
次	tsʻiĕr	脂	清	TSER	2951-201-774
餈粢	dzĭĕr	脂	從	TSER	2954-201-774
資	tsĭĕr	脂	精	TSER	2955-201-774
姿	tsĭĕr	脂	精	TSER	2956-201-774
此	tsʻier	脂	從	TSER	2957-201-775
魪	tsïer	脂	精	TSER	2958-201-775
皆眦	dzïer	脂	從	TSER	2959-201-775
雌	tsʻier	脂	清	TSER	2960-201-775
疵	dzïer	脂	從	TSER	2962-201-775
髭鬈	tsier	脂	精	TSER	2963-201-775
宋	tsïer	脂	精	TSER	2966-201-775
沛				TSER	2967-201-775
姊	tsĭĕr	脂	精	TSER	2968-201-776
柹	dzïer	脂	從	TSER	2969-201-776
七	tsʻiet	質	清	TSET/TSER/TSEN	2970-202-778
桼漆	tsʻiet	質	清	TSET/TSER/TSEN	2973-202-779
膝䣛	siet	質	心	TSET/TSER/TSEN	2974-202-779
卩卪	tset	質	精	TSET/TSER/TSEN	2975-202-779
櫛	tsïet	質	精	TSET/TSER/TSEN	2977-202-779
辛	sien	眞	心	TSET/TSER/TSEN	2978-202-780
新	sien	眞	心	TSET/TSER/TSEN	2979-202-780
薪	sien	眞	心	TSET/TSER/TSEN	2980-202-780
親	tsʻien	眞	清	TSET/TSER/TSEN	2981-202-780
聿	tsien	眞	精	TSET/TSER/TSEN	2982-202-780
津	tsien	眞	精	TSET/TSER/TSEN	2983-202-780
竊（窃）	tsʻet	質	清	TSET/TSER/TSEN	2987-203-783
晉（晋）	tsien	眞	精	TSET/TSER/TSEN	2989-203-783
秦	dzien	眞	從	TSET/TSER/TSEN	2991-203-783
卂	sien	眞	心	TSET/TSER/TSEN	2994-203-784
迅	sien	眞	心	TSET/TSER/TSEN	2995-203-784
訊	sien	眞	心	TSET/TSER/TSEN	2996-203-784
蝨虱	sïet	質	心	TSET/TSER/TSEN	2997-203-784

齎	tser	脂	精	TSET/TSER/TSEN	2998-203-784
吉	kiet	質	見	KET/KER/KEN	2999-204-786
詰	k'iet	質	溪	KET/KER/KEN	3001-204-787
頡	kĕt	質	見	KET/KER/KEN	3002-204-787
肌	kïer	脂	見	KET/KER/KEN	3006-204-787
臣	g'ien	眞	群	KET/KER/KEN	3007-204-787
臤	k'ien	眞	溪	KET/KER/KEN	3008-204-787
賢	ħen	眞	匣	KET/KER/KEN	3011-204-788
腎	g'ien	眞	群	KET/KER/KEN	3012-204-788
突	dăm	侵	定	TêP/TêM	3014-205-792
審来	thiəm	侵	透	TêP/TêM	3017-205-793
眈	dəm	侵	定	TêP/TêM	3019-205-793
枕	tiəm	侵	端	TêP/TêM	3021-205-793
忱	dhiəm	侵	定	TêP/TêM	3022-205-793
簟	dōm	侵	定	TêP/TêM	3030-205-794
墊	tōm	侵	端	TêP/TêM	3031-205-794
玷	ḍiəm	侵	澄	TêP/TêM	3032-205-795
沓	dəp	緝	定	TêP/TêM	3038-206-798
疊	dōp	緝	定	TêP/TêM	3040-206-798
習	ḍiəp	緝	澄	TêP/TêM	3041-206-799
摺	tiăp	緝	端	TêP/TêM	3042-206-799
拾	dhiəp	緝	定	TêP/TêM	3046-206-799
涉	dhiap	葉	定	TêP/TêM	3050-206-800
攝	thiap	葉	透	TêP/TêM	3052-206-800
壬	niəm	侵	泥	TêP/TêM	3056-207-803
紝	niəm	侵	泥	TêP/TêM	3057-207-803
衽	niəm	侵	泥	TêP/TêM	3060-207-803
賃	nïəm	侵	泥	TêP/TêM	3061-207-803
南	nəm	侵	泥	TêP/TêM	3063-207-804
聶	nïap	葉	泥	TêP/TêM	3064-207-804
立	liəp	緝	來	LêP/LêM	3065-208-806
笠	liəp	緝	來	LêP/LêM	3066-208-806
粒	liəp	緝	來	LêP/LêM	3067-208-806
林	liəm	侵	來	LêP/LêM	3069-208-806

淋	liəm	侵	來	LêP/LêM	3070-208-806
臨	liəm	侵	來	LêP/LêM	3073-208-807
覽（覽）	lam	談	來	LêP/LêM	3074-208-807
廩	liəm	侵	來	LêP/LêM	3075-208-807
寢	ts'iəm	侵	清	TSêM/SêP	3078-209-810
心	siəm	侵	心	TSêM/SêP	3080-209-810
沁	ts'iəm	侵	清	TSêM/SêP	3081-209-810
僭	tsōm	侵	精	TSêM/SêP	3084-209-810
潛	ȡiəm	侵	從	TSêM/SêP	3086-209-811
蠶（蚕）	ȡəm	侵	從	TSêM/SêP	3087-209-811
滲	siəm	侵	心	TSêM/SêP	3089-209-811
澀	siəp	緝	心	TSêM/SêP	3090-209-811
咠	ts'iəp	緝	清	TSêP/TSêM	3093-210-813
葺	ts'iəp	緝	清	TSêP/TSêM	3095-210-813
妾	ts'iap	葉	清	TSêP/TSêM	3099-210-814
彡	sǎm	侵	心	TSêP/TSêM	3102-210-814
衫	sǎm	侵	心	TSêP/TSêM	3104-210-814
杉	sǎm	侵	心	TSêP/TSêM	3105-210-814
森	siəm	侵	心	TSêP/TSêM	3106-210-814
及	giəp	緝	群	KêP/KêM	3107-211-819
汲	kïəp	緝	見	KêP/KêM	3109-211-820
級	kïəp	緝	見	KêP/KêM	3111-211-820
泣	k'ïəp	緝	溪	KêP/KêM	3112-211-820
給	kïəp	緝	見	KêP/KêM	3117-211-820
閤	kəp	緝	見	KêP/KêM	3118-211-821
邑	ïəp	緝	影	KêP/KêM	3119-211-821
挹	ïəp	緝	影	KêP/KêM	3120-211-821
悒	ïəp	緝	影	KêP/KêM	3121-211-821
今	kïəm	侵	見	KêP/KêM	3122-211-821
吟	ŋïəm	侵	疑	KêP/KêM	3124-211-821
金	kïəm	侵	見	KêP/KêM	3126-211-821
錦	kïəm	侵	見	KêP/KêM	3127-211-822
唫	ŋïəm	侵	疑	KêP/KêM	3128-211-822
欽	k'ïəm	侵	溪	KêP/KêM	3129-211-822

飲	ïəm	侵	影	KêP/KêM	3133-211-822
禁	gïəm	侵	群	KêP/KêM	3137-211-823
襟	kïəm	侵	見	KêP/KêM	3138-211-823
音	ïəm	侵	影	KêP/KêM	3139-211-823
喑	ïəm	侵	影	KêP/KêM	3140-211-823
諳	əm	侵	影	KêP/KêM	3141-211-823
瘖	ïəm	侵	影	KêP/KêM	3142-211-823
應（応）	ïəm	侵	影	KêP/KêM	3146-211-824
鷹	ïəm	侵	影	KêP/KêM	3147-211-824
鹹	ħăm	侵	匣	KêP/KêM	3150-211-824
減	kăm	侵	見	KêP/KêM	3153-211-825
風	plïəm	侵	幫	PLêM	3154-212-828
諷	plïəm	侵	幫	PLêM	3155-212-829
嵐	bjəm	侵	並	PLêM	3158-212-829
枼	ḍiap	葉	澄	TAP/TAM	3159-213-833
葉	ḍiap	葉	澄	TAP/TAM	3160-213-833
鰈	dïap	葉	定	TAP/TAM	3161-213-833
諜	däp	葉	定	TAP/TAM	3163-213-833
蝶	t'äp	葉	透	TAP/TAM	3164-213-833
鰈	t'ap	葉	透	TAP/TAM	3165-213-833
曡	t'ap	葉	透	TAP/TAM	3166-213-833
闒	dap	葉	定	TAP/TAM	3168-213-834
榻	t'ap	葉	透	TAP/TAM	3169-213-834
涉	dhiap	葉	定	TAP/TAM	3170-213-834
輒	tïap	葉	端	TAP/TAM	3174-213-834
帖	t'äp	葉	透	TAP/TAM	3175-213-834
苫	thiam	談	透	TAP/TAM	3176-213-835
丙	t'äm	談	透	TAP/TAM	3177-213-835
甜	t'am	談	透	TAP/TAM	3178-213-835
啖	dam	談	定	TAP/TAM	3179-213-835
談	dam	談	定	TAP/TAM	3180-213-835
淡	dam	談	定	TAP/TAM	3181-213-835
聶	nïap	葉	泥	TAP/TAM	3182-213-835
讘囁	nïap	葉	泥	TAP/TAM	3183-213-835

詹譫	dap	葉	定	TAP/TAM	3184-213-836
占	tiam	談	端	TAM/TAP	3185-214-838
黏粘	nïam	談	泥	TAM/TAP	3186-214-838
店	täm	談	端	TAM/TAP	3191-214-838
丙	tʻam	談	透	TAM/TAP	3192-214-838
倓	dam	談	定	TAM/TAP	3193-214-839
淡	dam	談	定	TAM/TAP	3194-214-839
痰	dam	談	定	TAM/TAP	3195-214-839
瞻	tiam	談	端	TAM/TAP	3196-214-839
膽（胆）	tam	談	端	TAM/TAP	3197-214-839
簷	ḍiam	談	澄	TAM/TAP	3198-214-839
儋擔（擔）	tam	談	端	TAM/TAP	3199-214-839
憺惔	dam	談	定	TAM/TAP	3200-214-839
澹	dam	談	定	TAM/TAP	3201-214-839
恬	däm	談	定	TAM/TAP	3202-214-840
抵	tïap	葉	端	TAM/TAP	3203-214-840
拈	näm	談	泥	TAM/TAP	3204-214-840
聃	tʻam	談	透	NAM	3206-215-841
苒	niam	談	泥	NAM	3207-215-841
鼠臘	lïap	葉	來	LAP/LAM/KLAM	3210-216-845
獵	lïap	葉	來	LAP/LAM/KLAM	3211-216-845
臘	lap	葉	來	LAP/LAM/KLAM	3212-216-845
恊	ħläp	葉	匣	LAP/LAM/KLAM	3215-216-845
嗛	glïam	談	群	LAP/LAM/KLAM	3218-216-845
儉	glïam	談	群	LAP/LAM/KLAM	3222-216-846
檢	klïam	談	見	LAP/LAM/KLAM	3223-216-846
驗	nglïam	談	泥	LAP/LAM/KLAM	3224-216-846
藍	glam	談	群	LAP/LAM/KLAM	3227-216-846
覽（覧）	glam	談	群	LAP/LAM/KLAM	3228-216-846
攬	glam	談	群	LAP/LAM/KLAM	3229-216-846
鎌	glïam	談	群	KLAM	3231-217-848
劍劔	kïăm	談	見	KLAM	3232-217-848
險	hlïam	談	曉	KLAM	3233-217-848
插	tsʻăp	葉	清	TSAP/TSAM	3235-218-851

届	tṣʻĭăp	葉	清	TSAP/TSAM	3236-218-851
鍤	tʻĭap	葉	透	TSAP/TSAM	3237-218-851
妾	tsʻiap	葉	清	TSAP/TSAM	3238-218-851
巉	dẓăm	談	從	TSAP/TSAM	3241-218-851
讒	dẓăm	談	從	TSAP/TSAM	3242-218-851
尖	tsiam	談	精	TSAP/TSAM	3244-218-852
殲	tsiam	談	精	TSAP/TSAM	3246-218-852
攕	ṣăm	談	生	TSAP/TSAM	3248-218-852
纖（纖）	siam	談	心	TSAP/TSAM	3249-218-852
讖	tsʻĭăm	談	清	TSAP/TSAM	3251-218-852
塹	tsʻiam	談	清	TSAP/TSAM	3253-218-853
暫	dẓăm	談	從	TSAP/TSAM	3254-218-853
閘	kap	葉	見	KAP/KAM	3262-219-857
押	ăp	葉	影	KAP/KAM	3263-219-857
狎	ħăp	葉	匣	KAP/KAM	3264-219-857
嗑	ħap	葉	匣	KAP/KAM	3268-219-857
庵	ạm	談	影	KAP/KAM	3280-219-859
閹	ĭam	談	影	KAP/KAM	3281-219-859
俺	ĭam	談	影	KAP/KAM	3282-219-859
猒	iam	談	影	KAP/KAM	3283-219-859
懕	iam	談	影	KAP/KAM	3285-219-859
壓	ăp	葉	影	KAP/KAM	3286-219-859
敢	kam	談	見	KAP/KAM	3287-219-859
豔艷	ħiam	談	匣	KAP/KAM	3288-219-859
鹽	ħiam	談	匣	KAP/KAM	3289-219-860
鹹	kăm	談	見	KAP/KAM	3290-219-860
炎	ħĭam	談	匣	KAP/KAM	3291-219-860
燄焰	ħiam	談	匣	KAP/KAM	3293-219-860
莢	käp	葉	見	KAP/KAM	3296-220-862
俠	ħäp	葉	匣	KAP/KAM	3297-220-862
鋏	käp	葉	見	KAP/KAM	3299-220-862
凵	kʻĭăp	葉	溪	KAP/KAM	3306-221-865
劫	kĭăp	葉	見	KAP/KAM	3307-221-865
迲怯	kʻĭăp	葉	溪	KAP/KAM	3308-221-865

閻	ɦiam	談	匣	KAP/KAM	3311-221-865
欠	kʻĭăm	談	溪	KAP/KAM	3312-221-865
慊	kʻlăm	談	溪	KAP/KAM	3315-221-866
業	ŋĭăp	葉	疑	NGAP/NGAM	3318-222-867
厰	kʻam	談	溪	NGAP/NGAM	3320-222-868
嚴	ŋĭăn	元	疑	NGAP/NGAM	3321-222-868
儼	ŋĭăn	元	疑	NGAP/NGAM	3322-222-868
嚴	ŋăm	談	疑	NGAP/NGAM	3323-222-868
法灋	pĭăp	葉	幫	PAP/PAM	3324-223-870
乏	bĭăp	葉	並	PAP/PAM	3325-223-870
貶	pïam	談	幫	PAP/PAM	3326-223-871
凡	bĭăm	談	並	PAP/PAM	3329-223-871
帆	bĭăm	談	並	PAP/PAM	3330-223-871
笵	bĭăm	談	並	PAP/PAM	3333-223-871
範	bĭăm	談	並	PAP/PAM	3334-223-871
犯	bʻĭăm	談	並	PAP/PAM	3335-223-872

參考文獻

一、專　書

1. 董同龢，漢語音韻學，臺北：文史哲出版社，1968。

2. 馮蒸，《說文》同義詞研究，北京：首都師範大學出版社，1995。

3. 馮蒸，馮蒸音韻論集，北京：學苑出版社，2006。

4. 馮蒸，漢語音韻學論文集，北京：首都師範大學出版社，1997。

5. 高本漢原著，張世祿譯述，漢語詞類，上海：商務印書館，1937。

6. 國際語音學會，國際語音學會手冊，上海：上海教育出版社，2008。

7. 李方桂，上古音研究，北京：商務印書館，2001。

8. 李榮，切韻音系，北京：科學出版社，1956。

9. 列維·布留爾，原始思維，北京：商務印書館，1981。

10. 林燾，王理嘉，語音學教程，北京：北京大學出版社，1992。

11. 陸志韋，陸志韋集，北京：中國社會科學出版社，2003。

12. 陸宗達，王寧，訓詁方法論，北京：中國社會科學出版社，1983。

13. 孟蓬生，上古漢語同源詞語音關係研究，北京：北京師範大學出版社，2001。

14. 裘錫圭，古代文史研究新探，南京：江蘇古籍出版社，1992。

15. 任繼昉，漢語語源學，重慶：重慶出版社，1992。

16. 邵榮芬，切韻研究，北京：中華書局，2008

17. 沈兼士，沈兼士學術論文集，北京：中華書局，1986。

18. 唐作藩，音韻學教程，北京：北京大學出版社，2002。

19. 藤堂明保，漢字語源辭典，〔日〕東京：學燈社，1992。

20. 王力，漢語史稿（上冊），北京：中華書局，1980。

21. 王力，漢語語音史，北京：中國社會科學出版社，1985。

22. 王力，同源字典，北京：商務印書館，1982。

23. 王力，王力文集（第十七卷），山東：山東教育出版社，1990。

24. 王力，中國語言學史，山西：山西人民出版社，1981。

25. 徐通鏘，歷史語言學，北京：商務印書館，1991。

26. 殷寄明，語源學概論，上海：上海教育出版社，2000。

27. 張斌等，中國古代語言學資料彙編（音韻學分冊），福建：福建人民出版社，1993。

28. 章炳麟，文始，浙江圖書館刻〈章氏叢書〉本。

29. 鄭張尚芳，上古音系，上海：上海教育出版社，2003

30. 周殿福，國際音標自學手冊，北京：商務印書館，1985。

二、論　文

1. 董同龢，上古音韻表稿，臺北：中央研究院歷史語言研究所出版，1944。

2. 馮蒸，二十世紀漢語歷史音韻研究的一百項新發現與新進展（上、下、補正），漢字文化，2010，5；2010，6；2011，1。

3. 李長仁，漢語同源詞研究的回顧與前瞻，松遼學刊（哲學社會科學版），2000，1。

4. 錢玄同，《古韻二十八部音讀之假定》，載《師大月刊三十二週年紀念專號》1934。

5. 沈兼士，右文說在訓詁學上之沿革及其推闡，沈兼士學術論文集，1986。

6. 藤堂明保著，王繼如譯，漢字語源研究中的音韻問題，古漢語研究，1994，2。

7. 王繼如，藤堂明保《漢字語源辭典》述評，辭書研究，1988，1。

8. 王力，《同源字典》的性質及其意義，語文研究，1982，1。

9. 鄭張尚芳，《上古韻母系統和四等、介音、聲調的發源問題》，《溫州師院學報》，1987，4。

致 謝

　　三年前，暮春時節，臥佛寺的海棠開的嬌豔，我在此時通過了研究生考試。三年光陰，轉瞬即逝，如今論文已近完成，雖是稚嫩，卻是心血凝結，不敢懈怠。

　　09 年初冬，天氣寒冷，導師馮蒸教授爲了幫我搜集論文資料親自騎車跑了兩趟書店，親自騎車兩個小時把書送到學校，我至今感激萬分。在論文錄入和寫作過程中，馮老師更是時時督促，指導我寫作，給我解答音韻學上的問題。馮老師學問淵博，音韻學造詣深厚，爲人謙和熱情，很多音韻學上的難題他只要幾句話就可以讓我豁然開朗，遇上這樣好的老師是我的幸運，學生永誌不忘。同時感謝鄭張尚芳先生、麥耘先生三年來在學術上的指導，黃天樹教授、汪大昌副教授在課堂上的教誨，各位老師的精闢見解醍醐灌頂，給我極大的幫助。

　　感謝國家圖書館蔡成普師兄在繁忙的工作中抽出時間幫我兩次借閱《漢字語源辭典》，沒有他的幫助這篇論文就只能是構想。感謝同門師姐王豔華老師、李紅老師、李琴博士、王豔春博士、劉芹博士，古文字學李愛輝博士、趙鵬博士，感謝你們在學術上給我的指導，在生活上對我的關心和照顧，三年的學習生活有你們在身邊，我過的充實快樂。感謝中國語言文學資料中心李青杉老師幫我閱讀藤堂明保部分日文文獻。

八年前，也是暮春時節，哈爾濱師範大學中文系李連元老師爲我打開了一扇通往音韻學的大門，他的悉心指導爲我的音韻學學習打下了堅實的基礎，他在古文字和訓詁學上的造詣也給我很大的幫助。李老師是位嚴師，更是慈祥的老人，他的幫助和教導學生受用終生，感激不盡。

感謝多年摯友董群、徐微、徐紅、生月、孫剛，永遠記得和董群在松花江邊遙望江水的日子，永遠記得生月給我畫的漫畫，永遠記得開心的日子有你們陪伴，永遠記得艱難的日子有你們時時的掛念與幫助。

感謝我的爸爸媽媽，感謝他們的養育之恩，感謝他們對我生活無微不至的關愛，感謝他們對我學業的支持，對他們的感激用話語無法表達，此情此恩女兒生生世世報答不盡。

惟願所有人平安喜樂，萬事順遂！

公元二〇一二年暮春

補致謝

從首都師範大學畢業已經四年時間，海棠依舊，春光依舊，馮蒸師力薦我的碩士畢業論文在花木蘭文化出版社出版，師恩感動眾人，也給我以莫大的信心和勇氣，感謝恩師的時時提攜和諄諄教導，感謝花木蘭文化出版社楊嘉樂老師的肯定和細緻工作。

四年時光在繁雜的工作和瑣碎的生活中轉瞬即逝，我現在從事的工作和這個學科已經沒有聯繫，可是初心難忘，感謝恩師、師門兄弟姐妹時時掛念。感謝人生重要關頭關懷提攜我的恩人。感謝大姐姐呂向樾女士，她的家學淵源和個人魅力給我的工作和生活以莫大的鼓勵和幫助。四年時光，我和愛人肖劍先生組建了小家庭，感謝他的陪伴、愛護和幫助，感謝他帶給我的幸福。

惟願所有人平安喜樂，萬事順遂！

公元二〇一六年春